SUE ROBERTS

Blaues Meer und Sommerküsse

GOLDMANN

Lesen erleben

SUE ROBERTS

Blaues Meer *und* Sommerküsse

Roman

Aus dem Englischen von
Ulrike Laszlo

GOLDMANN

Die Originalausgabe erschien 2018 unter dem Titel
»My Big Greek Summer« bei Bookouture, an imprint of StoryFire Ltd.

Dieses Buch ist auch als E-Book erhältlich.

MIX
Papier aus verantwortungsvollen Quellen
FSC® C014496

Verlagsgruppe Random House FSC® N001967

1. Auflage
Deutsche Erstveröffentlichung Mai 2019

Umschlaggestaltung: UNO Werbeagentur, München
Umschlagfoto: Treppe, Meer, Katze, Stuhl: FinePic®, München;
Tür mit Busch: stocksy / © Milles Studio
Redaktion: Eva Wagner
AB · Herstellung: kw
Satz: Vornehm Mediengestaltung GmbH, München
Druck und Bindung: GGP Media GmbH, Pößneck
Printed in Germany
ISBN 978-3-442-48922-0
www.goldmann-verlag.de

Für meine Töchter Rachel und Vicki.
Das Leben ist zum Leben da.
Verwirklicht eure Träume.

Kapitel 1

Ist es nicht komisch, welche Vermutungen wir über andere Menschen anstellen? Es würde Sie vielleicht überraschen zu erfahren, dass sich das grauhaarige Pärchen im Pub, von dem Sie angenommen haben, dass es nach vielen gemeinsamen Jahren immer noch Händchen hält, erst vor drei Monaten auf einer Dating-Website im Internet kennengelernt hat. Oder der tätowierte Biker in Lederklamotten am Tisch daneben, der an einem traditionellen Ale nippt … Sie würden niemals darauf tippen, dass er früher einmal als ausgebildeter Tänzer gearbeitet hat und jetzt einen Salsakurs im örtlichen Gemeindezentrum gibt, um seinen Verdienst als Kurierfahrer aufzubessern. Wir tun das ständig. Ich meine, die Kunden, die mein fröhliches Lächeln und meine pinkfarbenen Lippen sehen, wenn ich ihnen im *Pig and Whistle* Essen und Getränke serviere, würden niemals auf die Idee kommen, dass in meinem Inneren ein Gefühlschaos herrscht.

»Möchten Sie Beilagen dazu?«, zwitschere ich, während ich die Bestellungen in die Kasse tippe und sich mir beim Gedanken daran, auch nur einen Bissen davon essen zu müssen, sofort der Magen umdreht.

In den letzten sechs Wochen habe ich fast sechs Kilo abgenommen, und normalerweise würde ich das von den Dächern schreien, wenn es sich dabei nicht um einen

Gewichtsverlust aus Liebeskummer handeln würde, auch bekannt unter dem Begriff »Scheidungsdiät«. Sie funktioniert besser als *Slender World, Weight Controllers* oder alle anderen Diäten auf dem Markt, und das Beste daran ist, dass man sich überhaupt nicht anstrengen muss. Der Herzschmerz verschlägt einem sofort den Appetit und sorgt dafür, dass man kein einziges Kilo zunimmt.

Ich habe wirklich geglaubt, dass Danny Davis und ich für immer und ewig zusammenbleiben würden. Als wir zum ersten Mal miteinander ausgingen, waren wir fünfzehn und spielten in der Schule eindeutig in der A-Klasse. Wir sahen gut aus, waren beliebt und spotteten über alle, die tatsächlich zur Schule gingen, um dort etwas zu lernen. Wir bedauerten diese armen tintenbekleckten Streber, denen ein trostloses, langweiliges Leben in einer Doppelhaushälfte in der Vorstadt bevorstand, während wir die Welt in einem Camper bereisen würden. Die Jungs des A-Teams fuhren, sobald sie sechzehn waren, auf lila-metallic lackierten Mopeds vor und zeigten allen, wie viel Spaß sie hatten, während die mit Bücher beladenen, streberhaften Brillenschlangen nur neidvoll zuschauen konnten. O ja, in der Schule ging es in erster Linie darum, den nächsten Discoabend zu planen und in der Pause im Gras zu liegen und Fragen zu erörtern wie die, ob die Haare an den Beinen nach dem Rasieren stärker nachwachsen. Und wohin hat mich das gebracht? Dreizehn Jahre später arbeite ich in einem örtlichen Pub, und Danny Davis hat mir soeben das Herz gebrochen.

Ich muss aufhören, Tagträumen nachzuhängen. Am Tisch nebenan stehen ein leerer Bierkrug und ein leeres Weinglas, die abgeräumt werden müssen. Schließlich möchte ich nicht, dass Brian, der nette Geschäftsführer des Pubs, mich für nachlässig hält. Das Letzte, was ich jetzt brauchen kann, ist eine Kündigung, denn nur wegen meines Jobs schaffe ich es, mich morgens aus dem Bett zu quälen.

Ich arbeite gern im *Pig and Whistle.* Wenn man schon in einem Pubrestaurant arbeiten muss, gibt es keinen besseren Laden als diesen. *The Whistle*, wie es von den Einheimischen genannt wird, ist ein geräumiges Lokal mit einer Menge Nischen und liegt sechs Meilen von der Liverpooler Stadtmitte entfernt in der Gemeinde Knowsley. Unsere Klientel ist breit gefächert, und der Hauptanziehungspunkt ist die kleine hauseigene Brauerei des unabhängigen Pubs. Außerdem haben wir einen hervorragenden Koch namens Darren, der vor zwei Jahren in einem Wettbewerb für Nachwuchsköche den zweiten Platz belegt hat.

Das Pubrestaurant wirkt mit dem grauen Fliesenboden und den Tischen und Stühlen aus schwerem Holz hell und freundlich. Es ist eine Mischung aus modernen und gemütlichen Elementen – Armaturen und Einbauten aus Chrom und Steinwände mit alten Fotos der ländlichen Umgebung. Es gibt mehrere offene Kamine, in denen in den Wintermonaten Feuer flackert, und fünf verschiedene Sorten Ale, die frisch gezapft werden. Die Theke aus Eichenholz ist hufeisenförmig und bietet jegliches alkoholische Getränk, das man sich nur vorstellen kann, mit Ausnahme von Absinth. Da hat es einmal einen bedauerlichen Vorfall gegeben, als sich bei einem Mittagessen des Rentnervereins ein Mann splitternackt auszog.

Ich habe von meinem Platz hinter der Theke einen so großartigen Überblick, dass ich mich manchmal fühle wie ein Kapitän am Steuer seines Schiffes. Es kommen nicht allzu viele Einheimische aus der Gegend zu uns, obwohl hin und wieder ein paar auftauchen, die in den nur wenige hundert Meter entfernt liegenden Reihenbungalows neben den Feldern wohnen. Zum Beispiel Geoff, der rotgesichtige Schweinebauer, der einen interessanten Geruch verströmt, oder Bill und Dot, die bereits seit vierzig Jahren verheiratet sind und immer noch Händchen halten, und noch ein jüngeres Paar. Danny und ich haben auch dazugehört, nachdem wir uns wegen der idyllischen Lage dort ein Häuschen gekauft hatten. Es liegt zwar fast auf dem Land, aber alle halbe Stunde kommt ein Bus vorbei, der direkt ins Zentrum von Liverpool fährt.

Der Rest unserer Gäste setzt sich aus Laufkundschaft und Gruppen zusammen, die ein besonderes Ereignis feiern wollen. Und dann gibt es noch die Weihnachtsfeiern mit Auftritten von Coverbands. Normalerweise sind die Künstler sehr gut, bis auf den einen Sänger im letzten Jahr, der eher an Bruce Forsyth als an Bruce Springsteen erinnerte.

In den letzten Wochen war mein Job meine Rettung. Leute zu beobachten gehört zufällig zu meinen Hobbys, und indem ich unsere Gäste habe kommen und gehen sehen, ist mir klar geworden, dass ich nicht die Einzige bin, die gerade eine schwere Zeit durchmacht. Eigentlich hätte das Vorbereiten eines Büfetts für eine Trauergesellschaft in der vergangenen Woche alles ins rechte Licht rücken müssen, aber mein Herzschmerz wegen Danny hat sich immer noch nicht gelegt.

Das Pärchen, das soeben den Tisch mit den zwei leeren Gläsern verlassen hat, hat eine Affäre, das sehe ich aus einer

Meile Entfernung. Als sie durch die Tür gekommen sind, haben sie sich verstohlen im Pub umgeschaut und während des Essens immer wieder Händchen gehalten. Außerdem sieht die schlanke junge Frau eher aus wie die Tochter ihres etwas beleibten, gut betuchten Begleiters. Dabei muss ich an Danny denken und daran, wie problemlos es ihm gelungen ist, seine kleine Affäre zu verheimlichen. Da glaubt man, jemanden gut zu kennen, aber ich hatte keinen blassen Schimmer …

Eine Gruppe junger Frauen kommt zum Mittagessen herein, aber Jack, einer unserer Kellner, ist plötzlich verschwunden. Wahrscheinlich hat er sich wieder mal hinausgeschlichen, um eine Zigarette zu rauchen. Er wird wohl demnächst seinen Hut nehmen müssen. Jack ist Student. Er macht seinen Job nur halbherzig und glaubt, er käme damit durch, weil er aussieht wie Brad Pitt in jungen Jahren. Aber das Pub hat einen beneidenswerten Ruf für seinen Service, und den gilt es zu wahren.

Ich möchte gerade die Frauengruppe zu einem Tisch führen, als Jack auftaucht und seinen üblichen Charme versprüht, also gehe ich wieder an meinen Platz hinter der Theke zurück. Und dann bleibt mir beinahe das Herz stehen. Ein Mann, der Danny verblüffend ähnlich sieht, kommt zur Tür herein. Er ist ebenso groß und schlank und hat auch braunes, leicht gelocktes Haar. Als er zur Bar schlendert, sehe ich, dass seine Augen braun sind, und nicht wie die von Danny aquamarinblau. Er schenkt mir ein leicht schiefes Lächeln und zeigt dabei seine strahlend weißen Zähne.

»Was darf's sein?«, frage ich fröhlich, obwohl mir das

Herz beim Anblick dieses Mannes, der meinem Ehemann so stark ähnelt, gegen meinen Brustkorb hämmert.

»Ein großes Glas von eurem besten Bitter und Ihre Telefonnummer bitte.« Er grinst mich an.

»Sie kommen wohl immer gleich zur Sache«, erwidere ich, während ich für ihn ein Magpie-Bitter zapfe, zur Zeit eine unserer beliebtesten Biersorten.

»Das spart Zeit.« Er lacht. »Und man kassiert die Abfuhr schneller.« Scheinbar enttäuscht verzieht er das Gesicht.

Wir unterhalten uns ein paar Minuten, bevor ich einen weiteren Gast bedienen muss. Ich sollte mich glücklich schätzen, dass jemand mit mir flirtet, und er ist zweifellos attraktiv, aber ich bin nicht interessiert. Irgendwo wartet wahrscheinlich ohnehin eine Ehefrau oder Freundin auf ihn.

Meine Aufmerksamkeit fällt auf eine weitere Gruppe, die das Pub betritt, und ich bitte Lyndsey, eine unserer Kellnerinnen, mich an der Bar zu vertreten, während ich die schlanke Geschäftsfrau mit dem schimmernden Haar und dem teuren Wollmantel und ihre Begleiterinnen an einen Tisch führe.

Jack hat sich tatsächlich an die Arbeit gemacht und nimmt die Essensbestellungen der jungen Frauen entgegen, die alle unverblümt mit ihm flirten. Aus meiner ordentlichen Hochfrisur haben sich einige blonde Strähnen gelöst und kleben mir bei dieser für Ende Mai ungewöhnlichen Hitzewelle am Gesicht. Ich versuche, die Ketchupflecken, die das Kleinkind am nächsten Tisch soeben mit seinen klebrigen Händchen auf meiner weißen Bluse hinterlassen hat, zu verbergen, während ich Speisekarten auf den Holztisch lege und auf unsere auf der Tafel angekündigten Spezialitäten des Tages hinweise – geschmortes Schweinefleisch mit Cider oder Loup de Mer mit gedünstetem Spargel.

Die Frau mit dem Wollmantel strahlt praktisch aus jeder Pore Erfolg aus, und mir schießt kurz durch den Kopf, dass sie wohl in meinem Alter ist. Sie gehört sicher zu denjenigen, die in der Schule fleißig gelernt und sich schon früh ein Ziel gesetzt haben. Einen Moment lang bedauere ich, dass ich das nicht auch getan habe. Ich habe nichts gegen meinen Job einzuwenden – tatsächlich mache ich ihn sehr gern –, aber ich habe einmal davon geträumt, Journalistin zu werden. Und dabei ist es geblieben. Ich habe nur davon geträumt, mich aber nie wirklich angestrengt, um dieses Ziel zu erreichen. Ich habe mich viel mehr für Jungs, Shopping, Nachtclubs und all das interessiert, was Spaß versprochen hat.

Ich war diejenige, die ständig ihre Freundinnen dazu überredet hat, mit einem Taxi zu den neonbeleuchteten Hauptstraßen anderer Städte zu fahren, um dort die ganze Nacht um die Häuser zu ziehen. Mir läuft ein Schauder über den Rücken, wenn ich daran denke, wie ich einmal mit meiner besten Freundin Hayley mit einem bärtigen Lkw-Fahrer, der während der ganzen Fahrt beängstigend schweigsam war, nach London getrampt bin. Wir verbrachten die nächsten drei Nächte in einer Jugendherberge in Holland Park, erkundeten die Stadt und fuhren erst nach Hause zurück, als wir kein Geld mehr hatten. Ich kann mich nicht erinnern, wann ich zum letzten Mal ein solches Abenteuer erlebt habe, aber vielleicht ist es genau das, was ich im Moment brauche.

Die Frau mit den kupferfarbenen Strähnchen im Haar streift ihren blauen Wollmantel ab und reicht ihn mir. Er duftet nach *Miss Dior.* »Sei so nett und häng ihn für mich auf, Mandy«, sagt sie und schenkt mir ein hintergründiges und sehr zufriedenes Lächeln.

Kapitel 2

Ich nehme der Frau den Mantel ab und starre sie an – sie kommt mir irgendwie bekannt vor. Aber das kann doch nicht sein, oder? Sie ist so schlank und sieht, nun ja, sehr sexy aus. Janet Dobson und sexy – das passt einfach nicht zusammen. Ich bin fassungslos.

Janet Dobson, die Streberin mit dem Haarreifen, die wir »das Persil-Mädchen« nannten (weil ihre Sportsachen selbst nach einem Geländelauf über matschige Felder auf wundersame Weise immer noch strahlend weiß waren) und die ständig vergeblich versuchte, sich unserer Clique anzuschließen. Es war wie in dem Film *Grease*, wobei Janet die Rolle der Patty Simcox spielte, die immer nur am Rand stand und verzweifelt versuchte, zu unserem Kreis zu gehören. Und ich muss beschämt zugeben, dass wir sie gnadenlos ausnutzten. Ihr Onkel hatte einen Kiosk in der Nähe der Schule, und wir stifteten sie dazu an, für uns Zigaretten und Schokoriegel zu klauen. Zur Belohnung durfte sie dann eine Weile mit uns abhängen.

Zuletzt sind wir uns am Leeds and Liverpool Canal begegnet, wo ich daran beteiligt war, sie von ihrem Fahrrad zu schubsen und in das trübe Kanalwasser zu befördern. (Natürlich versehentlich. Das ist eine lange Geschichte.) Ich könnte schwören, dass ihre roten Shorts und das dazu passende weiße Poloshirt immer noch blitzsauber waren, als wir sie herauszogen.

Hätte sie mich jetzt nicht angesprochen, dann hätte ich sie in einer Million Jahren nicht erkannt, aber ihre Stimme war unverkennbar. Janet hatte zwar nie mit dem deutlich ausgeprägten Liverpool-Akzent gesprochen wie wir anderen, aber tatsächlich war es der Klang ihrer Stimme, der sie verriet. Sie klingt wie eine Art Kreuzung aus einer Nachrichtensprecherin und einer Sängerin.

»Janet?«, stoße ich hervor, als der Groschen endlich gefallen ist.

»Hallo, Mandy«, singt sie und zeigt dabei eine Reihe kosmetisch verschönerter, teurer Zähne.

»Wie geht es dir?«, bringe ich mühsam hervor und reiche ihr eine in rotes Leder gebundene Speisekarte.

»Sehr gut«, antwortet sie und zieht die Wörter in die Länge, um sie stärker zu betonen. »Wirklich seeehr gut. Also, hier arbeitest du?« Sie zieht eine Augenbraue nach oben und lässt den Blick aus perfekt geschminkten Augen durch das Lokal schweifen. »Nicht schlecht. Ich meine, wenn man schon in der Gastronomie arbeiten muss, ist dieses Pub recht nett.«

Die anderen aus ihrer kleinen Gruppe lächeln schmallippig, bevor sie sich in die Speisekarte vertiefen.

»Ich bin hier die Barchefin«, erkläre ich und versuche, nicht gereizt zu klingen. Ich ärgere mich über mich selbst, weil ich mich von ihr habe herausfordern lassen. Ich sollte nicht versuchen, die verflixte Janet Dobson zu beeindrucken. Ich wäre sogar stolz darauf, in einem solchen Lokal zu putzen, so wie es Joyce, unsere Reinigungskraft, tatsächlich ist. Wir sind eine große, glückliche Familie.

»Gut gemacht«, erwidert Janet so gönnerhaft, dass ich ihr

am liebsten die Speisekarte dorthin schieben möchte, wo die Sonne nicht hinscheint. Aber ich bin schließlich Profi.

»Was wollt ihr trinken?«, frage ich mit einem strahlenden Lächeln. »Ich komme dann gleich wieder, um eure Bestellung fürs Essen aufzunehmen.«

Ich schreibe auf, was Janet haben möchte, und gehe zurück zur Bar. Als ich die Getränke auf den Weg gebracht (Mineralwasser und zwei Flaschen Sauvignon blanc) und die Essensbestellung in der Küche abgegeben habe, nehme ich meinen Platz hinter der Theke wieder ein und gebe vor, an der Kasse beschäftigt zu sein, während ich aus der Ferne das Grüppchen an Janets Tisch eingehend mustere. Eine junge Frau ist recht unkonventionell gekleidet, sie trägt einen bunten Maxirock und eine Jeansjacke. Um den Kopf hat sie sich einen gebatikten Schal wie einen Bandana geschlungen, und in jedem Ohrläppchen stecken mehrere Silberringe. Anscheinend macht sie sich Notizen. Neben ihr sitzt eine attraktive Rothaarige in den Dreißigern, die die übliche Bürouniform trägt, einen schwarzen Bleistiftrock und eine gestärkte weiße Bluse. Und zu guter Letzt ist da noch Janet in einem eleganten schwarzen Etuikleid und einer pinkfarbenen Strickjacke aus Kaschmir. Ich frage mich, in welcher Branche sie arbeiten und warum sie sich bisher noch nie in unserem Pub zu einer Besprechung getroffen haben.

»Tisch vier!« Der laute Ruf aus der Küche reißt mich aus meinen Gedanken. Das Essen für Janets Tisch steht bereit.

Lucy, eine junge Bedienung, die gerade den Kühlschrank mit Mischgetränken auffüllt, macht sich auf den Weg, um die Teller aus der Küche zu holen, doch ich halte sie auf.

»Ich mach das schon, Lucy.«

Sie zuckt mit den Schultern und kehrt wieder zu den Erfrischungsgetränken zurück, die nach ihren unterschiedlichen Geschmacksrichtungen von Orange bis Brombeere Seite an Seite hinter der Glasscheibe des großen schwarz-silbernen Kühlschranks wie ein Regenbogen aufgereiht sind.

»Hier, bitte schön«, sage ich freundlich und stelle unsere Tagesspezialitäten, zwei Portionen geschmortes Schweinefleisch mit Cider und einen Teller Loup de Mer, auf den klobigen Holztisch. »Guten Appetit. Möchtet ihr noch Soßen dazu?«

Ich würde nur allzu gern wissen, in welcher Branche Janet tätig ist, aber ich will sie nicht danach fragen. Mit der Geschwindigkeit einer Schnecke unter Beruhigungsmittel stelle ich die Remouladensoße auf den Tisch, aber die Damen nippen nur stumm an ihren Getränken.

»Ich muss schon sagen, das schmeckt hervorragend«, erklärt Janet schließlich und schiebt sich einen weiteren Bissen von dem köstlich duftenden Loup de Mer in den Mund. »Ich weiß gar nicht, warum wir noch nie hier waren.«

»Wo esst ihr denn sonst?«, frage ich beiläufig.

»Oh, hier und da. Überall im ganzen Land. Und oft auch im Ausland. Da vergisst man leicht, wie gut manche unserer Pubs auf dem Land sind.«

Janet lächelt aufrichtig, und ihre Begleiterinnen nicken übereinstimmend, während sie sich ihr Essen schmecken lassen. Ich will sie gerade fragen, warum sie so viel herumreisen, als ich ein ohrenbetäubendes Krachen aus der Küche höre, gefolgt von einem durchdringenden Schrei.

Ich flitze in die Küche und sehe, dass eine unserer Mikrowellen explodiert ist. Wir benutzen sie nur hin und wieder, um etwas aufzuwärmen, aber anscheinend hat Sally, eine der neuen Küchenhilfen, einen Pudding in einem Aluschälchen erhitzen wollen, und nach einem farbenprächtigen, an das Polarlicht erinnernden Leuchten flog die Tür auf, und klebriger Karamellpudding klatschte an die gegenüberliegende weiße Wand. Sally heult sich die Augen aus dem Kopf, Darren steht mit offenem Mund daneben, und Lyndsey lacht hysterisch.

Lyndsey lacht immer, wenn etwas Schreckliches passiert. Es ist eine nervöse Reaktion, aber versuchen Sie mal, das der Ehefrau des Mannes zu erklären, der letzte Woche in einer unserer Sitznischen beinahe erstickt wäre, während Lyndsey wie verrückt kicherte. Nach einem Heimlich-Manöver wurde er mit dem Rettungswagen nach Hause gefahren, und jetzt geht es ihm wieder gut … Seine Frau hat allerdings geschworen, nie wieder dieses Pub zu betreten, in dem »ein komplett irres Weibsstück« arbeitet.

Lyndsey ist eine so fantastische Kellnerin, dass man ihr ihr unpassendes Gelächter gern vergibt. Sie arbeitet schnell und effizient und sieht mit ihrer schlanken Figur, der olivfarbenen Haut und dem hübschen Gesicht großartig aus. Daher bekommt sie auch immer unglaublich hohe Trinkgelder, die sie bereitwillig in unsere gemeinsame Trinkgeldkasse wirft.

Janet und ihre Begleiterinnen haben ihre Mahlzeit beendet, hinterlassen ein großzügiges Trinkgeld auf dem Tisch und holen ihre Mäntel.

Tja, Janet, denke ich, nun hattest du deinen Moment des Triumphs, und ich hoffe aufrichtig, dass du ihn genossen hast – ich habe mich in unserer Schulzeit dir gegenüber wirklich unmöglich benommen.

»Tschüss, Mandy.« Janet schenkt mir ein Lächeln, und es fällt mir schwer zu beurteilen, ob es echt ist. »Hier ist meine Visitenkarte.« Sie reicht mir eine schwarze Karte mit goldener Schrift. »Falls du irgendwann meine Dienste in Anspruch nehmen möchtest.«

Als das Grüppchen in Richtung Parkplatz verschwindet, bin ich sicher, dass ich Janet Dobson nie mehr wiedersehen werde.

Kapitel 3

Ich kam mit Danny Davis zusammen, nachdem er mich vor einer Disco im Gemeindezentrum gerettet hatte. Damals waren wir beide fünfzehn Jahre alt. Ein paar von meiner Clique und ich waren nach draußen geschlichen, um heimlich eine Zigarette zu rauchen, als der schmierige Gary Smith, der keine Freunde hatte, mir meine silbernen Ohrclips klaute und sich in die Unterhose steckte. Sie gehörten meiner sechzehnjährigen Nachbarin, die mich umbringen würde, wenn ich ohne sie nach Hause kam. »Du weißt ja, wo du sie dir holen kannst.« Er grinste höhnisch und deutete auf seinen Schritt. Wenige Sekunden später wurde er mit einem Nackengriff um die Ecke geführt und kam kurz darauf mit einer blutigen Nase wieder zurück. Danny streckte mir die Ohrringe meiner Freundin auf seiner Handfläche entgegen, und ich nahm sie mithilfe eines Taschentuchs wieder an mich.

Damals kannte ich Danny noch nicht sehr gut, obwohl er zu meinem weiteren Freundeskreis gehörte, aber eine Woche nach dem Vorfall mit den Ohrclips tauchte er in der Schuldisco auf. In seinem aquamarinblauen T-Shirt, das genau die Farbe seiner Augen hatte, sah er umwerfend aus. Nachdem er mir ein paar Gläser Cider organisiert und zu einem Song von George Michael eng mit mir getanzt hatte, war ich total verknallt. Ein Jahr später trennten wir uns wieder, weil ich beschlossen hatte, für eine feste Beziehung noch zu jung zu sein, und Danny eigentlich ebenso empfand. In den darauffolgenden Jahren hatte ich viel Spaß mit meinen Freundinnen, aber fünf Jahre später, kurz nach meinem einundzwanzigsten Geburtstag, kamen wir wieder zusammen.

Es war kaum zu glauben, wie schnell die Zeit dazwischen verflogen war. Dieses Mal machte Danny es mir schwerer, ihn zu vergessen, denn er tauchte immer wieder an den Orten auf, wo ich mich regelmäßig aufhielt. Am späten Abend begleitete er mich dann meist nach Hause und verabschiedete sich mit einem Kuss. Eine Weile spielte sich mein Leben nach diesem Muster ab. Ich war so vernarrt in ihn, dass ich ihm nie widerstehen konnte.

Ich hatte Danny schon eine Zeitlang nicht mehr gesehen, als er am Silvesterabend in einem Pub plötzlich vor mir stand. Er sah großartig aus. Zu einem grauen Anzug trug er ein weißes Hemd, das seine leichte Bräune von einem kürzlichen Urlaub mit Freunden zur Geltung brachte. Als er mich um Mitternacht an die Hand nahm und mich hinter das Pub führte, um mir einen »richtigen« Kuss zu geben, wurde mir klar, dass er mir wieder einmal das Herz gestohlen hatte …

Ich kann mich noch gut an die Reaktion meiner Mutter erinnern, als ich ihr vor all den Jahren meine Heiratspläne verriet. Ich stand in der Küche meines Elternhauses, trocknete Teller ab und plauderte mit meiner Mutter, die einen Song aus dem Radio mitsummte.

»*Was* willst du tun?«, rief sie, als ich ihr von der bevorstehenden Hochzeit erzählte.

»Mum, wir kennen uns schon seit Jahren. Danny ist definitiv der Richtige für mich.«

Sie war gerade dabei, Eier in eine Backmischung für Yorkshire Pudding zu rühren, und hielt inne. »Ich weiß, Schätzchen.« Sie runzelte die Stirn. »Aber du bist noch so jung.«

Mum trug einen grauen Jogginganzug, den sie sich in der Absicht gekauft hatte, regelmäßig ins Fitnessstudio zu gehen. (In den vorangegangenen Monaten hatte sie es gerade zwei Mal geschafft.) Ihr blondes Haar war zu einem Pferdeschwanz zusammengebunden, und sie war ungeschminkt. Sie ist immer noch die einzige Frau, die ich kenne, die ohne Make-up um Jahre jünger aussieht …

»Mum, ich bin einundzwanzig. Ja, das ist jung, aber du und Dad wart auch nicht viel älter, als ihr geheiratet habt, und ihr seid immer noch glücklich miteinander, oder?«

Sie gab mir keine Antwort und rührte weiter Eier in den Teig. Mir war klar, dass sie sich nur Sorgen um mich machte.

Im Laufe der Jahre bekam ich den Eindruck, dass meine Mum wünschte, sie hätte nicht so früh geheiratet. Sie war auf ihre eigene Art und Weise zwar glücklich mit meinem Dad, aber ich wusste, dass sie oft mit dem Gedanken spielte, wie es wohl wäre, Krankenschwester im Walton Hospital zu sein. Sie hätte es dort zur Oberschwester oder Stationsschwester bringen können, aber sie hatte ihren Beruf aufgegeben, um sich um mich und meinen Dad zu kümmern. Meine Mum ist eine kluge Frau. Unser Reihenhaus in Liverpool ist hübsch eingerichtet und immer blitzsauber, aber eigentlich ist sie keine typische Reihenhausbewohnerin.

Mum hätte zumindest eine Doppelhaushälfte mit einem Wintergarten in Southport verdient.

Wieder einmal bedaure ich, dass ich mich in der Schule nicht mehr angestrengt habe. Dann wäre Mum vielleicht stolz auf meine Leistungen und könnte besser mit ihren eigenen unerfüllten Ambitionen leben.

»Mum«, begann ich an jenem Tag und versuchte, ihre möglichen Bedenken zu zerstreuen. »Danny und ich passen sehr gut zusammen. Und wir wollen uns ja auch nicht sofort mit Kindern belasten. Wir wollen beide noch Spaß haben, Reisen machen und jedes Wochenende ausgehen.«

Das schien sie nicht zu überzeugen.

»Dafür werdet ihr aber kein Geld haben, wenn ihr ein Haus abbezahlen und alles andere finanzieren müsst, Mandy.« Mum seufzte. »Wenn man erst einmal mit Geldproblemen zu kämpfen hat, geht es mit der Liebe schnell den Bach runter.« Meine Mum verwendet gern solche Redewendungen und hat immer eine parat. »Na ja, wenn es nicht klappt, kannst du jederzeit wieder nach Hause kommen«, fügte sie entschlossen hinzu. »Zu Hause ist man dort, wo das Herz ist.«

Mein Dad saß im Hintergrund und verdrehte, wie so oft, liebevoll die Augen …

Jetzt, während ich meiner Mutter in der Küche zusehe, erinnere ich mich sehr gut an diese Unterhaltung, obwohl sie schon eine Ewigkeit zurückzuliegen scheint.

Mum holt eine Shepherd's Pie aus dem Ofen, und bei dem köstlichen Duft knurrt mir der Magen. Mums Kochkünste vermisse ich wirklich, seit ich nicht mehr zu Hause wohne. Selbst die einfachsten Gerichte schmecken fantastisch, wenn meine Mutter sie zubereitet. Bei ihr denke ich unwillkürlich an den Werbeslogan von Marks & Spencer: »Das ist nicht nur ein Ei mit Pommes frites – das ist Mrs Evans Ei mit Pommes frites.«

Ich gehe zur ihr hinüber und nehme sie in den Arm. Sie wischt sich die Hände an der Schürze ab und erwidert meine Umarmung. Sie duftet nach dem Parfum *Sunflowers* und nach Knoblauch, und das versetzt mich in Gedanken sofort zurück an eine Klassenfahrt nach Frankreich. Sie hat sich aus mehreren Gründen in mein Gedächtnis eingebrannt, denn in dem Wald hinter unserer Jugendherberge war nachts ein Feuer ausgebrochen, und wir wurden im Schlafanzug zu einer anderen Unterkunft gebracht, die eine Stunde Fahrt entfernt lag. Und dort gab es nichts außer Freiluftschach und Boule.

Kaum zu fassen, aber das war bereits der zweite Waldbrand, den ich während meiner Ferien erlebte. Als ich neun Jahre alt war, hatte mein Dad eine Gehaltserhöhung bekommen, und wir fuhren nach Rhodos in Griechenland. Ich war begeistert. Niemals werde ich das herrlich funkelnde Mittelmeer und die langen Sandstrände vergessen, die so heiß waren, dass man sich beinahe die Füße verbrannte. Ich liebte die Strandtaverne *Christakis*, wo es hausgemachte Milchshakes mit Vanilleeis und einer frischen Erdbeere zur Krönung gab.

In dem Jahr, in dem wir nach Griechenland reisten, war es dort besonders heiß, und der Anblick von Hubschraubern, aus denen Wasser auf ein elf Kilometer entfernt ausgebrochenes kleines Feuer im Wald ausgekippt wurde, ängstigte meine Mutter so sehr, dass sie beschloss, nie wieder einen Fuß in ein so heißes Land zu setzen. Also fuhren wir im darauffolgenden Jahr wieder nach Wales – »Dort gibt es mit Sicherheit keinen Waldbrand!« –, genauer gesagt nach Llandudno, wo wir, wie ich fairerweise zugeben muss, immer eine tolle Zeit hatten.

Als Einzelkind durfte ich immer meine Freundin Hayley mitnehmen, damit ich nicht allein war. Hayley und ich waren dreizehn, als wir in den Ferien mit Selbstbräunerfeuchttüchern experimentierten. Wir rieben uns damit ein, bevor wir ins Bett gingen, und als wir am nächsten Morgen aufwachten, sahen wir aus wie gestreifte Oompa Loompas – ganz zu schweigen davon, dass wir die Bettwäsche ruiniert hatten.

Mum schneidet die Shepherd's Pie in große Stücke, bevor sie Erbsen in einem Kochtopf aufwärmt. Der Geruch bringt mich in die Gegenwart zurück und erweckt gleichzeitig ein tröstliches und vertrautes Gefühl.

Die Erinnerungen an unsere Ferien führen mich in Gedanken noch einmal nach Rhodos in Griechenland.

Ich erzähle Mum davon, während sie einen Ventilator anschaltet, um die stickige Luft zu kühlen.

»Auf Rhodos war die Luft extrem heiß, stimmt's, Mum?«

»O ja, ich erinnere mich daran, Schätzchen. Die Hitze hat mir schwer zu schaffen gemacht. Wenn ich mir vorstelle, ich wäre jetzt dort, wo ich ohnehin nachts ständig Schweißausbrüche habe … Ich würde im wahrsten Sinne des Wortes schmelzen, und am Morgen würde man nur noch eine Pfütze Wasser in meinem Bett finden.« Sie kichert.

Ich werde diese Ferien nie vergessen – ich habe jede

Minute davon genossen. Die Erinnerungen an die unzähligen Portionen Eiscreme und das Schwimmen im türkisblauen Meer sind für immer in mir verankert. Und wer weiß? Vielleicht werde ich eines Tages noch mal dorthin fahren. Möglicherweise ist sogar jetzt der ideale Zeitpunkt für einen kleinen Urlaub. Und es gibt niemanden, der mich davon abhalten könnte.

Kapitel 4

Zu Hause leere ich meine Clutch aus und finde die kleine schwarze Visitenkarte.

Entertainment Express
Catering für Musikevents aller Art
Kontaktieren Sie Janet unter 0845/677543
janet@entertainmentexpress.com

Eventmanagerin? Jetzt bin ich platt! Ich hätte alles darauf gewettet, dass Janet Buchhalterin oder Anwältin ist oder irgendeinen anderen Kostümträgerinnen-Beruf hat. An Eventmanagerin hätte ich bei ihr niemals gedacht – das erscheint mir für sie viel zu glamourös. Obwohl ich widerwillig zugeben muss, dass sie sich sehr verändert hat. Ihre Pausbäckchen sind verschwunden, ebenso wie ihr Haarreifen aus Plastik auf dem Kopf. Stattdessen trägt sie nun ihr Haar in einem leuchtenden Kupferton.

Ich stecke die Karte wieder in meine Tasche und schenke mir ein Glas Weißwein ein. Das ist inzwischen zur Gewohnheit geworden.

Während der Arbeit trinke ich keinen Alkohol, aber wenn ich dann nach Hause komme, genehmige ich mir ein großes Glas Wein – nur eins, wohlgemerkt. Ich rechne immer noch damit, gleich zu hören, wie Danny seine Wagentür zuschlägt, bevor er das Haus betritt, und eine Träne kullert mir über die Wange.

Wir sind seit acht Jahren verheiratet, und alles ist wunderbar gelaufen – zumindest habe ich das geglaubt. Wir haben aus unserem gemütlichen Häuschen ein richtiges Heim gemacht, mit cremefarbenen Wänden, dunklen Holzböden und einem offenen Kamin aus Backstein. Überall im Haus verteilt stehen immer Blumen. Ich liebe frische Blumen, aber ich wusste, dass Danny darauf keinen großen Wert legte. Umso süßer war ihr Duft, wenn er mir einen Strauß mitbrachte, und das tat er sehr oft.

Eines Tages, als ich Mum besuchte, gab sie sich große Mühe mit dem Versuch, mir vorsichtig beizubringen, dass die Zeit gekommen war, in der in meiner Ehe einiges schieflaufen könnte – das verflixte siebte Jahr. Ich konnte nicht ahnen, dass sich ihre Prophezeiung schon bald bewahrheiten würde.

Auf dem Kaminsims steht eine Klarglasvase mit einem bunten Strauß Chrysanthemen, den ich mir selbst bei Tesco gekauft habe. Ich schenke mir noch ein Glas ein, während mir Tränen über die Wangen strömen. Nun sind schon sechs Wochen vergangen, seit Danny mich verlassen hat, aber ich habe immer noch das Gefühl, als hätte man mir soeben den Boden unter den Füßen weggezogen.

Ich starre auf unser gerahmtes Hochzeitsfoto an der Wand und denke wehmütig an unsere Hochzeit. Wir haben in der St Chad's Church in Liverpool geheiratet, einem beeindruckenden Gebäude aus dem 19. Jahrhundert. Der anschließende Empfang mit achtzig Gästen fand in einem örtlichen Hotel statt. Wir wollten die Hochzeitsgesellschaft so klein wie möglich halten, aber das ließ sich nicht verwirklichen, weil die Familie meines Vaters sehr groß ist und wir keinen übergehen konnten. Dad übernahm einen großen Teil der Kosten, damit sich niemand vor den Kopf gestoßen fühlte.

Ich hole das Hochzeitsalbum aus einer Schublade des Wohnzimmerschranks und blättere darin herum. Das war ohne Zweifel der schönste Tag meines Lebens. Danny sah in seinem grauen Dreiteiler so gut aus wie nie zuvor, und ich fühlte mich in meinem mit Perlen besetzten elfenbeinfarbenen Seidenkleid wie eine Königin. Meine drei Brautjungfern, darunter meine beste Freundin Hayley, trugen altrosa Kleider und hielten cremefarbene Blumensträuße in den Händen. Ich frage mich, was ich jetzt mit diesem Album voller glücklicher Erinnerungen tun soll.

Hayley ist bereits seit der Grundschule meine beste Freundin. Unsere erste Begegnung war jedoch schwierig: Am ersten Tag griffen wir beide nach demselben Puzzle, und sie umklammerte es und weigerte sich, es loszulassen. Ich war wütend, und als sie später einen Moment lang nicht hinsah, gelang es mir, eines der Teile zu verstecken. Sie verbrachte den halben Vormittag damit, es unter den Tischen und überall zu suchen. Das erzählte ich ihr allerdings erst in der sechsten Klasse, als wir uns bei der Abschiedsfeier ein paar Geheimnisse voneinander verrieten.

Die Hochzeitsfeier war wie ein Traum. Es wurden humorvolle Reden gehalten, ein DJ legte tolle Musik auf, und die Gäste waren zwar ausgelassen, benahmen sich aber anständig. Alle amüsierten sich prächtig. Es gab keine einzige Panne, was mich ein wenig enttäuschte, denn ich hätte mich in den darauffolgenden Jahren gern an zumindest eine witzige Geschichte erinnert. Bei der Hochzeit meiner Nachbarin Jane im Jahr zuvor waren zwei Gäste in Ohnmacht gefallen, dem Trauzeugen platzte die Hose auf, ein uneingeladener Hund schlüpfte durch eine Seitentür herein, als jemand zum Rauchen hinausging, und plünderte das halbe Büfett, und zwei ältere Tanten, beschwipst von dem furchtbar starken hausgemachten Punsch, gingen aufeinander los und prügelten sich.

Ich genoss es sehr, mit Danny verheiratet zu sein, und ging davon aus, dass das immer so bleiben würde. Wir gingen nicht mehr oft aus – wir arbeiten beide, und wenn meine Schicht im Pub vorbei war und er einen langen Tag in der Werkstatt hinter sich gebracht hatte, waren wir beide erledigt. Aber wir liebten uns noch. Wir waren schon seit so langer Zeit ein Teil im Leben des anderen. Meistens holten wir uns abends Essen zum Mitnehmen und machten es uns zu Hause gemütlich. Der Umsatz der bengalischen Imbissstube nebenan stieg enorm an, nachdem wir hierhergezogen waren. Wir hatten die gesamte Speisekarte bereits rauf und runter probiert – das wurde mir bewusst, als ich mich eines Abends bückte, um eine Kiste mit Mixgetränken hochzuheben, und mir dabei die Hose schmerzhaft in den Bauch schnitt.

Jetzt ist mein Hosenbund um einige Zentimeter zu weit und erinnert mich daran, wie viel ich in den letzten sechs Wochen abgenommen habe. Ein paar Pfunde zu viel stehen mir nicht gut, da ich ziemlich klein bin. (Aber ich habe eine gute Figur.) »Klein, blond und temperamentvoll« ist üblicherweise eine gute Beschreibung von mir, aber im Moment wäre wohl »klein, blond und völlig durcheinander« zutreffender.

»Lass dich bloß nicht gehen, jetzt, wo du einen Ring am Finger hast«, hatte meine Mum mich gewarnt.

Ich frage mich, warum ich nie gelernt habe, auf die weisen Worte meiner Mutter zu hören.

Als ich einen Blick auf mein Telefon werfe, um nach eingegangenen Nachrichten zu sehen, fällt mir wieder der Abend ein, an dem ich zum ersten Mal den Verdacht hatte, dass in meiner Ehe etwas nicht stimmte. Es war ein Donnerstagabend, und mir war klar, dass es spät werden würde. Im *Pig and Whistle* war eine Geburtstagsfeier zum Fünfzigsten im Gange, und es gab noch keinerlei Anzeichen dafür, dass sie bald vorbei sein würde. Das Geburtstagskind musste ein hartes Leben hinter sich haben, denn die Frau sah keinen Tag jünger als sechzig aus. Sie trug ein enges cremefarbenes Minikleid, und in Verbindung mit ihrem grellpink gefärbten Haar erinnerte sie an ein Streichholz.

Es gibt immer etwas zu feiern, und auch wenn etwas Schreckliches im Leben geschieht, wollen manche Leute trotzdem mit anderen einen fröhlichen Abend verbringen. Erst vergangene Woche hat ein Ehepaar zum Anlass des einundzwanzigsten Geburtstags ihres Sohns hier eine Party veranstaltet. Ihren anderen Sohn haben sie vor vier Jahren verloren, wie mir eine Mutter verriet, als ich ihr half, einen Rotweinfleck von ihrem pfirsichfarbenen Kleid zu entfernen. Sie wollten, dass ihr älterer Sohn eine schöne Zeit hatte, auch wenn sie vor vier Tagen zum Gedenken an den Geburtstag ihres verstorbenen Sohns an einem Aussichtspunkt in der Nähe Ballons hatten in den Himmel steigen lassen.

Wie auch immer, an diesem Donnerstag knurrte plötzlich mein Magen, und ich stellte fest, dass ich den ganzen Abend lang zu viel zu tun gehabt hatte, um eine Pause einzulegen. Ich erinnere mich daran, dass die Streichholzfrau den Arm hob und eine weitere Flasche Pinot Grigio bestellte. Es erstaunte mich, dass sie ihren Arm noch heben konnte, denn sie musste bereits so viel Weißwein intus haben, wie sie wog. Ich war erschöpft, aber hungrig, also schickte ich Danny eine SMS mit der Bitte, mir eine Portion Lamm Bhuna für später zu bestellen. Und das war der Abend, den ich so gern ungeschehen machen würde.

Kapitel 5

Es war bereits halb eins, als ich an diesem schrecklichen Abend nach Hause kam, und ich war überrascht, dass Danny immer noch wach war und ein Bier trank. Da er früh am Morgen anfangen muss und die Werkstatt, in der er arbeitet, etwas außerhalb von Liverpool liegt, fährt er gern rechtzeitig los, um den Berufsverkehr zu meiden.

Er arbeitet für eine dieser riesigen Autoreparaturketten, die Pannendienst und Kundendienst vor Ort zu günstigen Preisen anbieten. Er mag seinen Job und hat das große Glück, dass er schon immer wusste, was er tun wollte. Und er hat hart dafür gearbeitet. Schon in jungen Jahren hat er in der Werkstatt seines Onkels an alten Autos herumgeschraubt und dann eine entsprechende Ausbildung gemacht, um einen guten Job zu bekommen.

»Du bist so spät noch auf, Schatz?« Ich schaufelte zarte Stücke Lammfleisch und duftendes Pilaw in mich hinein, als hätte ich seit Monaten nichts mehr gegessen. Nachdem ich den Knopf an meiner Hose geöffnet hatte, lehnte ich mich, mein Tablett mit dem Essen und einer Flasche Bier vorsichtig balancierend, auf unserem cremefarbenen Ledersofa zurück.

»Ich konnte nicht schlafen«, erwiderte Danny und trank einen Schluck Bier. »Bei der Arbeit war heute nicht viel los, also bin ich nicht besonders müde. Wie war dein Tag?«

Ich betrachtete meinen attraktiven Mann mit den aquamarinblauen Augen, von denen alle schwärmten, und stellte plötzlich fest, dass wir schon lange nicht mehr miteinander geschlafen hatten … Aber jetzt war ich geschafft.

Ich fing an, ihm ein paar Geschichten von der Bar zu erzählen, und berichtete ihm von der Streichholzfrau, die nach drei Flaschen Pinot Grigio an diesem Abend mit erstaunlich geradem Gang das Pub verlassen hatte, aber ich hatte den Eindruck, dass er mir nicht richtig zuhörte und mit seinen Gedanken ganz woanders war.

Meine Güte, dieses Curry war zum Sterben …

In keiner anderen Imbissbude gibt es so gutes Essen wie bei unserem Bengalen. Wir sind mit den Besitzern per Du; sie schicken uns sogar zu Weihnachten immer eine Karte, und ich weiß, dass sie das nur bei wenigen Kunden tun. Das kleine Lokal war früher einmal eine hässliche Fernfahrerkneipe gewesen, und sie haben sich keine große Mühe gegeben, um ihm einen einladenderen Charakter zu verleihen, aber das Essen ist einfach göttlich. An den Wochenenden bildet sich immer eine Autoschlange vor dem Laden, und die Tagesspezialitäten unter der Woche sorgen dafür, dass viele der Gäste wiederkommen – das gilt vor allem für mich.

»Hast du zu Abend gegessen?«, fragte ich Danny, während ich auf dem Kaffeetisch Naanbrot und frittierte Zwiebelringe zu ihm hinüberschob.

»Nein, ich habe bei der Arbeit schon so viel gegessen. Sarah ist bei *Slimming World*, obwohl sie das eigentlich nicht nötig hat, und sie bringt ständig riesige Behälter mit Essen ins Büro. Die vegetarische Lasagne und das Kichererbsencurry schmecken fantastisch.« Er grinste zufrieden.

»Oh«, brachte ich mühsam hervor. Ich fühlte mich plötzlich wie eine Presswurst, als ich auf den leeren Teller vor mir schaute. Ich warf einen Blick auf die schmale Gestalt meines Mannes – er ist groß und von Natur aus schlank und kann essen, was er will, ohne zuzunehmen.

Er schaltete den Fernseher ein. Gerade begann *Lethal Weapon 4*.

»Kein schlechter Film«, meinte er und ging in die Küche, um sich noch ein Bier zu holen. Ich war ein wenig verwundert, denn schließlich war das ein Abend unter der Woche.

»Musst du morgen nicht arbeiten?«, fragte ich mit einem Blick auf die Uhr.

»Ich habe beschlossen, mir morgen freizunehmen«, erwiderte Danny beiläufig.

Ich war ein wenig gekränkt, weil er mir das nicht gesagt hatte. Normalerweise sprach er sich mit mir ab, wenn er einen Tag freinahm, damit wir gemeinsam etwas unternehmen konnten und uns nicht wie Schiffe in der Nacht nur kurz begegneten.

»Hast du etwas vor?«, fragte ich, und meine Stimme hatte einen anklagenden Unterton. Er zuckte nur mit den Schultern und erklärte, er werde mal sehen, worauf er Lust habe.

Ich war total erledigt und sehnte mich nach meinem Bett, aber ich hatte das unbestimmte Gefühl, dass wir miteinander reden sollten.

»Stimmt etwas nicht?«, fragte ich vorsichtig.

Danny ließ sich mit seiner Antwort Zeit, doch dann versicherte er mir, dass alles in Ordnung sei. Ich führte seine merkwürdige Stimmung auf Erschöpfung zurück, doch dann fiel mir ein, dass er gesagt hatte, er sei nicht müde, weil er an diesem Tag bei der Arbeit nicht viel zu tun gehabt habe. Irgendwo in meinem Hinterkopf tauchte ein Gefühl des Unbehagens auf, das ich aber nicht so recht einordnen konnte.

Ich zog mir meinen pinkfarbenen Schlafanzug an und setzte mich mit einer Tasse Tee und einem Schokoriegel aufs Sofa. Nach einem scharfen Curry habe ich immer das Verlangen nach etwas Süßem, und ein Schokoriegel ist genau das Richtige dafür. Danny warf mir einen kurzen missbilligenden Blick zu, als ich das Einwickelpapier zerknüllte und in den Papierkorb warf.

Danny Glover war in *Lethal Weapon 4* gerade dabei, bei einer Schießerei eine Tür einzutreten, als mein Danny sich mit ernster Miene zu mir umdrehte.

»Mandy … bist du glücklich?«, fragte er.

Diese unerwartete Frage brachte mich aus der Fassung, und einen Moment lang war ich um eine Antwort verlegen.

»Ähm, ja. Warum sollte ich nicht glücklich sein?«

»Keine Ahnung. Ich habe mir nur gedacht … Wir hatten so viele Pläne. Und nun sind wir seit fast acht Jahren verheiratet, und ich weiß nicht, wie viel davon wir in die Tat umgesetzt haben.« Er trank einen Schluck Bier.

»Nun ja, wenn du dabei an Kinder denkst … Ich bin nicht sicher, ob sich das mit unseren Jobs vereinbaren lässt. Und außerdem zahlen wir immer noch unseren Wagen ab.«

Plötzlich klangen mir die Worte meiner Mutter im Ohr. Sie hatte mich gewarnt, dass uns nicht viel Geld übrig bleiben würde, sobald wir Kredite abzahlen müssten.

»Nein, es geht mir nicht um Kinder – dafür haben wir noch genug Zeit –, aber wir sind jetzt bald neunundzwanzig, und manchmal fühle ich mich schon wie fünfzig. Wir scheinen keinen Spaß mehr zu haben.«

Mir wurde klar, dass ich diese Unterhaltung nicht führen wollte, weil es dabei um etwas ging, was ich tief in meinem Unterbewusstsein vergraben hatte. Was er mir sagen wollte, war, dass wir in einen gewissen Trott geraten waren. Ich war dumm genug gewesen zu glauben, dass er es nicht bemerken würde, aber zu antriebslos, um etwas dagegen zu unternehmen. Natürlich gingen wir noch hin und wieder aus, aber immer mit denselben Leuten in dasselbe Pub. An den Quizabenden ins *Collier's Arms* mit Hayley und ihrem jeweils neuesten Freund oder an den Wochenenden, wenn ich nicht arbeiten musste, zum Mittagessen zu Mum. Gelegentlich rafften wir uns am Mittwochabend zu einem Kinobesuch auf, falls einer von uns Lust dazu hatte.

Plötzlich dachte ich an unsere alte Clique aus der elften Klasse. Ein paar von uns hatten sich nach einer Schulzeit auf der faulen Haut dazu entschlossen, doch noch etwas zu lernen, sich am örtlichen College eingeschrieben und tatsächlich einige Abschlüsse gemacht.

Angela Turner nahm in Spanien einen Job als Kindermädchen an und heiratete schließlich ihren alleinerziehenden Arbeitgeber. Sie lebte jetzt in einer tollen Villa mit weiß gekalkten Mauern und einem Terrakottadach am Stadtrand von Madrid. Mike Dee hatte sich zum Chefkoch eines Spitzenrestaurants in Cheshire (mit einer zweimonatigen Warteliste für einen Tisch) hochgearbeitet, nachdem er in einem Catering-Kurs sein Talent fürs Kochen entdeckt hatte, und der »wilde Kerl« Barry Barker führte einen florierenden Autofriedhof in Southport.

Ich dachte an alle unsere Hoffnungen und Träume, insbesondere an unseren Plan, mit einem 1960er VW-Bus loszufahren, einfach so, ohne Ziel. Wir wollten in Frankreich Trauben ernten oder in Spanien in einer Kneipe arbeiten, irgendetwas machen, um ein wenig Geld zu verdienen, und dann wieder zum nächsten unbekannten Ort aufbrechen.

Stattdessen haben wir uns einen silberfarbenen Vauxhall Astra Diesel gekauft, weil er günstig im Unterhalt ist, und damit fahren wir einmal im Jahr im Urlaub zum Lake District oder nach Schottland.

Ich wollte dieses Gespräch mit Danny nicht fortsetzen; ich wollte die Grundfeste meines gemütlichen Heims und der bequemen Beziehung nicht erschüttern. Uns ging es doch gut.

Ich wünschte ihm mit müder Stimme eine gute Nacht, und er blieb sitzen, um sich den Film bis zum Ende anzuschauen. Ich war todmüde, aber ich konnte nicht einschlafen. Ich fragte mich, wer diese Sarah war. Danny hatte sie bisher noch nie erwähnt, aber da er gesagt hatte, sie habe keine Diät nötig, hatte er offensichtlich ihre Figur zur Kenntnis genommen. Ich dachte darüber nach, warum er mich wohl gefragt hatte, ob ich glücklich sei. Und, noch wichtiger, warum ich mich nicht getraut hatte, ihm die gleiche Frage zu stellen.

Kapitel 6

Eines habe ich im Laufe der Jahre bei meiner Arbeit im Pub gelernt: Beurteile nie jemanden nach seinem Äußeren. Nicht die grauhaarigen Pärchen, die sich im Internet kennengelernt haben, nicht Big Dave, den Salsatänzer, und schon gar nicht Leonard Walker.

Ich habe ihn kennengelernt, als er vor einigen Jahren zum ersten Mal ins *Pig and Whistle* kam. Er lungerte mittags um drei viertel zwölf vor dem Eingang herum und fragte mich, um welche Zeit das Pub geöffnet werde, während ich ungeschickt mit meinem Schlüssel hantierte. Er verursachte mir ein wenig Unbehagen, denn er sah aus wie ein heruntergekommener Penner: Er war unrasiert, trug eine alte Wachsjacke von Barbour und entblößte beim Lächeln mehrere Zahnlücken.

Wie sich herausstellte, war er mit seinem Jack Russell drei Meilen von seinem Landhaus hierhergelaufen, um bei uns zu Mittag zu essen. Er war sehr beeindruckt von unserer Speisekarte und der Auswahl von Single-Malt-Whiskys, von denen er sich drei Gläser genehmigte. Dazu aß er einen überbackenen Käsetoast und las anschließend den *Guardian.* Kurz nach zwei Uhr tippte er sich an den Hut und machte sich auf den drei Meilen langen Rückweg.

Danach wurde Leonard ein Stammgast. Er kam zweimal pro Woche, immer zur gleichen Zeit. Wenn er sich an der

Ecke der Bar auf einen Hocker setzte, verzogen einige der anderen Kunden das Gesicht. Offensichtlich hatten sie die gleichen Vorurteile, wie ich sie zu Beginn gehabt hatte. Als ich nach einigen Gesprächen erfuhr, dass er ein sehr reicher Mann war, wagte ich es, ihn zu fragen, warum er sich seine Zähne nicht richten ließ.

»Ich kann Zahnärzte nicht leiden«, erwiderte Leonard schlicht und nippte an seinem großen Whisky, der fünf Pfund pro Glas kostete. »Ebenso wenig wie Friseure.« Er grinste und zupfte an einer ungepflegten grauen Haarsträhne, die unter seiner Tweedmütze hervorlugte. »Oh, ich weiß, ich hätte es viel leichter, wenn ich mich als reicher Gutsherr präsentieren würde«, fuhr er fort. »Aber daran bin ich nicht interessiert. Ich bin nicht darauf aus, jemanden zu beeindrucken – nicht so wie diese Idioten, die sich ständig auf Pump das neueste Automodell kaufen oder einen Kredit aufnehmen, der fast ihr gesamtes Einkommen verschlingt. Was ist das für ein Leben? Wo bleibt da der Spaß?«

»Hmm … Das sagt sich leicht, wenn man einen Haufen Geld hat«, gab ich zu bedenken, während ich die Bestellung einer vierköpfigen Familie in die Kasse tippte. Ich erinnere mich daran, dass ich mich fragte, wie die jetzt schon überdrehten Kinder nach dem Festmahl aus Pizza, Pommes frites und zuckriger Cola wohl drauf sein würden.

»Ich will damit nur sagen, dass viele Leute falsche Wertvorstellungen haben«, erklärte Leonard.

In unserem Gespräch erfuhr ich, dass Leonards Frau fünf Jahre zuvor an Brustkrebs gestorben war. Seinen Sohn, der in Australien lebt, sieht er nur wenige Male im Jahr. Er lebt allein in einem georgianischen Haus mit sechs Schlafzimmern und hat eine Haushälterin namens Gloria, die sich um ihn kümmert. Als er mir eines Tages bei einem Schwätzchen an der Bar ein Foto von seinem Haus zeigte, erkannte ich es sofort wieder. Ich war schon oft daran vorbeigegangen und hatte mich immer gefragt, wer wohl auf einem so großen Anwesen wohnte.

Leonard ist mir ans Herz gewachsen. Er ist sehr lebenserfahren und intelligent, und man kann viel von ihm lernen. Dazu muss man allerdings bereit sein, sich ihm zu nähern, denn nur dann entdeckt man, dass er trotz seines abgerissenen Aussehens sehr gepflegt ist und nach einem klassischen holzigen Rasierwasser mit leichter Zitrusnote duftet.

Mir gefällt auch, wie Leonard andere Leute sehr wortgewandt in ihre Schranken weist. Letzte Woche habe ich interessiert gelauscht, wie ein Snob aus der Mittelschicht an der Bar allen, die ihm zuhörten, verkündete, dass er niemals eine Pauschalreise buchen würde. Nein, er würde Wert auf Unabhängigkeit legen, denn nur so ließe es sich richtig reisen.

»Dann haben Sie sicher ein eigenes Flugzeug?«, hatte Leonard eingeworfen und an seinem Scotch genippt. »Wenn das nicht der Fall sein sollte, laufen Sie Gefahr, im selben Flieger zu sitzen wie diese Ignoranten, die eine Pauschalreise gebucht haben. Und wahrscheinlich auch noch dasselbe Hotel oder dieselbe Apartmentanlage. Außer Sie haben eine Privatvilla gebucht, aber auch sie könnte vorher von einem dieser Pauschaltouristen bewohnt worden sein. Heutzutage weiß man das nie. Einfache Leute aus der Arbeiterschicht haben mittlerweile entdeckt, dass sie sich, ebenso wie alle anderen, Ferien leisten können und auch ein Recht darauf haben. Das muss man sich mal vorstellen.«

Ich wäre am liebsten über den Tresen gesprungen und hätte Leonard geküsst. Der aufgeblasene Langweiler hatte mich schon seit Wochen genervt, aber nach Leonards gelassen geäußertem Kommentar kam er nicht mehr oft in unser Pub.

Leonards Vater war Juwelier. Er hatte bescheiden angefangen und sich hochgearbeitet, bis er eine Ladenkette besaß und ein Vermögen verdiente. Als Teenager war Leonard mit seinen Eltern um die Welt gereist, und darum beneidete ich ihn.

»Es ist nie zu spät zum Reisen«, sagte er mir einmal. »Die Welt hat sich verändert. Heutzutage kann man im Internet günstige Flüge buchen. Meine Eltern mussten noch von einem Reisebüro zum anderen laufen, und die Flüge waren fast unerschwinglich. Wäre mein Vater nicht so reich gewesen, hätten wir niemals so viel von der Welt gesehen.«

Wahrscheinlich hat er recht. Eine der Besucherinnen unseres Pubs hat sich ein Flugticket für eine Weltreise gekauft, nachdem ihr Verlobter ihr kurz vor der Hochzeit den Laufpass gegeben hatte. Es kostete nur ein paar Tausender, und nach drei Monaten kam sie für ein paar Tage zurück, um sich danach auf Ibiza niederzulassen.

Ich glaube nicht, dass ich dafür den Mut aufbringen könnte, und diese Erkenntnis erschreckt mich. Als Teenager wollte ich die ganze Welt bereisen, den Mount Everest besteigen und mit Delfinen schwimmen. Nichts davon habe ich getan. Jetzt bin ich noch nicht einmal dreißig und trage keine Verantwortung für eine Familie. Ich weiß nicht, wann mir meine Abenteuerlust abhandengekommen ist, aber irgendwann war ich plötzlich einfach mit dem zufrieden, was ich hatte. Ich sah keinen Sinn darin, ständig To-do-Listen zu erstellen und am Wochenende so viel wie möglich zu unternehmen, bevor ich am Montag wieder zur Arbeit musste. Und ich hatte geglaubt, dass Danny ebenfalls mit allem zufrieden war. Doch ich musste erkennen, dass ich mich da gründlich geirrt hatte.

Die Ankunft einer großen Reisegruppe, die hier zu Abend essen will, reißt mich aus meinen Gedanken. Solche Gruppen werden meist auf einem Feld neben der Autobahn abgesetzt und kommen dann zu uns, bevor sie ihre Fahrt fortsetzen. Alle sind sehr höflich und geben großzügig Trinkgeld, allerdings nehmen sie auch Dutzende der kleinen Päckchen mit Soßen und Zucker mit – und Klopapierrollen. Ich sehe, dass Lyndsey heimlich den Besteckkasten in die Küche trägt.

Eigentlich ist das meine Nachmittagsschicht, aber ich habe mich bereit erklärt, länger zu arbeiten, denn seit Danny nicht mehr da ist, graut mir davor, nach Hause zu fahren. Anschließend kommt Hayley zu mir. Sie arbeitet als Kassiererin in einer Bank und hat morgen einen freien Tag. Wir werden ein paar Flaschen Weißwein köpfen, und wenn sie später noch Lust auf ein Curry hat, werde ich zu einer kleinen Portion auch nicht Nein sagen. Ich nehme an, dass das jetzt mein Leben ist, aber ich frage mich unwillkürlich: *Ist das wirklich schon alles?*

Kapitel 7

Als meine Ehe im April scheiterte, hatte ich genau drei Tage Urlaub. Danny war bei einer Ausstandsfeier in Liverpool und kam in dieser Nacht nicht nach Hause. Er rief mich um ein Uhr morgens an und sagte, er würde bei einem Kumpel übernachten, der eine Wohnung in der Stadt hatte. Er habe schon zu viel getrunken, um nach Hause fahren zu können. Im Nachhinein betrachtet hätte ich hören müssen, dass seine Stimme nicht betrunken klang. Und als er mein Angebot, ihn abzuholen, ablehnte, hätten bei mir alle Alarmglocken schrillen müssen. Aber manchmal denkt man eben einfach nicht richtig nach. Ich war gerührt von seiner Rücksichtnahme, als er sagte: »Mach dir nicht die Mühe, noch mal loszufahren, Schatz. Es ist schon dunkel und kalt draußen. Ich komme morgen früh nach Hause. Leg dich wieder hin und schlaf weiter.«

Danny kam nicht früh am Morgen, sondern erst am späten Nachmittag zurück. Er schlich sich herein wie ein Hund, der soeben seiner Familie ein Brathähnchen geklaut und es gefressen hatte. Unwillkürlich strich er sich mit der Hand ständig über den Hals und versuchte vergeblich, den dort prangenden Knutschfleck zu verstecken.

An den restlichen Nachmittag kann ich mich kaum noch erinnern, nur daran, dass ich ihn irgendwann ganz ruhig gebeten habe zu gehen. Er wurde weiß wie die Wand, erklärte sich aber sofort damit einverstanden. Und dann hat er mich verlassen. Einfach so. Ohne Erklärung, ohne Streit, ohne Drama. Er ist einfach gegangen … und dafür habe ich ihn gehasst.

Ich stand total neben mir und wanderte plötzlich unkontrolliert schluchzend durch die Gegend. Es begann zu regnen, und die großen Tropfen vermischten sich mit meinen salzigen Tränen und nahmen mir die Sicht, was alles noch schlimmer machte. Trotzdem marschierte ich einfach weiter. Ich stolperte durch Farnbüsche und Brennnesselstauden und zerkratzte mir die Beine, ohne dabei Schmerzen zu empfinden. Ich muss einen kümmerlichen Anblick geboten haben, als ich an Leonards georgianischem Haus aus roten Ziegeln ankam und mich vor das riesige schmiedeeiserne Tor stellte, das mit einer Sicherheitsanlage ausgestattet war.

Eine unbekannte Stimme forderte mich über die Gegensprechanlage auf, meinen Namen zu nennen.

»Hier ist Mandy«, flüsterte ich in die Vorrichtung. »Ich bin eine Freundin von Leonard.«

Nach einigen Minuten schwang das Tor auf, und ich schlich gedrückt die lange Auffahrt bis zur Haustür hinauf. Ich war ganz durchnässt, und meine blonden Haare hingen wie Rattenschwänze herunter. Außer der Kleidung, die ich trug, und meiner Geldbörse hatte ich nichts bei mir. Mein Portemonnaie habe ich immer dabei, denn darin befinden sich Geld, meine Bankkarte und mein Haustürschlüssel, und das ist eigentlich alles, was man braucht.

Eine Frau in den Fünfzigern mit einem freundlichen Gesicht und einer rotbraunen Pagenfrisur bat mich herein und holte für mein tropfendes Haar ein Handtuch aus einem Schrank. Dann führte sie mich in eine große Küche, wo mir der Duft von frisch gebackenem Brot in die Nase stieg. Es war ein schöner Raum mit soliden cremefarbenen Hängeschränken und massiven Arbeitsflächen aus dunklem Eichenholz. An der gegenüberliegenden Wand befanden sich ein Keramikspülbecken und ein riesiger blauer AGA-Herd. Darüber hing ein viktorianisches Trockengestell mit Kräutersträußen und Lavendelblüten.

Die Dame, die sich mir als Gloria vorgestellt hatte, reichte mir eine Tasse Tee und einen Teller mit einem großen Scone mit Marmelade und Clotted Cream. In diesem Moment kam Leonard durch den Hintereingang in die Küche, gefolgt von seinem Jack Russell namens Ted, der mit heftigem Schwanzwedeln auf mich zusprang.

»Nun, das ist ja ein unerwartetes Vergnügen.« Leonard schenkte mir ein strahlendes Lächeln, bevor er meine betrübte Miene bemerkte. Er zog seine Gummistiefel und seinen Mantel aus und brachte sie in die Stiefelkammer.

Mit tränenerstickter Stimme erzählte ich ihm, was geschehen war, und Leonard hörte einfach nur zu, ohne mich zu unterbrechen oder einen Kommentar dazu abzugeben. Er bedeutete seiner Haushälterin Gloria, mehr Tee zu bringen, und kippte aus einer Flasche Brandy von der Arbeitsfläche einen großzügigen Schuss hinein.

»Sie können sehr gern ein paar Tage hierbleiben. Ich habe ein oder zwei Gästezimmer«, sagte er lächelnd.

Ein Gefühl der Erleichterung überkam mich. Ich wollte nicht nach Hause zu meiner Mum gehen, denn ich wusste nicht, wie ich ihr das beibringen sollte.

Nach einer Weile bot Gloria mir etwas von der Gemüsesuppe an, die in einem großen Topf von Le Creuset auf dem Herd köchelte, aber ich hatte keinen Hunger. Selbst der knusprige Laib Brot, den sie aus dem Backofen holte, konnte meinen Appetit nicht anregen. Ich hatte nur noch das Bedürfnis, mich hinzulegen. Der lange Marsch zu diesem Haus und der Brandy in meinem Tee machten mich plötzlich sehr müde. Leonard schien meine Gedanken zu lesen und bat Gloria, mich »in eines der Gästezimmer zu bringen, die einen Ausblick auf den Garten bieten«.

Es war ein wunderschönes Zimmer, aber ich hatte nichts anderes erwartet. Auf dem Weg nach oben hatte ich festgestellt, dass das gesamte Haus geschmackvoll eingerichtet war und von Gloria tadellos in Schuss gehalten wurde. Ich konnte mir gut vorstellen, wie verblüfft einige Stammgäste des *Pig and Whistle* dreinschauen würden, wenn sie das sehen könnten.

Das Schlafzimmer, das zu einem riesigen Garten hinausführte, hatte buttermilchfarbene Wände mit Landschaftsdrucken, und die Bettwäsche aus Baumwolle war primelfarben. Der doppeltürige Schrank und die Kommode waren aus dunklem Holz. In der Mitte des Raums hing ein goldfarbener Kronleuchter, der kleine Lichtpunkte auf den dicken cremefarbenen Teppich warf. Zum Fenster drangen ein paar wässrige Sonnenstrahlen herein. Zumindest war der deprimierende Platzregen vorbei.

Ich ließ mich auf das Bett fallen und fragte mich, was zum Teufel ich hier tat. Noch am Morgen hatte ich geglaubt, eine gute Ehe zu führen. Aber nun lag ich auf einem Gästebett im Haus eines Kunden des Pubs. Als Leonard mir einmal seine Gastfreundschaft angeboten hatte, hatte er sicher nicht damit gerechnet, dass ich sie tatsächlich in Anspruch nehmen würde.

Ich zog mich aus, duschte und schlüpfte dann in den Morgenmantel aus Baumwolle mit Blumenmuster, den Gloria mir freundlicherweise hingelegt hatte. Er erinnerte mich an meinen eigenen, der jetzt neben Dannys Bademantel an der Schlafzimmertür hing, und ich unterdrückte ein Schluchzen.

Plötzlich verspürte ich das Bedürfnis, ihn zu schlagen. Warum hatte ich mein schönes Zuhause verlassen? Wann hatte ich mich in einen derartigen Schwächling verwandelt? Eigentlich sollte ich jetzt mit Hayley ein paar Gläser Wodka kippen und zuhören, wie sie Danny mit diversen Ausdrücken aus ihrem deftigen Wortschatz beschimpfte. Aber ich konnte mir nicht vorstellen, mich jetzt mit einem mir nahestehenden Menschen zu treffen. Noch nicht.

Ich kletterte in das hohe Bett und ließ die Hände über das hochwertige weiße Laken gleiten. Es war aus bester ägyptischer Baumwolle, nicht wie die, die ich im Kaufhaus kaufte und die wahrscheinlich ebenso ägyptisch waren wie ein McDonald's in Kairo.

Ich warf einen Blick auf mein Handy. Nichts. Keine verpassten Anrufe, keine SMS. Ich konnte es nicht fassen, dass Danny mir das antat. Mir war bewusst, dass ich es gewesen war, die ihn gebeten hatte zu gehen, aber schließlich hatte ich auch allen Grund dazu gehabt.

Immer wieder dachte ich an das Gespräch, in dem er mich gefragt hatte, ob ich glücklich sei. Warum zum Teufel hatte er mir diese Frage gestellt? Offensichtlich war er selbst nicht glücklich, aber ich hatte es vermieden, ihn danach zu fragen.

Vielleicht wäre es nicht zu dieser Katastrophe gekommen, wenn wir uns ausführlicher darüber unterhalten hätten.

Ich konnte kaum atmen. Mir wurde sterbenselend, als ich mir vorstellte, dass Danny möglicherweise nicht zu mir zurückkommen würde. Er war der einzige Mann, den ich jemals geliebt hatte, und ich wusste einfach nicht, was ich ohne ihn tun sollte.

Ich trank einen großen Schluck aus dem silbernen Flachmann, den Leonard mir unten in die Hand gedrückt hatte, und legte mich auf das Federkissen zurück, das sich wie ein riesiges Marshmallow um mein Gesicht schmiegte.

Morgen war ein neuer Tag. Heute wollte ich nur noch schlafen. Es dauerte nicht lange, bis der Brandy meinen Körper entspannte und ich leise in das tränenfeuchte Kissen schnarchte.

Kapitel 8

Als ich eine Woche später endlich meine Eltern besuchte und ihnen von Dannys Auszug erzählte, lief alles sehr klischeehaft ab. Mein Vater nahm mich in die Arme, drückte mich an sich und erklärte, dass alles wieder gut werden würde und dass Danny ein verdammter Idiot sei.

Mum musste sich kurz von dem Schock erholen und versicherte mir dann, dass auch andere Mütter schöne Söhne hätten, bevor sie Fish and Chips mit Erbsen zum Abendessen auftischte. Plötzlich hatte ich keinen Hunger mehr. Ihre unsensible Reaktion überraschte mich. Ich hatte geglaubt, dass sie Danny mochte. Vielleicht hatte ich mich da getäuscht.

Im Hintergrund schüttelte Dad den Kopf und erklärte Mum, dass es sich sicher nur um eine der Krisen handle, die es in jeder Ehe gebe. Ich hatte die Ehe meiner Eltern immer für glücklich gehalten, und nun fragte ich mich, ob es bei ihnen auch solche Krisen gegeben hatte. Hätte ich das überhaupt bemerkt? Gute Eltern schützen ihre Kinder immer vor ihren persönlichen Problemen, oder? Falls es bei ihnen tatsächlich irgendwann einmal gekriselt hatte, mussten sie diese Phase wohl überwunden haben, denn sie waren nun seit zweiunddreißig Jahren verheiratet und liebten sich immer noch heiß und innig.

»Ich habe dir gesagt, dass eine Ehe kein Zuckerschlecken

ist«, merkte Mum an, während sie gebuttertes Brot und eine schwere braune Teekanne unsanft auf den Tisch stellte.

Mir hatte davor gegraut, Leonards prächtiges Haus zu verlassen – nicht nur, weil ich dort so freundlich behandelt worden war. Nein, ich hatte mich davor gefürchtet, zu meinen Eltern zu gehen, weil ich das Gefühl hatte, versagt zu haben. Lächerlich, ich weiß, denn schließlich hatte ja *er* das Ehegelübde gebrochen. Trotzdem empfand ich ein irrationales Schuldgefühl. Wir hatten beide an unserem Hochzeitstag in der Kirche gestanden und vor allen unseren Familienmitgliedern und Freunden unsere Liebe füreinander erklärt. *Bis dass der Tod uns scheidet.* Und wofür?

Ich konnte Mums gluckenhaftes Verhalten kaum mehr ertragen. Natürlich meinte sie es gut, und ich liebe sie über alles, aber sie trieb mich damit in den Wahnsinn. Anscheinend versuchte sie, mich mit Essen umzubringen. Sie stellte einen selbst gebackenen Victoria-Biskuitkuchen auf den Tisch und schnitt ein großes Stück für mich ab. Mein Teller war noch halbvoll mit Fish and Chips, aber sie bestand darauf, dass ich den Kuchen probierte.

Dabei fiel mir plötzlich ein, wie meine Freundinnen mich morgens zur Schule abgeholt hatten und meine Mutter sich sofort auf sie gestürzt und sie gefragt hatte, ob sie schon gefrühstückt hätten. Sie lernten rasch, diese Frage mit Ja zu beantworten, denn wenn sie das nicht taten, wurden sie mit ihren gestreiften Schulkrawatten an einen Stuhl gefesselt und mit Buttertoast zwangsgefüttert. Na ja, fast. Ich werde nie vergessen, wie Hayley während einer Stunde in Naturwissenschaft die Hand auf der Suche nach einem Stift in ihre Jackentasche steckte und eine Handvoll Krümel eines

Pfannkuchens herauszog, den Mum ihr dort hineingesteckt hatte.

Nach drei Tagen im Haus meiner Eltern dachte ich darüber nach, nach Hause zurückzukehren.

Ich fürchtete mich davor, über die Schwelle der Haustür zu treten, aber mir war klar, dass ich es tun musste. Von Danny war immer noch keine Nachricht gekommen, aber vielleicht hatte er mir einen Brief geschrieben? Früher haben wir uns oft kleine Zettelchen geschrieben, Post-its an den Kühlschrank, an den Badezimmerschrank und an das Kopfteil des Betts geklebt. Ich weiß nicht mehr, wann das aufgehört hat, aber irgendwann gingen wir dazu über, uns stattdessen hin und wieder eine SMS zu schicken. Ich wusste, dass ich mit ihm reden musste, aber ich brachte es nicht über mich, ihn anzurufen.

In Gedanken schwankte ich hin und her zwischen dem Wunsch, ihn zu erwürgen, und dem Verlangen, mich in seine Arme fallen zu lassen. Aber warum zum Teufel sollte ich diejenige sein, die den Kontakt wieder aufnahm? Er war derjenige, der kampflos einfach gegangen war.

In meinem alten Zimmer liefen mir plötzlich Tränen über die Wangen. Ich sah mich in dem Raum um. Bis auf ein wenig frische Wandfarbe und neue Bettdecken mit aufgedruckten blassblauen Schmetterlingen hatte sich kaum etwas verändert. Er wird jetzt als Gästezimmer benutzt, aber ich hätte nie gedacht, dass ich hier einmal der Gast sein würde.

Ich hoffte, dass ich aufwachen und feststellen würde, dass alles nur ein schlechter Traum gewesen war. Wie hatte meine Ehe nur in die Brüche gehen können, ohne dass ich es bemerkt hatte?

Ich brachte ein schwaches Lächeln zustande, als mir einfiel, wie wir während einer unserer kurzen Wiedervereinigungen zum ersten Mal in ein nettes Restaurant gegangen waren. Danny hatte mit siebzehn seinen ersten Monatslohn von der Werkstatt bekommen, sich davon ein Designerhemd gekauft und einen Tisch in der Stadt bei *Luigi's Italian* reserviert. Die Kellnerin nahm wohl an, dass wir bereits achtzehn waren, denn sie legte uns die Weinkarte vor, und Danny bestellte eine Flasche Merlot. Alles lief großartig, und wir hatten das köstliche Pastagericht beinahe aufgegessen, als ich etwas zu wild gestikulierte (dazu neige ich) und meinen Rotwein über Dannys nagelneues weißes Hemd kippte. In diesem Moment kam die Kellnerin mit der Dessertkarte an unseren Tisch und hielt sie sich vors Gesicht, um ihr Kichern zu ersticken.

Wir ließen uns schnell die Rechnung bringen und gingen zu einem gegenüberliegenden Kaufhaus, das noch geöffnet hatte, um ein neues Hemd zu kaufen. Anschließend zogen wir weiter zu einer Bar. Ich befürchtete, den ganzen Abend ruiniert zu haben, aber Danny war nur verärgert, weil er das Tiramisu, auf das er sich sehr gefreut hatte, nicht mehr hatte essen können. »Und die Flasche Wein hat achtzehn Pfund gekostet«, stöhnte er.

Nach ein paar Bier im Pub lachten wir darüber. Ich sagte ihm, dass Pink ihm nicht stand und er sich niemals ein Hemd in dieser Farbe kaufen sollte.

Ich nehme an, ich kann mich glücklich schätzen, so viele schöne Erinnerungen zu haben. Manchen Menschen gelingt das in ihrem ganzen Leben nicht.

Kapitel 9

Bisher verlief der Tag äußerst bescheiden. Am Abend zuvor hatte Danny mich angerufen und gesagt, dass wir miteinander reden müssten, und ich könnte schwören, dass ich im Hintergrund eine Frauenstimme hörte. Er behauptete, es handle sich um die Nachrichtensprecherin von *News at Ten,* aber ich halte es für ziemlich unwahrscheinlich, dass sie zu ihrem Kollegen sagte: »Kommst du zurück ins Bett, Baby?« Es rauschte verdächtig in der Leitung, und dann sagte er rasch, dass er mir eine E-Mail schicken und einen Tag vorschlagen würde, an dem wir »alles durchsprechen« könnten.

Ich konnte stundenlang nicht einschlafen. Ich wälzte mich hin und her und versuchte verzweifelt herauszufinden, wie zum Teufel es so weit hatte kommen können.

Es handelte sich mit Sicherheit nicht um einen One-Night-Stand, denn Danny hätte nicht sein Heim verlassen, um mit einer Frau durchzubrennen, die er kaum kannte. Ich grübelte immer noch über die Frau im Hintergrund nach, von der Danny behauptet hatte, sie sei die Nachrichtensprecherin. Nein, offensichtlich hatte sich da schon länger etwas angebahnt, und in der Nacht, in der er nicht nach Hause gekommen war, war er bei dieser Frau gewesen. Vielleicht war es diese Sarah von der Arbeit? Möglicherweise lief da schon seit Monaten etwas. Woher sollte ich das wissen? Bei meinen unregelmäßigen Schichten im Pub hätte Danny von unserem Wohnzimmer aus einen Harem leiten können, und ich hätte es nicht bemerkt.

Im letzten Jahr war er auch nicht mehr so oft wie früher ins Pub gekommen. Früher hatte er die letzten ein oder zwei Stunden meiner Schicht auf einem Barhocker am Ende der Theke auf mich gewartet und war dann mit mir nach Hause gegangen. Und manchmal sind wir auf dem Heimweg im Wald stehen geblieben, um zu knutschen. Ich kann mich nicht mehr daran erinnern, wann wir das zum letzten Mal gemacht haben. Man sagt, dass die brennende Leidenschaft in einer Beziehung nach einer Weile abflaut, aber ich glaube, das ist von Paar zu Paar unterschiedlich. Bei uns im Pub arbeitete einmal eine Thekenkraft, die regelmäßig mittags nach Hause fuhr, um mit ihrem Mann zu schlafen, bevor er am Nachmittag zur Arbeit musste, und die beiden waren schon seit fünfundzwanzig Jahren verheiratet.

Um zwei Uhr morgens wälzte ich mich immer noch hin und her und konnte nicht einschlafen, also ging ich nach unten und machte mir eine heiße Schokolade, in die ich einen guten Schuss Tia Maria kippte. Das schmeckte so gut, dass ich mir noch einen Becher machte. Und dann noch einen. Um vier Uhr hatte ich die halbe Flasche geleert und sah mir noch einmal schluchzend das Fotoalbum mit den Bildern von unserer Hochzeit an. Da ich wusste, dass ich am nächsten Morgen arbeiten musste, kroch ich schließlich mühsam nach oben und legte mich wieder ins Bett, aber ich machte kaum ein Auge zu.

Als der Wecker am Morgen klingelte, hatte ich grässliche Kopfschmerzen. Trotzdem schleppte ich mich früh zur Arbeit, weil ich Inventur machen musste.

Von dem Moment an, in dem ich das Pub betrat, wurde alles noch schlimmer. Ich rutschte auf einer zerquetschten Weintraube aus und landete auf dem Hintern.

Joyce, unsere Putzfrau, kam eine halbe Stunde später und begann, mit ihrem roten Besen den Boden zu fegen.

»Ziemlich spät dran heute, oder?«, sagte ich zickig und rieb mir die schmerzende Pobacke, während Joyce die Weintraube zusammen mit dem anderen Dreck auf eine ebenfalls rote Schaufel kehrte.

»Nein, du bist zu früh dran«, konterte sie und stützte die Hände in die Hüften.

Sie hatte natürlich recht. Es war nicht ihre Schuld, und ich entschuldigte mich sofort bei ihr. Sie kam zu mir herüber und nahm mich in den Arm.

»Du siehst beschissen aus«, erklärte sie, nachdem sie mich losgelassen hatte. Sie schob mich eine Armeslänge von sich und musterte mich. »Ich weiß, was du brauchst: einen Schluck zu trinken.« Sie schenkte mir hinter der Theke ein großes Glas Brandy ein und reichte es mir.

Ich war kurz davor, mich zu übergeben.

»Das hilft eigentlich immer gegen den Kater, Schätzchen. Aber wenn du lieber eine gute Tasse Tee möchtest, schalte ich den Kocher ein.« Sie zwinkerte mir zu und eilte in die Küche.

Ich mag Joyce sehr. Sie ist eine bezaubernde Zweiundsechzigjährige, die mindestens zehn Jahre jünger aussieht. Sie trägt ihr schwarzes Haar locker nach oben gesteckt und putzt in figurbetonter Kleidung und Laufschuhen. Für ihr Alter hat sie eine tolle Figur, die sie sich mit Yoga, Putzen und Daves Salsakurs erhält, den sie zweimal in der Woche besucht.

Ihr Mann ist vor vier Jahren plötzlich an einem Herzinfarkt gestorben, aber sie hat sich energisch dazu entschlossen, ihr Leben weiterhin zu genießen. An ihr kann man sich ein Beispiel nehmen. »Du weißt nie, wie viel Zeit dir auf dieser Erde noch bleibt, Schätzchen«, sagt sie. »Tu das, was dich glücklich macht. Das Leben ist zum Leben da.« Derzeit trainiert sie für den Liverpooler Halbmarathon, der später im Jahr zugunsten der British Heart Foundation stattfinden wird.

Immer wieder denke ich an das Gespräch mit Danny. Ich war mir sicher, eine Frauenstimme im Hintergrund gehört zu haben, aber vielleicht war es tatsächlich nur der Fernseher. Ich weiß es einfach nicht.

Ich versuche, mich auf meine Inventur zu konzentrieren, und zähle die Flaschen mit aromatisiertem Wodka, der im Moment, ebenso wie Gin, sehr beliebt ist. Zur Zeit trinken die Gäste eine Menge Hochprozentiges. Ich weiß nicht, wie sie das machen. Einige der jungen Leute kippen etliche Gläser Schnaps »zum Aufwärmen«, bevor sie in der Stadt um die Häuser ziehen. Ich frage mich, was aus dem verrückten Partygirl geworden ist, das jetzt nach ein paar Schlucken Tia Maria in heißer Schokolade an einem Kater leidet.

Nach dem Ansturm in der Mittagszeit bin ich so müde, dass ich mir nicht sicher bin, ob ich bis zu meinem Schichtende um drei Uhr durchhalten werde. Ich habe schon ein oder zwei Fehler gemacht. Lyndsey hat mich darauf hingewiesen und rasch einem Kind, das gerade einen Schluck trinken wollte, die Cola mit Wodka weggenommen. Sie packt mich am Ellbogen, schiebt mich in eine ruhige Ecke und rät mir, eine Pause zu machen.

»Mandy, du hättest beinahe einem Kind Wodka zu trinken gegeben, auf die Portion Fish and Chips für ein anderes Kind hast du statt Ketchup Chilisoße getan, und dem Mann an Tisch drei hättest du statt Geflügelsalat beinahe Satay-Geflügelspießchen gebracht.«

»Und was wäre bei Letzterem so schlimm gewesen?« Ich wage ein Lächeln, das Lyndsey aber nicht erwidert.

»Erdnussallergie«, erwidert sie ernst. »Diese Gäste waren schon öfter hier, und der Mann bestellt immer etwas ohne Nüsse. Weißt du das nicht mehr?«

Jetzt erinnere ich mich wieder daran, und ich schäme mich für meine Dummheit. Ich bin erschöpft und seelisch angeschlagen, und ich weiß, dass ich nicht hier sein sollte. Aber meine Arbeit ist in den letzten Wochen meine Rettung gewesen. Ich lasse mich auf einen Stuhl fallen, und Lyndsey bietet mir freundlich an, mir einen Kaffee zu holen. Als sie gegangen ist, sehe ich aus den Augenwinkeln Brian, unseren Manager.

Brian verbringt seine Zeit meistens in der Kleinbrauerei nebenan und experimentiert mit neuen Geschmacksrichtungen, also überfällt mich bei seinem Auftauchen im Pub ein unangenehmes Gefühl.

Er hat sandfarbenes Haar und rote Wangen und scheint sich äußerlich immer mehr in eines seiner Bierfässer zu verwandeln, wie sein hervorstehender Bauch zeigt. Ich kann mir gut vorstellen, wie er im Keller auf dem Boden sitzt, einen Zapfhahn am Mund und ein Schild vor sich, auf dem steht: »Brians Brewery«. Ich unterdrücke ein Kichern.

Bevor er zu mir herüberschlendert, nimmt er sich ein Päckchen mit gesalzenen Erdnüssen aus einem Karton und schüttet sich den gesamten Inhalt in den Mund.

Er hat mit Sicherheit keine Erdnussallergie.

Plötzlich erinnere ich mich wieder an den Tag, an dem meine beste Freundin Hayley ihre Ananasallergie entdeckte. Es geschah in der Grundschule, als sie einen Löffel voll gestürzten Ananaspudding aß. Innerhalb von wenigen Sekunden wurde ihr Gesicht rot wie eine Tomate, und ihr Mund hätte den Neid jeder Frau von heute auf sich gezogen, die sich die Lippen aufspritzen lässt. Glücklicherweise trug sie keinen Schaden davon, aber sie musste sich den Rest der Woche spöttische Bemerkungen und Vergleiche mit Mick Jagger anhören.

»Mandy.« Brian schenkt mir ein Lächeln, bevor er seinen massigen Körper auf einen Holzstuhl mir gegenüber schiebt. »Wie geht es dir?«

Ich mag Brian. Er ist ein Boss, mit dem man reden kann, und üblicherweise hat er immer ein offenes Ohr für alles. Er weiß neue Ideen und den Einsatz seiner Mitarbeiter zu schätzen, aber er führt ein strenges Regiment. Das ist mir bewusst, und deshalb frage ich mich, was jetzt auf mich zukommt.

»Ganz gut, ich bin heute nur ein bisschen müde«, erwidere ich und wünsche mir, diese Unterhaltung würde nicht stattfinden.

»Nun«, beginnt er und legt wie ein besorgter Vater eine seiner fleischigen Hände auf meine. »Ich weiß, dass du im Augenblick eine schwere Zeit durchmachst, vor allem, weil Danny und du schon so lange zusammen wart.«

Als er Danny erwähnt, drückt es mir das Herz zusammen.

»Ich habe großes Mitgefühl für dich«, fährt er fort. »Aber einige deiner Fehler sind leider nicht unbemerkt geblieben.

Ich muss meine Pflichten als Manager ernst nehmen, das versteht du sicher. Also schlage ich vor, dass du dir eine Pause gönnst.«

»Glaubst du wirklich? Nein, ehrlich, mir geht es gut. Ich nehme an, ich bin einfach nur übermüdet. Ich habe in letzter Zeit nicht gut geschlafen. Aber witzigerweise hat Lyndsey mir das auch schon vorgeschlagen. Also mache ich eine kleine Pause – sie holt mir gerade einen Kaffee.«

Brian spielt mit einem Bierdeckel. »Ich meine damit eine längere Pause. Du solltest dir zwei Wochen freinehmen. Es tut mir leid, Schätzchen, aber ich muss an die Kundschaft denken. Das ist mein Job.«

Ich weiß natürlich, dass er recht hat, und eine längere Auszeit wird mir mit Sicherheit guttun, aber ich habe ein schlechtes Gewissen, weil mein Privatleben meine beruflichen Aufgaben so stark beeinflusst hat.

»Lyndsey kann während deiner Abwesenheit die Bar übernehmen. Sie bringt die richtigen Voraussetzungen dafür mit.«

Ich stimme ihm zu. Und selbst wenn ich nicht damit einverstanden wäre – die Entscheidung ist offensichtlich schon getroffen worden. Und es beruhigt mich, meinen Job in guten Händen zu wissen.

Plötzlich signalisiert mir mein Telefon, dass ich eine Nachricht bekommen habe. Sie ist von Danny. Er schlägt ein Treffen in unserem Haus am nächsten Tag vor. Mein Magen krampft sich zusammen, als ich ihm antworte, dass ich damit einverstanden bin. Und je nachdem, wie dieses Treffen verläuft, könnte ich tatsächlich einen längeren Urlaub irgendwo in der Sonne nötig haben. Oder auch nicht.

Kapitel 10

Ich habe mich mit Danny in einem Café in der Stadt verabredet, denn ich wollte nicht, dass er ein zweites Mal unser Heim verlässt. Das leichte Nieseln und der triste graue Himmel spiegeln meine Stimmung perfekt wider. Ich habe keine Ahnung, was nun auf mich zukommt, als ich, die Kapuze meines schwarzen Parkas hochgezogen, die Straße entlanglaufe.

Ich gehe an Luigi's Restaurant in der Bold Street vorbei. In der turbulenten Anfangsphase unserer Liebesbeziehung war das unser Stammlokal. In letzter Zeit feierten dort nur noch andere Leute. Ich mag die Bold Street mit den Künstlerläden und den kleinen unabhängigen Restaurants und Cafés, die sich an der Kopfsteinpflasterstraße gegenüberliegen. Ich entdecke ein neu eröffnetes jamaikanisches Lokal und frage mich, wie lange es sich wohl dort halten wird. *Luigi's Diner* und das *Café Latino* gibt es schon seit Jahrzehnten hier, aber einige der neuen Restaurants haben ein oder zwei Jahre nach der Eröffnung wieder schließen müssen.

Als Kind bin ich mit meiner Tante Betty oft stundenlang diese Straße auf und ab geschlendert. Sie war Kunststudentin und nahm mich oft mit in den Laden für Künstlerbedarf, in dem Farbtuben in Schachteln wie kleine Soldaten aufgereiht waren. Ich fuhr mit den Fingern über die Rosshaarpinsel und bestaunte die Sammlung von Rahmen, Fotos und Aquarellbildern an den weißen Wänden. Nun starre ich durch die bunten Art-déco-Glasscheiben des Gebäudes, während mich meine Erinnerungen überfluten.

Wenn wir unseren Einkaufsbummel beendet hatten, ging meine Tante mit mir immer zum Pier Head, wo wir uns an einer Café-Bude am Mersey heiße Schokolade und Donuts kauften. Bei schönem Wetter fuhren wir hin und wieder mit der Fähre über den Fluss nach New Brighton und verbrachten eine Stunde auf dem Rummelplatz. Ich verbinde sehr viele glückliche Erinnerungen mit meiner Tante. Sie ist inzwischen eine erfolgreiche Künstlerin, lebt in London und schickt mir an Weihnachten und zum Geburtstag immer noch wunderschöne handgemalte Karten.

Alle runden Geburtstage auf beiden Seiten der Familie wurden in *Luigi's Diner* in der Bold Street gefeiert. Am Ende des Abends gesellte sich Luigi immer zu uns, trank ein Glas Rotwein und rauchte heimlich eine Zigarette auf dem gefliesten Hof, nachdem seine Frau gegangen war. Als ich einen Blick auf die rot-weiß karierten Tischdecken und die künstlichen Blumen in den kleinen Vasen werfe, überrollt mich eine Welle der Nostalgie.

Mein Magen krampft sich zusammen. Wie hatte mir nur entgehen können, dass aus dem gemütlichen Trott eine Krise geworden war? Ich habe ein paar Pfund zugenommen, das ist richtig, aber wahre Liebe sollte doch nicht von einem perfekten Äußeren abhängen, oder? Etliche Fragen gehen mir durch den Kopf, bis ich schließlich zögernd vor dem Starbucks stehen bleibe. Ein rascher Blick durch die Scheibe verrät mir, dass Danny noch nicht da ist. Plötzlich überkommt mich das starke Verlangen, rasch in das nächste

Pub zu gehen und eine Cola mit Wodka hinunterzukippen, doch dann sehe ich ihn auf mich zukommen.

Mein Herz beginnt zu rasen. Er sieht anders aus. Er trägt eine pflaumenfarbene Hose und eine schwarze Jeansjacke über einem weißen T-Shirt. Nicht sein üblicher Stil. Ich bemerke auch, dass sein Haar seitlich gescheitelt ist, und ehrlich gesagt steht ihm das überhaupt nicht. Und es wirkt verdächtig glatt. Meine Güte, er wird doch wohl kein Glätteisen benutzen, oder?

Wir lächeln nervös und begrüßen uns, bevor wir Kaffee bestellen (einen Latte für mich und einen Americano für ihn) und uns an einen kleinen Holztisch setzen.

Ich beginne das Gespräch. »Also, wie soll es jetzt weitergehen?«, frage ich unbeholfen, trinke einen großen Schluck und verbrenne mir dabei beinahe die Zunge.

Er starrt in seinen Americano und rührt ihn immer wieder um. »Ich weiß es nicht«, erwidert er leise.

»Was soll das heißen? Du weißt es nicht? Du schuldest mir zumindest eine Erklärung. Schließlich bist du ohne Vorwarnung einfach aufgestanden und gegangen.«

Danny hebt den Kopf und sieht mich zum ersten Mal seit langer Zeit aus seinen blauen Augen direkt an.

»Willst du damit sagen, dass du geglaubt hast, alles sei in Ordnung?«, fragt er verblüfft.

»Nun ja, uns ging es doch gut. Ich schätze, wir waren zufrieden, wie viele andere Paare in einer langjährigen Beziehung.«

»Ja, mit fünfzig oder so. Wir sind noch nicht einmal dreißig. Meine Güte, meine Eltern haben mehr Spaß als wir, und sie sind schon über sechzig.« Er trinkt einen Schluck

Kaffee. »Möchtest du einen Muffin oder so etwas?« Dannys Frage klingt, als machten wir gerade einen Einkaufsbummel.

»Ähm, nein danke. Ich habe gerade ein wenig abgenommen und würde mir mein neues Gewicht gern erhalten.«

»Das ist mir schon aufgefallen. Du siehst gut aus.«

Zorn kocht in mir hoch. »Du bemerkst also, ob ich ab- oder zugenommen habe? Verdammt, ist das alles, was dich interessiert? Ich habe geglaubt, zwischen uns gehe es um mehr.«

»Ich auch, Mandy, aber du hast anscheinend das Interesse an unserer Ehe verloren. Du verbringst dein halbes Leben in diesem Pub.« Die Worte brechen mit Vehemenz aus ihm hervor. »Ich habe dich so oft gefragt, ob wir mal etwas anderes unternehmen wollen, aber du hattest nie Zeit dafür. Ständig hast du die Schicht von jemandem übernommen, der etwas anderes vorhatte, während es mit deiner eigenen Ehe den Bach hinunterging.«

Das sitzt. Wie ein Schlag ins Gesicht.

»Du bist ein verdammter Workaholic«, fügt er leise hinzu, trinkt seinen Kaffee aus und steht auf, um sich an der Theke noch einen weiteren zu holen.

Wahrscheinlich habe ich unsere Ehe wirklich vernachlässigt … Ich erinnere mich schuldbewusst daran, dass Danny tatsächlich manchmal gemeinsame Unternehmungen vorgeschlagen hat, für die ich anscheinend nie Zeit gefunden habe. Als er einmal Bogenschießen vorschlug, machte ich ihn lachend darauf aufmerksam, wie schlecht ich Darts spiele. Ein anderes Mal wollte er mich mit einem Wochenendausflug nach Chester überraschen, aber ich konnte so kurzfristig nicht weg, weil ich gerade die Urlaubsvertretung für eine Kollegin übernommen hatte.

Ich fühle mich ein bisschen schuldig, doch dann rufe ich mir ins Gedächtnis, dass *er* derjenige war, der unser gemeinsames Heim verlassen hat. Und außerdem bestanden seine Überraschungen immer aus Dingen, an denen ihm mehr lag als mir. Nehmen wir zum Beispiel das Bogenschießen. Er hatte monatelang davon geredet, wie gern er das einmal ausprobieren würde, also war das kein großer Liebesbeweis. Das gilt auch für den Ausflug nach Chester. Wir hätten uns dort keine Sehenswürdigkeiten angesehen oder ein romantisches Dinner genossen, sondern auf der Tribüne der Rennbahn ein paar Pferderennen verfolgt. Jegliches sportliche Ereignis, das Danny sich gern anschauen wollte, tarnte er mit dem Vorwand, einen Tag für »uns« gestalten zu wollen, und jetzt besitzt er die Frechheit, mir vorzuwerfen, dass ich kein Interesse an seinen Bemühungen gezeigt hätte.

»Und – wo wohnst du jetzt?«, frage ich und versuche, meine Stimme heiter klingen zu lassen.

»Ähm, ich bin vorläufig bei einem Arbeitskollegen untergekommen«, erwidert er und starrt wieder in seinen Kaffee.

Ich mache mir Sorgen um die Zukunft. Diesen Monat hat er, wie üblich, die halbe Rate unseres Hauskredits gezahlt, aber ich muss wissen, wie es damit weitergeht. Er versichert mir, dass sich daran nichts ändern wird, »bis wir eine Lösung für alles gefunden haben«. Ich habe nicht das Gefühl, dass wir bisher auch nur eines unserer Probleme gelöst haben.

Ich schaue meinem attraktiven Mann ins Gesicht und würde es gern berühren, doch in diesem Augenblick piept sein Telefon – eine SMS. Bevor er sein Handy hochhebt, sehe ich, dass die Nachricht von jemandem namens Sarah ist. Ich hoffe, dass er sie ignoriert und unser Treffen für wichtiger hält, aber das tut er nicht. Er liest die SMS, und auf seinem Gesicht breitet sich ein Lächeln aus, bevor er mir sagt, dass er kurz zur Toilette müsse.

Ich beschließe, zur Theke zu gehen und mir doch einen Blaubeermuffin zu holen – schließlich habe ich noch nicht gefrühstückt –, als ich ihn entdecke. Er steht vor dem Café und telefoniert. Sein Gesicht wirkt entspannt, und er plaudert fröhlich.

Plötzlich fällt mir wieder ein, dass Sarah eine seiner Kolleginnen ist. *Slimming World Sarah.*

Danny unterhält sich immer noch angeregt, wirft den Kopf in den Nacken und lacht. Mein Ehemann sieht so lebendig und glücklich aus, wie ich ihn schon seit Langem nicht mehr gesehen habe.

In diesem Moment wird mir etwas klar. Meine Ehe ist wahrscheinlich wirklich am Ende.

Kapitel 11

Ich freue mich nicht über den Urlaub, aber ich habe mich trotz aller Bemühungen tatsächlich nicht mehr richtig auf meinen Job konzentrieren können. Das macht mir eine Heidenangst, denn mein Job ist eine Sache, bei der ich mich bisher immer absolut unter Kontrolle hatte. Ich weiß, dass es besser ist, dem Pub im Moment fernzubleiben, und beim Gedanken an die Fehler, die ich vor Kurzem gemacht habe, läuft mir ein Schauer über den Rücken. Aber ich will nicht allein sein. Ich habe das Glück, mit Freunden zu arbeiten, die wie eine Familie für mich sind. Selbst die Kunden betrachte ich im weitesten Sinn als Familienangehörige. Sie breiten wie ein Pfau ihre Federn aus und vermitteln mir ein Gefühl der Sicherheit. Ohne die Wärme des *Pig and Whistle* fühle ich mich verloren, auch wenn es sich nur um ein oder zwei Wochen handelt.

Ich sitze vor dem Fernseher und trinke ein Glas Sauvignon blanc, als das Telefon klingelt. Es ist meine Mum, und sosehr ich sie auch liebe, bin ich im Moment nicht in der Stimmung auf ein Schwätzchen mit ihr. Sicher ruft sie nur an, um mich zu fragen, ob ich etwas Ordentliches gegessen habe. Wahrscheinlich ist bereits der Kurier »Big Dave« mit einem riesigen Topf Erbsensuppe mit Schinken zu mir unterwegs. Meine Mum schwört darauf, dass ihre Erbsensuppe ein Allheilmittel für alles ist, und bringt sie ständig zu allen Treffen mit. Als sie vor Kurzem bei der Trauerfeier nach der Beerdigung einer Nachbarin wieder einmal die Vorzüge ihrer Suppe anpries, meinte der Witwer, dann sei es schade, dass sie seiner Frau nicht ein wenig eher etwas davon vorbeigebracht habe. Meine Mutter rümpfte bei dieser Bemerkung die Nase und meinte später zu mir, dass ihre Nachbarin wahrscheinlich an Langeweile gestorben sei, weil sie mit diesem »Miesepeter, der zum Lachen in den Keller geht«, ihr Leben habe verbringen müssen.

Ich warte, bis mein Anrufbeantworter anspringt, und nachdem sie ein paarmal »Ts, ts« gemacht und etwas gemurmelt hat, hinterlässt sie schließlich eine Nachricht.

»Oh, tut mir leid, Schätzchen, ich glaube, ich habe auf die falschen Tasten gedrückt. Du kennst mich ja, mit Technik komme ich nicht klar (sie lacht). *Egal, ruf mich bitte zurück. Bei uns an der Kasse sitzt eine neue Mitarbeiterin. Sie war früher Krankenschwester und gibt Botoxspritzen. Sie meint, ich solle es mal ausprobieren, und ich wollte wissen, was du davon hältst. Vielleicht solltest du dir auch eine geben lassen? Möglicherweise fühlst du dich dann besser. Wie auch immer, ruf uns an, Schätzchen.«*

Ich schenke mir noch etwas ein und seufze lang und tief. Glaubt meine Mum wirklich, dass mich ein starres Gesicht aufheitert? Ich habe nichts gegen Botox. Bei manchen Leuten hat es eine gute Wirkung, aber ich würde bei meinem Glück anschließend wahrscheinlich aussehen wie Jack Nicholson als Joker in *Batman.* Doch für meine Mum könnte es vielleicht etwas sein. Sie ist eine sehr attraktive

Frau, wirkt in letzter Zeit aber ein wenig abgespannt. Vielleicht würde ihr das Auftrieb geben.

Ich zappe mich durch die Kanäle und bleibe bei *A Place in the Sun – Home or Away?* hängen. Das Ehepaar, das sich ein Haus am Strand wünscht, hat die Wahl zwischen Rhodos in Griechenland und Folkestone in Kent. Schon bald wird klar, dass der Moderator Jonnie Irwin versucht, die Frau für Rhodos zu begeistern, während sie sich offensichtlich schon für Folkestone entschieden hat. An jeder Immobilie, die Jonnie ihr zeigt, hat sie etwas auszusetzen. Im ersten Haus ist ihr die Küche zu klein, im zweiten Haus (einem wunderschönen Gebäude mit zwei Schlafzimmern und einem herrlichen Ausblick auf die Berge) die Veranda zu schmal. Haus Nummer drei und vier sind ihr viel zu abgelegen, obwohl sie nur fünfzehn Minuten zu Fuß von einem belebten Städtchen entfernt liegen.

Die Miene ihres Ehemanns ist ausdruckslos und deutet darauf hin, dass er schon vor vielen Jahren gelernt hat, keine eigene Meinung zu haben, und nachdem er sich für die ersten beiden Häuser begeistert hat, gibt er auf, wohlwissend, dass sie nach Folkestone ziehen werden.

Rhodos' Schönheit zieht mich in ihren Bann. Ich hatte vergessen, wie malerisch die langen herrlichen Strände sind, umgeben von Kiefernwäldern und Bergen, und plötzlich sind meine Kindheitserinnerungen wieder ganz nah.

Zurück in Folkestone, strahlt die Ehefrau Joan übers ganze Gesicht, als sie sich eine Immobilie mit einem großen Garten anschauen, in dem sie Gemüse anpflanzen und Hühner halten möchte. Man kann beinahe hören, wie sich ihr Mann Doug dabei denkt, dass seine Rote Bete in Rhodos viel größer geworden wären.

Nach dem Ende der Sendung bin ich so inspiriert von der griechischen Landschaft, dass ich mir überlege, ob ich mir nicht, wie Brian vorgeschlagen hat, tatsächlich eine kleine Auszeit gönnen soll. Ich bin noch nie allein verreist, aber ich sage mir streng, dass es an der Zeit ist, mich zusammenzureißen und mein Leben in die Hand zu nehmen. Ich habe schon immer davon geträumt, mich furchtlos in ein Abenteuer zu stürzen, und vielleicht ist das meine Chance. Leider hat Hayley schon ihren Jahresurlaub bei der Bank aufgebraucht, sonst würde ich sie fragen, ob sie mich begleiten möchte. Auch mit Lyndsey aus dem Pub bin ich gut befreundet, und sie wäre eine ideale Reisebegleitung, aber sie muss mich ja während meiner Abwesenheit vertreten.

Von der Sendung (und mehreren Gläsern Sauvignon blanc) beflügelt fahre ich meinen Laptop hoch und durchsuche das Internet nach Urlaubsangeboten. Ich schaue mir etliche Unterkünfte in Thakos an, bevor ich mich für eine Apartmentanlage »nur einen Katzensprung« vom Meer entfernt entscheide. Ich habe keine Ahnung, wie sehr sich das Dorf seit meinem letzten Besuch verändert hat, aber ein wenig vertraut wird es mir sicher noch sein.

Eigentlich sollte ich als frischgebackener Single nicht so viel Geld ausgeben, aber mein großzügiger Dad hat mir vor Kurzem ein paar hundert Pfund überwiesen, für den Fall, dass ich mal »eine kleine Pause« bräuchte. Ich trinke den Wein aus und gebe meine Kreditkartennummer auf der entsprechenden Seite ein. Ein paar Minuten später ist alles erledigt – ich habe ein Apartment mit Meerblick für zehn Tage gebucht. Ich werde Urlaub in Griechenland machen! Und zwar ganz allein!

Kapitel 12

Am Flughafen tummeln sich erstaunlich viele Familien – immerhin haben wir erst Juni. Familien, die offensichtlich hohe Strafen riskieren, indem sie ihre Kinder außerhalb der Schulferien aus der Schule nehmen, um einen billigeren Urlaub buchen zu können. Im Pub hat mir jemand erzählt, dass die Eltern oft lügen und ihre Kinder in der Schule krankmelden. Für mich ist das eine bedenkliche Sache. Einerseits geben sie ihren Kindern die Gelegenheit, etwas von der Welt zu sehen, aber andererseits bringen sie ihnen bei, dass es in Ordnung ist, sich über Regeln hinwegzusetzen.

Ich sitze in der Abflughalle und lese einen Roman, aber mein Gehirn verarbeitet kein einziges Wort davon. Kapitel sechs habe ich nun schon etliche Male gelesen, ohne etwas zu verstehen. Ich bin nervös und aufgeregt bei meinem ersten Abenteuer im Alleingang. Ich spiele mit dem Gedanken, mir an der nächstgelegenen Bar einen großen Wodka zu kaufen, aber sie ist belagert von einer Gruppe tätowierter junger Männer, die in Faliraki Jungsurlaub machen wollen.

Ich frage mich, ob Danny wohl auch wieder mit seinen Kumpeln in Urlaub fahren wird? Oder wird er sich sofort in die nächste Beziehung stürzen? Warum konnten wir das Band, das uns verbunden hat, nicht wieder knüpfen? Die Fragen, die in meinem Kopf kreisen, zermürben mich. Meine Mum sagt immer: »Was geschehen soll, wird geschehen.« Ich wünschte, diese Lebensweisheit würde mir jetzt ein wenig Trost spenden.

Mein Flug wird aufgerufen, aber ich bleibe noch sitzen. Ich habe eine Platzreservierung, also muss ich mich nicht in einer endlosen Schlange anstellen. Außerdem kann ich hier noch eine Weile mein Telefon benutzen, bevor ich den Flugmodus aktivieren muss. Ich schaue zum x-ten Mal nach, ob ich eine Nachricht bekommen habe – nichts. Ich weiß nicht, was ich eigentlich erwarte. Vielleicht warte ich darauf, dass Danny mit einem riesigen Strauß roter Rosen durch die Abflughalle stürmt und meinen Namen ruft, gerade als das Gate geschlossen wird. Wohl kaum. Und ich bin ja auch nicht für immer weg. Ich mache nur zehn Tage Urlaub. Oder vielleicht auch nicht. Möglicherweise mache ich es wie Shirley Valentine und bleibe einfach dort. Ich könnte mir einen Job in einem Restaurant suchen, genau wie sie es getan hat.

Ich atme langsam aus und stelle mich ans Ende der Schlange. Die Jungs auf dem Weg nach Faliraki haben noch rasch ein weiteres Bier gekippt und reihen sich nach dem letzten Aufruf hinter mir ein. Einer aus der Gruppe, ein großer Blonder, der eine gewisse Ähnlichkeit mit Owen Wilson hat, lächelt mich an und beginnt, mit mir zu plaudern. Ich höre, wie seine Freunde sagen: »Wie ist der denn drauf? Er hat noch nicht mal den Flughafen verlassen.« Ich unterhalte mich höflich mit ihm, bis wir wenige Minuten später durch Gate 15 gehen, um in den Flieger zu steigen und uns auf Flug R3490 zum internationalen Flughafen von Rhodos zu begeben.

Mein Herz hämmert in meiner Brust. Verlasse ich soeben

tatsächlich mein vertrautes Netzwerk und ziehe ganz allein los? Ich beruhige mich ein wenig, als ich mir ins Gedächtnis rufe, dass Brian mir befohlen hat, eine Weile nicht ins Pub zu kommen. Ich hätte die nächsten Tage also wahrscheinlich ohnehin allein zu Hause verbracht und wäre ständig von meiner Mum angerufen worden.

Ich schaffe das. Ich atme tief durch und werfe einen Blick zurück auf die Abflughalle, in der sich jetzt nur noch eine Reinigungskraft in blauer Uniform befindet, die ihr Wägelchen vor sich herschiebt. Ich denke dabei an den Servierwagen mit den Drinks im Flugzeug. Plötzlich bin ich erschöpft und sehne mich nach meinem Sitz und einem großen Wodka. Es gibt kein Zurück mehr, und zu meiner Überraschung stelle ich fest, dass ich bereit bin für die Abenteuer, die vor mir liegen.

Kapitel 13

Als ich aus dem Flugzeug steige, schlägt mir drückende Hitze ins Gesicht. Der aufregende, undefinierbare Geruch eines fremden Landes weckt meine Sinne. Ich atme tief durch. Riesige Zypressen schwanken leicht in der Brise, und ich lächle unwillkürlich, während sich meine Stimmung hebt. Nun bin ich hier, und plötzlich freue ich mich darauf, das Dorf wiederzusehen, in dem ich als Kind meine Ferien verbracht habe. Ich bin allein hierhergereist, und das ist, wie mir bewusst wird, das Mutigste, was ich seit langer Zeit getan habe.

In der Ankunftshalle auf dem Flughafen Rhodos herrscht Chaos. Ich sehe Alleinreisende mit Rucksäcken, verliebte Paare, die Händchen halten, und Familien mit aufgedrehten Kindern, die nach dem langen Flug herumlaufen wie Tiere, die aus einem Käfig befreit wurden. Babys in Buggys strampeln und wollen herausgenommen werden, während ihre erschöpften Eltern versuchen, sie mit Spielsachen zu beruhigen.

Vor dem Damenklo muss ich mich noch mal anstellen, und dann warte ich am Gepäckband auf meinen Koffer. Plötzlich keimt ein wenig Freude in mir auf. In weniger als einer halben Stunde werde ich in dem kleinen Dorf Thakos ankommen und mich an den Hotelpool legen können. Ich habe eine Ewigkeit im Internet nach dem richtigen Ort gesucht und das kleine Dorf gefunden, in dem ich als Kind mit meinen Eltern Urlaub gemacht habe. Ich erinnere mich an die Taverne *Christakis* am Strand und an die *Zoo Bar,* wo der DJ aussah und sich kleidete wie Timmy Mallett in seiner Glanzzeit.

Ich wollte keinen Partyort, wo die ganze Nacht gefeiert wird. Dafür bin ich noch nicht bereit. Ich erinnere mich noch gut an einen Urlaub in Faliraki mit einigen Freundinnen. Wir sind um fünf Uhr morgens ins Bett gegangen und haben dann nach einem englischen Frühstück den ganzen Tag am Strand geschlafen. Nein danke. Thakos klang ideal, es hat einen »sauberen Strand und nette Tavernen« und ist »ein Ort, um sich zu entspannen und seine Batterien wieder aufzuladen«. Perfekt.

Während ich meinen großen pinkfarben gemusterten Koffer vom Gepäckband hieve und sich auf meiner Stirn Schweißperlen bilden, kündigt mein Telefon eine SMS an. Sie ist von Danny. Ich kann es kaum fassen. Da steht nur: *Alles okay?*

Was zum Teufel soll das heißen? Natürlich ist nicht alles okay, verdammt! Er ist mein Ehemann und hat sich einfach aus dem Staub gemacht! Welche Antwort erwartet er denn? Ein Teil von mir möchte zurückschreiben, aber der vernünftigere Teil sagt mir: *Der Kerl hat Nerven! Warum will er wissen, wie es mir geht? Gerade jetzt, wo ich weggefahren bin, um über alles in Ruhe nachzudenken. Schuldgefühle, ohne Zweifel!*

Ich lösche seine Nachricht und mache mich auf den Weg zum Taxistand. Das Dorf liegt nur eine zehnminütige Fahrt entfernt, und nach meiner Ankunft werde ich mir sofort den jetzt dringend nötigen starken Drink besorgen. Ich werde die nächsten zehn Tage über nichts nachdenken, vor allem nicht über Danny. Ich werde jeden Tag nehmen, wie er kommt, und einfach nur die Sonne genießen. Der Sommer in England war bis jetzt erbärmlich, und hier auf Rhodos ist mitten im Juni der Himmel strahlend blau und die Sonne heiß. Die Saison ist in vollem Gang, und ich bin fest entschlossen, das Beste daraus zu machen.

Als ich in ein Taxi steige, sehe ich, wie die Faliraki-Jungs ihr Gepäck in einen silberfarbenen Minibus laden. Owen Wilson winkt und ruft und wünscht mir schöne Ferien. Dabei zwinkert er mir zu. Ich lächle in mich hinein – vielleicht gibt es ja doch ein Leben nach Danny.

Mein Taxi rast die unbefestigte Straße entlang. Zeit ist Geld für die Taxifahrer hier, die, wie ich annehme, so schnell wie möglich zum Flughafen zurückkehren wollen, um den nächsten Fahrgast abzuholen. Als ich ihm vorher mein Ziel genannt habe, hat er eine Augenbraue hochgezogen, mit den Schultern gezuckt und gemurmelt: »Okay, Lady.«

Fünfzehn Minuten später, in denen ich auf dem schwarzen Ledersitz unfreiwillig auf und ab hopste und hin und her geschleudert wurde, erreichen wir Thakos, und mir ist von der Fahrt ein bisschen übel. Der Taxifahrer setzt mich an einer staubigen Straße ab. Zwei Kinder spielen Ball, und an einem Obst- und Gemüsestand kauft eine alte Griechin in schwarzer Kleidung eine Wassermelone. Langsam beginnt es zu dämmern.

»Ihr Hotel ist dort drüben.« Der Taxifahrer deutet auf eine Apartmentanlage auf einer kleinen Anhöhe ohne Verbindung zur Straße. »Weiter kann ich nicht fahren.«

Ich bezahle ihn, und er rast sofort davon.

Die alte Frau am Obststand streckt mir einen reifen Pfirsich entgegen und schenkt mir ein Lächeln, bei dem ihre Zahnlücken sichtbar werden. Ich kaufe vier Pfirsiche. Sie packt sie in eine braune Papiertüte und deutet dann auf eine Flasche Wasser. Sie ist lauwarm, aber ich kann sie sicher in meinem Apartment in den Kühlschrank stellen. Ich gebe ihr drei Euro, und sie lächelt mich dankbar an.

Nach einem Blick auf die Karte schleppe ich meinen Koffer den Hügel hinauf und frage mich, ob der Taxifahrer mich nicht an der falschen Unterkunft abgesetzt hat. Das Bild von der Apartmentanlage *Sea View* sah großartig aus – ganz anders als das Gebäude, vor dem ich jetzt stehe. Es wirkt in die Jahre gekommen, und davor jagt ein kläffender Hund eine streunende rote Katze. Auf einem weißen Plastikstuhl sitzt ein Mann um die fünfzig mit einem Schnauzbart und im Unterhemd. Er raucht eine Zigarette, und als er mich entdeckt, steht er rasch auf.

»Herzlich willkommen«, sagt er mit einem warmen Lächeln und führt mich in einen kleinen, altmodischen Empfangsbereich. »Ich hoffe, Sie hatten eine gute Reise. Willkommen im *Sea View.*«

An einem Schwarzen Brett hängen Fotos von einer Feier, die sicher schon ein paar Jahrzehnte alt sind. An der holzvertäfelten Wand ist ein Regal mit einer Sammlung von Madonnenfiguren angebracht. Ein kunstvolles Gesteck aus Kunstblumen rundet die Hommage an die 1990er ab, aber alles sieht makellos sauber aus.

Der Inhaber stellt sich mir als Andreas vor, checkt mich ein und reicht mir meinen Zimmerschlüssel. Ich entdecke eine kleine Bar mit einer Sitzecke, in der aber keine Menschenseele zu sehen ist. Mein Traum von Griechenland entwickelt sich allmählich zu einer griechischen Tragödie.

Nach dem Einchecken bestelle ich einen großen Wodka mit Cola und stürze ihn rasch hinunter. Der eiskalte Drink verschafft mir sofort Abkühlung.

»Also«, beginne ich fröhlich, »wo ist der Pool?«

»Der Pool?« Andreas runzelt die Stirn, kratzt sich am Kopf und meidet den Blickkontakt.

»Ähm, ja, der Swimmingpool.«

»Wir haben keinen Pool. Aber das ist schon in Ordnung, Sie können den Pool im *Paradise* benutzen. Der Besitzer der Apartmentanlage ist mein Freund.«

Er zieht an seiner Zigarette und bläst eine Rauchwolke in die düstere Bar. Das sieht nicht gut aus. Ich schaue mir den Ausdruck von der Beschreibung im Internet noch einmal genau an, und da ist tatsächlich ein Bild von einem schimmernden blauen Pool. Ich halte es ihm unter die Nase.

»Und was ist hier auf diesem Foto zu sehen?«, frage ich gereizt.

»Ja.« Andreas lächelt. »Das ist der Pool vom *Paradise.* Sehr hübsch, nicht wahr?«

Ich lese das Kleingedruckte und stelle bestürzt fest, dass es darin heißt: »Den Gästen vom *Sea View* ist es gestattet, den Swimmingpool in der nahe gelegenen Anlage *Paradise* zu benutzen.«

Ich bestelle mir noch einen großen Drink, um ihn mit in mein Apartment zu nehmen. Plötzlich bin ich erschöpft. Der Inhaber bemerkt meinen Gesichtsausdruck und stellt mir ein Schälchen mit gesalzenen Erdnüssen hin. »Keine

Sorge«, sagt er. »Das Meer ist nicht weit von hier. *Sea View*«, erklärt er begeistert. »Sie brauchen keinen Pool.«

Da bin ich anderer Meinung. Ich faulenze sehr gern an einem Swimmingpool. Aber ich bin zu müde, um ihm zu widersprechen. Während ich Andreas, der meinen Koffer trägt, die Treppe zu meinem Apartment hinauf folge, frage ich mich unwillkürlich, ob ich nicht doch lieber ein Hotel in Faliraki hätte buchen sollen.

Kapitel 14

Am nächsten Morgen ziehe ich die Vorhänge auf und werde mit einem herrlichen Blick auf das schimmernde türkisfarbene Meer überrascht. In dem geräumigen Apartment hängen Bilder von Stränden an den weiß getünchten Wänden, und die Möbel sind aus Kiefernholz. Im hellen Tageslicht sieht es frisch und sauber aus und hat keine Ähnlichkeit mehr mit dem dunklen Tunnel, in den ich am Abend zuvor gestolpert bin. Das große Badezimmer mit den weiß-blauen Fliesen ist makellos sauber, wenngleich der weiße Plastikduschkopf und der dünne Duschvorhang mit dem Fischmuster schon sehr veraltet aussehen. In der kleinen Küche befinden sich ein Kühlschrank, ein Wasserkessel, ein paar Portionsbeutel Nescafé und zwei Kochplatten. Im Schrank finde ich Geschirr und in der Schublade Besteck – es gibt sogar einen Korkenzieher. Alles, was ich brauche, um mir einen griechischen Salat zuzubereiten oder etwas zum Mitnehmen zu verspeisen. Ich habe nicht vor, hier zu kochen.

Ich mache mir einen Kaffee und nehme ihn mit nach draußen. Mein Apartment liegt am Ende des Gebäudes, und die Zweige eines großen Zitronenbaums ragen ein Stück über meinen Balkon. Ich setze mich auf einen der weißen Plastikstühle und starre auf das funkelnde Meer, das zum Greifen nahe scheint. Andreas, der Inhaber, hatte recht, was die Aussicht betrifft. Am Ende des Strands sehe ich ein großes Gebäude, bei dem es sich wahrscheinlich um das All-inclusive-Hotel handelt, das ich bei meiner Internetrecherche gesehen habe.

Vielleicht ist es hier doch nicht so schlecht. Ich habe in einem bequemen Bett gut geschlafen und plane, nach dem Frühstück den Ort zu erkunden.

Auf der schattigen Veranda mit Ausblick auf einen Olivenhain sitzen zu meiner Überraschung einige andere Gäste beim Frühstück. Als ich gestern Abend ankam, wirkte das Haus völlig verlassen, aber vielleicht habe ich mein Urteil vorschnell gefällt. Ein englisches Paar, das sich ein englisches Frühstück mit allem Drum und Dran schmecken lässt, wünscht mir einen guten Morgen. Ein weiteres Pärchen nickt mir zu und löffelt dabei griechischen Joghurt mit Früchten. Sie tragen Shorts und Wanderschuhe, also haben sie anscheinend vor, die Fußpfade in den Bergen zu erkunden. Alle sind durchtrainiert und braun gebrannt und halten sich offensichtlich seit Jahren gern im Freien auf. Ich entscheide mich dafür, meinen Tag mit Kaffee, Apfelsaft und Rühreiern auf Toast zu beginnen.

Andreas bringt mir lächelnd mein Essen. »Haben Sie gut geschlafen?«

»Ja – und Sie hatten recht, was den Ausblick betrifft«, gebe ich zu und nippe an dem starken, beinahe ungenießbaren Kaffee. Die Rühreier sind jedoch eine ganz andere Kategorie – köstliche gelbe Eier aus Freilandhaltung, die perfekt gerührt sind. Auf dem Grundstück rechts neben dem Hotel laufen Hühner herum, die ich von meinem Balkon aus gesehen habe. Am frühen Morgen hatte ein junger Mann ein paar Eier eingesammelt und in einen Korb gelegt, bevor er damit auf einem Moped verschwand.

Mir fällt wieder ein, dass auf den griechischen Inseln fast jeder mit dem Moped unterwegs ist – Frauen beim Einkaufen mit gestreiften Plastiktüten an der Lenkstange, junge Angestellte, die Besorgungsfahrten zwischen den Hotels erledigen, und sogar Leute, die kleine Kinder auf den Knien balancieren. Für mich sieht das gefährlich aus, aber sie sind es gewohnt, denn sie wachsen damit auf.

Die Wanderer beenden ihr Frühstück und machen sich auf den Weg. Es ist erst halb zehn, und die Temperatur liegt schon weit über zwanzig Grad. Ich hoffe, dass sie genügend Wasser mitgenommen haben, und erkenne dann, dass mich solche Gedanken allmählich meiner Mutter immer ähnlicher werden lassen.

Andreas kommt mit einer Kaffeekanne an meinen Tisch und bietet mir an nachzuschenken, aber ich lehne höflich ab.

»Nein danke. Ich werde mich ein wenig im Dorf umschauen und dann zum *Paradise* an den Pool gehen. Ist die Anlage nebenan?«

Andreas wirkt ein wenig verlegen. »Nicht direkt nebenan. Möchten Sie noch einen Apfelsaft?«

»Wo genau ist sie?«

»Nur einen Spaziergang von zehn Minuten entfernt, das verspreche ich Ihnen. Aber der Strand ist in nur drei Minuten zu erreichen.«

»*Zehn Minuten?* Da bin ich ja schon fix und fertig, bevor ich dort ankomme – vor allem bei dieser Hitze. Gibt es denn einen Bus oder so?«

Andreas setzt sich zu mir. »Es gab früher einen Bus, der

alle halbe Stunde hier gehalten hat, aber seit nicht mehr so viele Leute hier Urlaub machen, kommt er nur noch alle zwei Stunden vorbei. Und Sie haben ihn gerade verpasst. Aber ich werde Sie hinfahren«, sagt er und schenkt mir ein so echtes, warmes Lächeln, dass mir meine Beschwerde sofort leidtut. Es ist nicht seine Schuld, dass die Touristen in kleinen Pensionen zugunsten von großen All-inclusive-Hotels weniger geworden sind. Mich persönlich haben diese Hotels nie gereizt. Ich möchte in meinem Urlaub meine Umgebung erforschen und in vielen verschiedenen Restaurants essen. Allerdings ist ein solches Hotel sicher angenehmer, wenn man Kinder hat, die sich einen Pool wünschen und den ganzen Tag mit Getränken und Eiscreme versorgt werden wollen.

Ich denke gerade darüber nach, was ich nun als Nächstes unternehmen soll, als der Eiersammler hereinkommt. Mit seiner olivfarbenen Haut und den dunkelbraunen Haaren und Augen sieht er aus wie eine jüngere, schlankere Version von Andreas. Unwillkürlich stelle ich fest, dass er sehr attraktiv ist. Sicher ist er Andreas' Sohn. Er lässt den Blick über den Frühstücksbereich gleiten und holt sich dann bei Andreas einen Notizzettel ab. Andreas macht uns rasch miteinander bekannt: Sein Name ist Costas, und er ist tatsächlich Andreas' Sohn. Kurz darauf braust er wieder mit seinem Moped davon.

Plötzlich taucht vor meinem geistigen Auge Dannys Bild auf, und mein Herz krampft sich zusammen. Immer wieder überfällt mich ein Gefühl der Traurigkeit, und ich frage mich, wie lange es noch dauern wird, bis ich nicht mehr morgens aufwache und als Erstes an ihn denke.

Nach dem Frühstück ziehe ich mir weiße Leinenshorts und ein schwarzes Top an und beschließe, zum *Paradise* zu marschieren, bevor es zu heiß wird. Andreas hat mir angeboten, Costas zu holen, damit er mich hinüberfährt, aber ich gehe lieber zu Fuß. Ich flechte mein blondes Haar zu einem Zopf und packe Sonnencreme und ein Handtuch in meine Strandtasche. Nachdem ich die Sonnenbrille aufgesetzt und mir eine Flasche Wasser aus dem Kühlschrank geholt habe, bin ich startklar.

Während ich an der staubigen, von Oliven- und Feigenbäumen bestandenen Straße entlanglaufe, wird mir klar, wie wenig Tourismus es in diesem Dorf noch gibt. Etliche Restaurants sind mit Brettern vernagelt, und die wenigen verbliebenen sehen recht heruntergekommen aus. Es macht mich traurig, dass ein so wunderschöner Ort jetzt so verlassen wirkt. Im Hintergrund höre ich das friedliche Zirpen von Grillen, und beim Weitergehen nehme ich plötzlich den Duft von Feigen wahr, die jemand versehentlich auf dem Weg zertreten hat. Ich gehe vorbei an Zitronen- und Limonenbäumen und komme an einen Töpferladen, vor dem bunt bemalte griechische Schüsseln und Teller angeboten werden. An der Eingangstür steht ein älterer Mann in einem weißen ärmellosen Hemd und mit einer braunen Kappe auf dem Kopf. Er wünscht mir einen guten Morgen und bittet mich mit einer Handbewegung in das Geschäft. Ich verspreche, am nächsten Tag vorbeizukommen. Auf einem Plastikstuhl sitzt eine junge Frau mit langem dunklen Haar und liest eine Zeitschrift. Sie hebt den Kopf und lächelt mich an.

Es dauert nicht mehr lange, bis ich die Apartmentanlage

Paradise erreicht habe. Zu meiner Überraschung ist der Poolbereich gut besucht. Das blassgelb gestrichene Gebäude mit den hellgelb und weiß gestreiften Markisen vor den Fenstern wirkt einladend. In den makellos gepflegten Gärten blühen pinkfarbene Bougainvilleen, und ein junger Hotelmitarbeiter gießt die Pflanzen. Die junge Griechin an der Rezeption begrüßt mich freundlich, zeigt mir den Weg zum Pool und nimmt meine Getränkebestellung entgegen. Ich suche mir einen Liegestuhl mit Sonnenschirm in einer ruhigen Ecke, creme mich ein und mache es mir dort mit meinem Roman und einem großen kalten Bier gemütlich.

Das ist mein erster Urlaubstag, und ich habe immer noch einen nervösen Magen und verhärtete Schultern, also versuche ich, mich zu entspannen. Ich rutsche auf der Liege noch ein Stück weiter nach unten und hoffe, dass dieser Ort eine wundersame Wirkung auf mich haben wird. Als ich die Augen schließe und mich von den warmen Sonnenstrahlen massieren lasse, wünsche ich mir, ich könnte für immer hierbleiben.

Kapitel 15

Ich wache auf, weil jemand sanft meinen Arm schüttelt. Als ich die Augen öffne, steht das Mädchen von der Rezeption vor mir.

»Madam«, sagt sie entschuldigend. »Es tut mir leid, dass ich Sie wecken muss, aber die Sonnenstrahlen sind sehr stark. Sie schlafen schon eine Weile direkt in der Sonne, und das ist an Ihrem ersten Tag hier nicht gut.«

Sie reicht mir eine Flasche Wasser und zieht den Sonnenschirm näher heran, um mir Schatten zu spenden.

»Ich muss für ein paar Minuten eingenickt sein. Mir war nicht bewusst, dass ich so müde war.«

»Sie haben zwei Stunden geschlafen. Deshalb habe ich Sie jetzt geweckt.«

Ich setze mich kerzengerade auf. *»Zwei Stunden!«*

Und nun sehe ich, dass meine Beine bereits krebsrot sind bis auf einen weißen rechteckigen Fleck, wo mein Buch lag. *Meine Güte.*

Auf der Sonnenliege neben mir sitzt ein kleiner Junge, isst ein Eis und starrt mich an. Er trägt eine Spiderman-Badehose und Schwimmflossen.

»Du hast geschnarcht«, sagt er, während er an seinem Erdbeereis leckt. »Und komische Geräusche gemacht.«

O nein. Ich weiß, wie es sich anhört, wenn ich träume – ich gebe gespenstische Klagelaute von mir, als würde ich auf einem Friedhof spuken. Kein Wunder, dass die Liegestühle in meiner Nähe jetzt leer sind und sich die Leute an die andere Seite des Pools verzogen haben.

Als ich mich aufsetze, bekomme ich Kopfschmerzen. Rasch trinke ich einen Schluck Wasser. Vielleicht sollte ich lieber in die kühle, mit Marmor verkleidete Lobby gehen. Ich sammle meine Sachen zusammen und schleiche leicht humpelnd in das Hotel, wo mich der kalte Luftstrom der Klimaanlage begrüßt. Wenige Sekunden später taucht der Barkellner mit einem großen Glas Wasser mit Eiswürfeln auf, und hinter ihm erscheint die Rezeptionistin und erkundigt sich, wie es mir geht.

»Sie sind nicht die Einzige, die in der Sonne einschläft. Aber Sie haben da schon so lange gelegen, und ein paar Gäste sagten, dass Sie … ähm … sehr tief geschlafen haben.«

Ich würde vor Scham am liebsten in den Erdboden versinken. Offensichtlich war ich so gestresst gewesen, dass mein Körper bei der beruhigenden Wirkung der Sonnenstrahlen einfach zusammengeklappt ist. Ein Glück, dass ich nicht hier gebucht habe, denn ich würde den anderen Urlaubsgästen nur ungern am nächsten Morgen beim Frühstück begegnen. Ich bedanke mich bei der Rezeptionistin, deren Name Delia ist, und frage mich, was wohl geschehen wäre, wenn sie mich nicht aufgeweckt hätte. Wahrscheinlich wäre ich wegen schwerer Austrocknung im Krankenhaus gelandet.

Ich trinke das Glas Wasser aus, stehe auf und setze mich sofort wieder, weil mir plötzlich ein wenig schwindlig ist. Kein gutes Zeichen. Delia winkt einen ihrer Kollegen heran, einen jungen Mann von Anfang zwanzig, und unterhält sich kurz mit ihm, bevor sie sich wieder an mich wendet.

»Das ist Dimitri«, sagt sie lächelnd. »Er bringt Sie in Ihr Hotel zurück, sobald Sie möchten. Bleiben Sie in Ihrem Zimmer, trinken Sie viel Wasser, schalten Sie die Klimaanlage ein und tragen Sie eine After-Sun-Lotion auf«, empfiehlt sie mir mitfühlend.

Sicher hat sie das schon öfter erlebt – Briten, die an ihrem ersten Urlaubstag in der Sonne braten und sich den Rest ihrer Ferien damit ruinieren. Aber zu diesen Leuten gehöre ich eigentlich nicht. Ich könnte mich in den Hintern beißen, denn jetzt werde ich mich die nächsten Tage im Schatten aufhalten müssen. Na gut, dann werde ich mich eben unter einen Sonnenschirm setzen und mein sehr unterhaltsames Buch lesen. Es geht um einen Mann, der seinen Urlaub in der Türkei verbringt und dann dort festgehalten wird.

Ich denke darüber nach, wie es wäre, wenn ich nicht mehr nach Hause fahren könnte, und stelle fest, dass mir das im Moment nichts ausmachen würde. Nun ja, vielleicht nicht für immer, aber im Augenblick kann ich mir nicht vorstellen, die Tür meines Cottages aufzusperren und dann dort allein ohne meinen Mann zu leben. Ich kann das alles immer noch nicht begreifen – es ist so schnell gegangen. Wieder einmal frage ich mich, warum ich die Probleme in unserer Beziehung nicht bemerkt habe.

Als ich durch die Empfangshalle gehe, kommt eine Frau mittleren Alters mit einer Stofftasche mit der Aufschrift »Ich liebe Rhodos« herein und lächelt mich beim Anblick meiner knallroten Beine mitfühlend an.

»Ach herrje, geht es Ihnen gut? Tragen Sie Joghurt auf, das soll gegen das Brennen helfen«, rät sie mir einfühlsam.

»Vielen Dank, das werde ich später vielleicht versuchen.

Ich bin selbst schuld – ich habe zu lange in der Sonne geschlafen. Liegt wohl an dem Stress, den ich in letzter Zeit hatte.«

»Ach ja? Machen Sie sich nichts draus, meine Liebe. Wer sich hier nicht entspannen kann, schafft es nirgendwo. Die griechischen Inseln wirken wahre Wunder, wenn Sie mich fragen.« Sie zwinkert mir zu.

Ich hoffe, sie hat recht.

Ich bedanke mich bei Dimitri, nachdem er mich vor meiner Unterkunft abgesetzt hat. Erleichtert stelle ich fest, dass niemand an der Rezeption ist, und schleiche mich nach oben in mein Apartment. Nach einer kühlen Dusche ziehe ich mir ein luftiges Kleid an und setze mich auf den Balkon in den Schatten. Auf der Veranda mit Blick auf einen Olivenhain isst ein Pärchen einen griechischen Salat. Das Haar der Frau ist silbergrau, und sie sieht um einiges älter aus als ihr dunkelhaariger Begleiter, dem sie während des Essens immer wieder liebevoll die Hand auf den Arm legt. Sie haben einen herrlichen Ausblick auf das glitzernde Meer, der möglicherweise in jedem die romantische Seite weckt.

Was für ein großer Unterschied zu der Straße in Liverpool, in der ich aufgewachsen bin. Sie liegt nur einen Katzensprung vom Hafen entfernt, aber die wilde Irische See ist nicht zu vergleichen mit dem aquamarinblauen Mittelmeer. Die Jungs aus unserer Straße liefen ständig zu den Docks hinunter, um sich anzuschauen, wie die riesigen Containerschiffe aus der ganzen Welt anlegten. Sie spielten auf den Ballen in den großen Getreidespeichern und fingen sich anschließend von ihren Müttern eine Ohrfeige ein, weil der

Geruch nicht mehr aus ihren Kleidern zu entfernen war. Einmal habe ich mich ein paar Kindern angeschlossen, aber dann lief mir eine Maus über den Fuß, und danach bin ich nie wieder dorthin gegangen.

Schlimmer als die Mäuse waren jedoch die Ratten. Ich werde nie vergessen, wie unsere Nachbarin von nebenan eine zusammengekrümmte braune Ratte in ihrer Bratpfanne im Schrank unter dem Spülbecken fand. Wir konnten ihre Schreie durch die dünnen Wände des Hauses hören. Das waren schöne Zeiten!

Ich überlege, wie es wohl gewesen wäre, an einem Ort wie diesem aufzuwachsen, und stelle schließlich fest, dass es nicht viel anders gewesen wäre als bei mir zu Hause. Bei uns gab es den Crosby Beach und die herrlichen Sanddünen, die für uns wie Berge waren. Wir kletterten hinauf, rutschten kichernd wieder hinunter und ließen uns dabei vom Dünengras die Beine zerkratzen. Bei uns schien zwar die Sonne nicht so oft wie in Rhodos, aber ich erinnere mich an lange schwüle Tage in den Schulferien, an denen wir auf das vertraute Klingeln des Eiswagens lauschten.

Auf Rhodos scheint an dreihundert Tagen im Jahr die Sonne, und die Familien essen spätabends draußen, plaudern und trinken etwas, während die Kinder fröhlich vor ihren Füßen spielen. Die Sonne scheint eine magische Kraft zu haben, und ich ärgere mich furchtbar, dass ich sie nun mindestens zwei Tage lang nicht genießen kann.

Kapitel 16

Zurück im Apartment, schließe ich mein Telefon ans Ladegerät an, und es beginnt sofort zu piepen. Hayley hat mir in den letzten vierundzwanzig Stunden zehn SMS geschickt. Die letzte lautet:

Bist du vom Erdboden verschwunden? Lass mich wissen, wie's dir geht. Mach mir Sorgen. xxxxxx

Mist. Ich habe mein Versprechen vergessen, ihr sofort nach meiner Ankunft zu schreiben, und nun bin ich schon eineinhalb Tage hier. Nach Dannys Nachricht habe ich am Flughafen das Telefon in meine Tasche geworfen, und jetzt ist der Akku leer. Ich werde ihr später schreiben, wenn er wieder aufgeladen ist.

Meine Haut fängt zu brennen an, also trage ich noch einmal großzügig eine After-Sun-Lotion mit Aloe vera auf und spüre sofort eine vorübergehende Linderung. Spottbillig (weniger als fünf Pfund) und das einzige Mittel, das wirklich hilft. Ich habe eine Ewigkeit in der Kosmetikabteilung bei *Mason's* verbracht, wo eine Verkäuferin versuchte, mir eine After-Sun-Lotion für dreißig Pfund anzudrehen. Als ich von ihr wissen wollte, was denn daran so besonders wäre, wirkte sie ein wenig verblüfft.

»Nun ja, sie hat bestimmte Inhaltsstoffe, die die Haut

nach einem Sonnenbad beruhigen und sie geschmeidig machen.«

Was du nicht sagst!

»Schon, aber worum *genau* handelt es sich dabei?«, fragte ich beharrlich nach und las mir die Angaben der Bestandteile durch, in der Hoffnung, das geheime Elixier zu entdecken.

»Ähm, die Aloe vera beruhigt, und dann haben wir hier noch Rosenöl und Meeresalgen«, erklärte sie mir, nachdem sie, genauso wie ich vorher, die Angabe der Inhaltsstoffe studiert hatte.

»Aber da ist nichts drin, was den Preis rechtfertigen würde. Hier sind die gleichen Wirkstoffe enthalten.« Ich fischte eine Tube After-Sun-Lotion vom Drogerie-Discounter auf der anderen Straßenseite aus meiner Handtasche.

»Sie bekommen, wofür Sie bezahlen«, erwiderte sie beleidigt, nahm mir die Probetube aus der Hand und stellte sie auf die Theke zurück.

»Nicht, wenn da auch nichts anderes drin ist«, entgegnete ich. Mir wurde klar, dass ich tatsächlich immer das letzte Wort haben muss – eine Angewohnheit, die Danny auf die Palme bringt. Aber ich mache das nur, wenn ich mir sicher bin, dass ich recht habe. »Vielleicht sollten Sie sich mit dem Produkt besser vertraut machen, bevor Sie versuchen, es ahnungslosen Kunden aufzuschwatzen.«

Ihr zu stark geschminktes Gesicht wurde rot vor Zorn – anscheinend habe ich sie richtig wütend gemacht. Und das wurde noch schlimmer, als ich am Tisch nebenan die junge Verkäuferin um ein paar kostenlose Make-up-Proben bat und sie sofort ausgehändigt bekam.

Ich kann es immer noch nicht fassen, dass ich in der Sonne eingeschlafen bin. Mir war nicht bewusst gewesen, dass ich derart gestresst war, bis mein Körper es mir gezeigt hatte. Ich kann nur hoffen, dass die Creme aus dem Drogeriemarkt meinen Sonnenbrand lindert.

Ich halte es für wichtig, dass man ein Produkt, das man verkauft, genau kennt – ich weiß genau, wie jeder einzelne unserer Drinks in der Bar zusammengesetzt ist, und ich kenne auch ihre Wirkung auf unsere Gäste. Bei Wodka verlieren sie ihre Hemmungen. Mit Flaschenbier halten sich trendbewusste Jungs und auch ältere Männer ein wenig zurück, weil sie noch eine lange Nacht vor sich haben. Handgezapftes Ale wird üblicherweise von Männern getrunken, die sich zu einer tief greifenden Diskussion in eine Ecke zurückziehen, und Weißwein ist das typische Getränk bei einem Mädelsabend. Hin und wieder werden dazu auch ein paar Schnäpse getrunken, was die meisten am nächsten Morgen bereuen. Turbojäger sorgen garantiert für einen Kater. Bei Bacardi lässt er sich meist vermeiden, und Bier und Wein sollte man niemals durcheinandertrinken. Ich kann jeden über alle Alkoholsorten beraten. Ich nehme Kundenservice sehr ernst und sehe dabei keinen Unterschied, ob man in einer Bank oder in einer Bar arbeitet. Mein Engagement und mein Auge fürs Detail haben dazu geführt, dass ich innerhalb von zwölf Monaten von einer einfachen Bedienung zur Barchefin aufgestiegen bin und nun das Budget verwalte und neue Getränke für das Pub auswähle.

Ich frage mich, ob ich meinen Job tatsächlich zu ernst genommen habe. Möglicherweise hat Danny recht. Vielleicht habe ich mich viel zu sehr damit beschäftigt, in der

Arbeit alles perfekt zu machen, während meine Ehe schon seit einiger Zeit alles andere war als das.

Mein Telefon klingelt, und ein Blick darauf verrät mir, dass es meine Mutter ist. Ich beschließe, den Anruf anzunehmen, damit sie sich keine Sorgen macht. Hayley hat meiner Mum wahrscheinlich schon Angst gemacht, dass ich bereits als Sexsklavin verkauft worden bin oder etwas Ähnliches.

»Hi, Mum, wie geht's dir?«

»Oh, mir geht's gut, Schätzchen. Wie geht's dir? Hast du es warm genug? Ich hoffe, du hast eine Strickjacke und nicht nur dünne Blusen und Kleider mitgenommen. An den Abenden kann es am Meer sehr kühl werden.«

»Mum, ich bin in Griechenland. Im Moment haben wir hier ungefähr siebenundzwanzig Grad.«

»Oh, es ist richtig heiß?«

»Ja, heiß genug, um sich einen Sonnenbrand einzuhandeln.« Sofort bereue ich es, das gesagt zu haben.

»Oje, hast du einen Sonnenbrand? Hoffentlich hast du genügend After-Sun-Lotion dabei, und wenn sie nicht hilft, dann versuch es mit Joghurt. Griechischer Joghurt wirkt immer.«

Griechischer Joghurt scheint ein wahres Heilmittel zu sein. Ich frage mich, ob er überhaupt noch gegessen wird.

»Mir geht es sehr gut, Mum, wirklich. Das Apartment ist wunderschön *(eine kleine Lüge)* und das Dorf ganz bezaubernd *(eine größere Lüge)*. Genauso, wie ich es in Erinnerung hatte.« *(Eine richtig saftige Lüge. Es ist ganz und gar nicht so.)*

Ich hatte die Bilder einer geschäftigen Hauptstraße im Kopf, in der Touristen vor gut besuchten Restaurants saßen und einheimische Kinder auf dem Dorfplatz spielten und sich unter die Besucher mischten, bis die Sonne unterging. Jetzt sieht man hier nur noch längst vergessene Geschäfte neben Apartmentanlagen und Tavernen, deren Besitzer gerade noch so über die Runden kommen, während das All-inclusive-Hotel an einem Privatstrand gegenüber triumphierend Fahnen aller Nationen hisst. Die Hotelgäste verbringen anscheinend den ganzen Tag im Haus, wo ihnen alles serviert wird, oder liegen am Pool, denn außerhalb des All-inclusive-Komplexes sieht man sie nie. Ich nehme an, wenn man Kinder hat, ist das eine gute Urlaubsmöglichkeit, aber die kleinen griechischen Tavernen gehen dadurch pleite.

»Es ist also sehr heiß dort.« Mums Stimme klingt besorgt. »So heiß, dass ein Feuer ausbrechen könnte? Gibt es um dein Hotel herum viele Bäume?«

»Nein, Mum«, lüge ich, während ich auf den Zitronenbaum starre, dessen Zweige beinahe mein Fenster berühren.

Meine Mum war schon immer ein besorgter Mensch, aber seit ihren Wechseljahren ist es noch viel schlimmer geworden. Sie macht sich um alles und jeden Sorgen. Als sie anfing, die Zwölfjährige von nebenan morgens zur Bushaltestelle zu begleiten, weil es »noch dunkel war«, habe ich sie dazu überredet, einen Arzt aufzusuchen. Er wollte ihr Antidepressiva gegen die Anspannungen verschreiben, aber davon wollte sie nichts wissen.

»Ich bin ohnehin früh wach, und ihre Mutter zieht die Vorhänge nicht vor zehn Uhr auf«, hatte sie missbilligend erklärt. »Und Amy mag unsere kleinen Schwätzchen.«

Das war ganz und gar nicht der Fall. Amy wurde von ihren Freundinnen verspottet, weil eine vierundfünfzigjährige Frau, die nicht ihre Großmutter war, sie jeden Morgen zur Bushaltestelle brachte.

Schließlich erklärte sie sich, wenn auch widerstrebend, zu einer Hormonersatztherapie bereit, weil sie ständig von der fixen Idee besessen war, ein elektrisches Gerät nicht ausgeschaltet zu haben. Mehrmals pro Woche musste sie von der Arbeit nach Hause laufen, um sich zu vergewissern, dass weder das Bügeleisen noch das Glätteisen eingestöpselt waren. Was natürlich nie der Fall war. Der Arzt erklärte, das sei hormonell bedingt – das Abfallen der Östrogene während der Postmenopause sei dafür verantwortlich. Also nahm Mum Hormontabletten und bereute es auch nicht. Natürlich ist nicht alles perfekt. Sie wird immer noch hin und wieder von irrationalen Ängsten überfallen (so wie jetzt), aber im Großen und Ganzen geht es ihr gut.

»Nein, Mum, die Bäume stehen nicht nah am Haus, und es ist nicht heiß genug für einen Brand. Wir haben Juni, und erst im August erreichen die Temperaturen Höchstwerte. Mach dir keine Sorgen.«

»Also gut«, sagt sie schließlich. »Aber sei vorsichtig. Und vergiss nicht, mir eine Postkarte zu schicken. Bis bald, Schätzchen.«

Ich bin mir nicht einmal sicher, ob es hier irgendwo Briefmarken zu kaufen gibt. Der Ort erinnert an eine Geisterstadt. Außerdem schreibt heutzutage kaum noch jemand Postkarten – man schickt sich WhatsApps. Aber ich werde schon irgendwo eine auftreiben. Wenn meine Mum sich eine Postkarte wünscht, dann soll sie auch eine bekommen. Sie ist immer für mich da, wenn ich sie brauche, also ist das das Mindeste, was ich für sie tun kann.

Kapitel 17

Ich könnte mich in den Hintern beißen, dass ich an meinem ersten Tag in Thakos in der Sonne eingeschlafen bin. Ich wollte ein wenig die Gegend erkunden und vor allem etwas einkaufen. In meinem Kühlschrank befinden sich die Pfirsiche, die ich an dem Obststand gekauft habe, und eine Flasche Wasser, und das ist schon alles.

Ich hatte vorgehabt, später einen Strandspaziergang zu machen und nachzuschauen, ob es die Taverne *Christakis* noch gibt. Ich kann mich noch gut daran erinnern, wie ich in die schäumenden Wellen gesprungen und dort mit einem kleinen Mädchen namens Vicky aus Newcastle geplanscht habe. Wir versprachen uns, für immer beste Freundinnen zu bleiben, aber natürlich habe ich sie nach meiner Rückkehr nach Hause nie wiedergesehen. Wir waren damals beide erst acht Jahre alt, und ich fühlte mich verraten, als sie drei Tage vor uns abreiste, ohne sich von mir zu verabschieden.

Zwölf Jahre später war ich bei einem Junggesellinnenabschied in Newcastle und habe sie überraschenderweise in einer überfüllten Bar entdeckt. Ich stand an der Theke und nippte an einem Cocktail, als sich ein Mädchen neben mich stellte und eine Flasche Weißwein bestellte. Als sie sich mir zuwandte und lächelte, konnte ich es kaum glauben. Ich erkannte sie an ihren verschiedenfarbigen Augen – eines war braun, das andere leuchtend grün.

»Ist dein Name Vicky?«, fragte ich sie und war mir nicht sicher, ob sie sich an mich erinnern würde.

Sie runzelte leicht die Stirn, sah mich forschend an und suchte nach einem Hinweis auf unsere Bekanntschaft. Als sie mich schließlich erkannte, stieß sie einen Freudenschrei aus.

»Meine Güte, bist du es wirklich, Mandy?«, kreischte sie in ihrem Cheryl-Cole-Akzent und umarmte und drückte mich. Mit ihrem frechen Grinsen und den braunen Locken war sie selbst mit acht Jahren schon sehr extrovertiert gewesen.

Ihr Freund und sie feierten mit uns den Junggesellinnenabschied, verbrachten das Wochenende mit uns und blieben sogar über Nacht in unserem Hotel. Wie sich herausstellte, hatte sie sich in unseren Ferien nicht von mir verabschieden können, weil sie um Mitternacht zum Flughafen aufgebrochen waren und wir da bereits im Bett lagen.

Es war großartig, dass sie uns als Einheimische die besten Plätze zeigen konnte. Im Laufe der Jahre haben wir uns immer wieder mal getroffen, sind gute Freundinnen geworden und halten uns über Facebook auf dem Laufenden. Ich sehe sie nicht so oft, wie es mir lieb wäre, vor allem, da sie inzwischen verheiratet ist und zwei Kinder hat, aber ich bin fest davon überzeugt, dass unsere Freundschaft dafür bestimmt war, länger zu dauern als die zehn Tage, die wir als Kinder auf Rhodos miteinander verbrachten.

Ich sitze wieder mit meinem Buch auf dem Balkon im ersten Stock und sehe, wie Costas im schattigen Essbereich leere Gläser einsammelt. Er ist schlank, aber muskulös. Sein weißes T-Shirt bringt seine Oberarmmuskeln zur Geltung, als er sich bückt und eine Kiste mit leeren Flaschen hochhebt. Auf dem Rückweg zur Bar schaut er zu mir herauf und fragt mich, ob es mir gut geht. Wahrscheinlich sieht es komisch aus, dass ich mich in einem bodenlangen Kleid und mit Sonnenbrille in eine schattige Ecke gesetzt habe.

»Ja, prima«, erwidere ich lächelnd. »Ich habe nur ein bisschen Sonnenbrand, deswegen bleibe ich heute lieber im Schatten.«

»Da habe ich genau das Richtige für Sie. Ich komme in fünf Minuten nach oben.«

»Was? Nein, nicht nötig, mir geht's gut«, sage ich rasch und denke an die Unordnung in meinem Apartment.

»Kein Problem«, versichert er und verschwindet um die Ecke.

Ich sause hinein, um schnell aufzuräumen. Während ich mich frage, wie ein Mensch allein eine so große Unordnung zustande bringen kann, schleudere ich Kleidungsstücke in den Schrank und befördere meine Schuhe mit einem Tritt unter das zweite Bett. Ich habe ein Apartment mit Doppelzimmer gebucht, um ein bisschen mehr Platz zu haben, und außerdem kostet es nicht viel mehr als ein Einzelzimmer. Ich bürste mein Haar und trage einen Hauch Lipgloss auf. Was zum Teufel mache ich denn da?

Ein paar Minuten später klopft es an der Tür, und ich schaue in ein Paar schokoladenbraune Augen. Er sieht umwerfend aus.

»Das ist für Ihren Sonnenbrand.« Er reicht mir eine Flasche Olivenöl.

Ich starre ihn verblüfft an. »Olivenöl?«

»Ja, Olivenöl. Es wird immer unterschätzt, dabei ist es sehr vielseitig verwendbar. Wenn Sie sich damit einreiben, schält sich Ihre Haut nicht.« Er setzt sich, ohne zu fragen, auf mein Bett und lässt die Hände über die Laken gleiten.

»Okay, ähm, vielen Dank dafür. Mit Olivenöl kenne ich mich nicht sehr gut aus. Ich verwende normalerweise das billige italienische Zeug aus dem Supermarkt.«

Er springt auf und erklärt mir, dass ich nur das griechische Olivenöl nativ extra kaufen solle, denn das sei das beste auf der Welt.

»Wir waren die ersten Europäer, die Olivenöl verwendet haben«, schwärmt Costas begeistert. »Entdeckt wurde es in Kleinasien. Von dort aus kam es vor sechstausend Jahren über den Iran und Syrien ans Mittelmeer. Die Griechen hatten es noch vor den Römern«, erklärt er stolz. »Es begründete im minoischen Königreich den Wohlstand von Kreta.«

Ich bin beeindruckt von seinem Produktwissen und denke an die Frau in der Kosmetikabteilung.

»Hmm … interessant«, erwidere ich aufrichtig.

Costas wirft einen Blick auf seine Armbanduhr und wendet sich zum Gehen. »Da Sie heute die Sonne meiden müssen, werde ich Ihnen unten einen Tisch im Schatten herrichten, wo Sie zu Mittag essen können. Ich habe gleich Pause und leiste Ihnen Gesellschaft.«

Er fragt nicht, ob mir das recht ist, sondern sagt mir einfach, wie es nun weitergeht, und ich bin mir nicht sicher, ob mir das gefällt. Trotzdem sitze ich fünfzehn Minuten später unten an einem Tisch und trinke Retsina und Eiswasser. Vor mir steht ein riesiger griechischer Salat mit vielen Oliven und daneben ein Korb mit frischem Brot und cremige Dips wie Hummus und Taramas. An der Pergola über unseren Köpfen ranken sich Weinreben, und durch die Blätter dringen einige wenige Sonnenstrahlen. Es ist himmlisch.

»Also«, beginnt Costas und schluckt einen Bissen des krustigen Brots mit einem Stück zartem Fetakäse hinunter. »Warum machen Sie allein Urlaub?«

Das musste ja irgendwann kommen.

»Kann eine Frau nicht allein in die Ferien fahren?«, frage ich und trinke mein Glas Retsina aus. Nach ein oder zwei Gläsern schmeckt er gar nicht so übel. Nicht so gut wie ein anständiger Sauvignon blanc, aber annehmbar.

»Frauen verbringen ihren Urlaub allein, wenn sie versuchen, über eine Trennung hinwegzukommen, oder wenn sie einen Roman schreiben, und ich habe Sie bisher nicht schreiben sehen.«

»In welchem Jahrhundert leben Sie denn?«, erwidere ich. »Frauen verreisen oft allein.«

»Nein, das ist nicht wahr. Sie verbringen ihren Urlaub mit ihrem Partner, einer Freundin oder einer Gruppe von Freunden. Nur sehr selten allein.«

Wahrscheinlich hat er recht. Bis auf die Wanderinnen. »Ich brauche einfach ein bisschen Erholung«, erkläre ich. Ich möchte nichts über mein Privatleben preisgeben – schließlich kenne ich ihn kaum.

Costas lächelt und beugt sich vor, um mir Wein nachzuschenken, aber ich lege meine Hand aufs Glas. Mir ist aufgefallen, dass er selbst nur Eiswasser trinkt.

»Dann sind Sie hier richtig. Wenn Sie sich hier nicht entspannen können, dann gelingt es Ihnen nirgendwo.«

Ich gieße Wasser in mein Glas. Offensichtlich ist mir der

Retsina bereits zu Kopf gestiegen, denn ich habe mir soeben Costas vorgestellt, wie er wieder auf meinem Bett sitzt und mit den Händen nicht nur über das Laken streicht.

Ich muss schnell wieder zurück auf meinen Balkon und zu meinem Buch. Vielleicht halte ich ein kleines Mittagsschläfchen. Ich will gerade aufstehen, als Andreas Costas zu sich an die Rezeption winkt, weil aus einem Taxi neue Gäste aussteigen. Er springt sofort auf und läuft ohne einen Blick zurück los, um zwei blonden Frauen mittleren Alters ihre Koffer abzunehmen und sie zu ihren Zimmern zu begleiten. Ich frage mich, ob Costas zu allen Gästen so charmant ist. Vielleicht wartet er ständig auf die Ankunft des nächstens Fliegers, um sofort alle Touristinnen zu bezirzen. Als er außer Sichtweite ist, schenke ich mir noch ein Glas Wein ein und beschließe, dass mir das gleichgültig ist. Auf jeden Fall ist es nett, sich mit einem freundlichen jungen Mann unterhalten zu können.

Kapitel 18

Alkohol am Nachmittag habe ich noch nie gut vertragen. Ich lege mich zu einem Schläfchen hin und werde zwei Stunden später von einem Klopfen an der Tür geweckt. Ich habe auf mein Kopfkissen gesabbert und mich auf meinen Arm gelegt, der sich jetzt schwer und taub anfühlt. Ich hoffe, es ist nicht schon wieder Costas.

»Komme gleich«, rufe ich so fröhlich, wie ich kann. Als ich die Tür öffne, erlebe ich die Überraschung meines Lebens. »HAYLEY!«

»Du bist also nicht tot!« Meine beste Freundin umarmt mich und drückt mich an sich.

»Aua, mein Sonnenbrand. Vor allem auf den Schultern.« Ich zucke zusammen.

»Oh, das sieht wirklich schlimm aus. Ich hoffe, du hast genügend After-Sun-Lotion. Falls nicht, habe ich gehört, dass griechischer …«

»Joghurt, ich weiß. Aber Olivenöl lässt sich leichter auftragen. Wie auch immer, ich kann es kaum fassen! Was machst du hier, Hayley?«

»Na ja, ich habe eine Arbeitspause gebraucht. Ich bin total ausgelaugt. Und dann letzte Woche auch noch der bewaffnete Überfall.«

»*Was?* Die Bank ist überfallen worden? Oh mein Gott, geht's dir gut?«

»Ja, alles in Ordnung. Im Innendienst ist niemandem etwas zugestoßen. Betroffen waren die Jungs, die den Werttransporter gefahren haben. Ein paar Gangster mit Skimasken versuchten, sich bei einer Lieferung das Bargeld zu schnappen. Sie haben nicht viel erbeutet – nur ein paar Tausender, soviel ich weiß –, denn die Sicherheitsleute wissen sich zu wehren. Einer von ihnen wurde allerdings verprügelt und schwer verletzt, aber es geht ihm glücklicherweise schon viel besser. Ich habe ein paar Tage freibekommen, um mich zu erholen. Und die Pause brauche ich dringend.« Sie seufzt. »In letzter Zeit ist die Arbeit sehr anstrengend, weil man uns lächerliche Verkaufsziele vorgibt. Wie soll ich pro Woche fünf Bankkredite und Kreditkarten in einer Gegend an den Mann bringen, wo niemand kreditwürdig ist? Ich bin fix und fertig. Weißt du, unsere Kunden rufen uns an, um die Daueraufträge für Gas und Strom zu stornieren, wollen aber Sky TV behalten. Und außerdem hat eine … *gewisse Person* nicht auf meine SMS reagiert, also habe ich mir gedacht, ich sollte meinen Kurzurlaub dazu nutzen, um mich zu vergewissern, dass es meiner Freundin gut geht.«

Schuldbewusst fällt mir ein, dass ich Hayleys Nachrichten immer noch nicht beantwortet habe.

»Es tut mir so leid, Hayley. Wenn ich dazu gekommen wäre, hätte ich dir schon längst geschrieben, das weißt du doch. Aber ich muss hier erst einmal richtig ankommen«, erkläre ich entschuldigend. »Wie auch immer, ich habe gedacht, du hättest keine Urlaubstage mehr übrig.«

»Doch, zwei noch, und der Manager gab mir eine Auszeit dazu, um mich von der Aufregung nach dem Raubüberfall zu erholen. Ich habe mich in den letzten vier Jahren kein einziges Mal krankgemeldet, also habe ich das wohl verdient.« Sie lacht.

»Ich freue mich so sehr, dich zu sehen, Hayley!« Ich nehme sie sanft in die Arme.

»Komm, wir trinken etwas.« Hayley lächelt mich an. Sie trägt einen kakifarbenen Leinenoverall, und ihr langes, dichtes braunes Haar schimmert. Wie immer sieht sie auf natürliche Weise großartig aus. »Ich habe kalte Cola und diesen Wodka gekauft«, verkündet sie und schwenkt eine Flasche vor meinem Gesicht hin und her. »Oh, und fünf Meilen von hier gibt es einen netten Nachtclub, genannt *Strobe*. Die Taxifahrt dorthin kostet acht Euro. Es ist ein Open-Air-Club in einem alten Amphitheater oder so, in dem es ungefähr um elf Uhr so richtig losgeht. Das hat mir der Taxifahrer erzählt.«

Ich schenke meiner lieben Freundin ein Lächeln. Sie ist gerade mal fünf Minuten hier und weiß schon mehr über die Umgebung, als ich in drei Tagen herausgefunden habe. Außerdem hat sie Orangensaft, Croissants, Chips, Käse, Schinken und Brot mitgebracht. Was kann sich ein Mädchen noch wünschen?

Nachdem wir geduscht und uns ein wenig frisch gemacht haben, setzen wir uns auf die weißen Plastikstühle auf den Balkon und lassen uns Gyros schmecken. Das wird gleich nebenan an einem Stand auf der Straße verkauft. Hayley hat uns Cola mit Wodka eingeschenkt (nur wenig Wodka, da wir ja noch ausgehen wollen), und ich habe von dem überhängenden Zweig eine Zitrone gepflückt und sie für unsere Drinks aufgeschnitten.

Niemand, der diese scheinbar idyllische Urlaubsszene betrachtet, würde jemals auf die Idee kommen, dass ich mich auf einer emotionalen Achterbahn befinde und mir das nur nicht anmerken lasse. Liebeskummer ist eine merkwürdige Sache. Wie bei den Gezeiten gibt es dabei Ebbe und Flut, und der Schmerz kommt und geht. Eigentlich wollte ich hier den Versuch starten, einen klaren Kopf zu bekommen und Danny für eine Weile zu vergessen, doch es dauert nicht lange, bis wir nur noch über meine Eheprobleme sprechen.

Nach ihrem dritten Wodka schaut Hayley mich ernst an und nimmt meine Hand. »Ich bin hier, um eine schöne Zeit mit meiner alten Freundin zu verbringen und sie ein bisschen aufzuheitern, aber ich kann das nicht für mich behalten. Was für eine Freundin wäre ich denn dann? Ich muss dir etwas sagen.« Sie atmet tief durch. »Danny trifft sich mit jemandem.«

Ich bin mir nicht sicher, welche Reaktion sie erwartet, aber ich nehme diese Neuigkeit sehr ruhig auf, denn sie bestätigt nur, was ich in meinem tiefsten Inneren ohnehin schon wusste. Ich denke an den Abend, an dem er mit seinen Arbeitskollegen gefeiert hat. Natürlich war ich mir nicht sicher, ob sich diese Affäre fortgesetzt hat, aber ich hatte auf jeden Fall einen Verdacht. Danny hat sich nicht gerade überschlagen, um sich mit mir auszusöhnen – ich hatte eine Woche lang nichts von ihm gehört, bevor ich schließlich am Flughafen seine SMS bekam.

»Danke, Hayley, aber das habe ich mir schon gedacht. Es ist jemand von seiner Arbeit, richtig?«

Sie schaut mich überrascht an. »Woher weißt du das? Ich habe es nur deshalb herausgefunden, weil ich ihn am Sonntag mit ihr in der Stadt gesehen habe. Danny versuchte, rasch in ein Geschäft zu verschwinden, aber ich hatte ihn schon entdeckt.«

Ich erzähle ihr, dass er diese Sarah erwähnt hat, und berichte ihr von der SMS bei unserem Treffen im Café.

»Du wirst nicht glauben, um wen es sich bei dieser Sarah handelt.« Hayley beißt sich nervös auf die Lippe. »Es ist Sarah Kelly, die mit uns zur Schule gegangen ist.«

Ich verschlucke mich beinahe an meinem Drink. »Sarah Kelly! Nie im Leben! Danny trifft sich mit *Sarah Kelly*?«

Das kann ich kaum fassen. Sarah Kelly war zwar ganz nett, aber sie war ziemlich dick und schwitzte stark, vor allem in den Sommermonaten. Wenn sie ihren schweren Körper durch die Gegend schleppte, musste sie sich ständig die Stirn abtupfen.

»Sie ist nicht mehr dick«, sagt Hayley und zeigt mir auf ihrem Handy das Foto von einer umwerfenden Brünetten im Bikini. »Das ist Sarahs Bild auf Facebook. Anscheinend hat sie seit unserer Schulzeit über dreißig Kilo abgenommen. Sie ist Clubleiterin bei *Slimming World* und arbeitet nebenher als Teilzeitkraft im Büro der Autowerkstatt.«

Komischerweise empfinde ich gar nichts. Ich bin nur überrascht, dass Danny sich ausgerechnet mit Sarah Kelly trifft. Vielleicht hat er mir sogar einen Gefallen getan, indem er unsere Ehe beendet hat, die nur noch Routine war. Was ich darüber denken soll, weiß ich nicht – mir ist nur klar, dass ich nicht weiter über dieses Thema reden möchte. Meine beste Freundin ist hier, das Wetter ist herrlich, und das Nachtleben wartet auf uns. Ich bin mir einen Versuch schuldig, mich heute Abend beim Ausgehen zu amüsieren.

»Danke, dass du es mir gesagt hast«, erwidere ich. »Du bist wirklich eine wahre Freundin. Aber im Moment will ich nichts mehr davon hören. Wir besuchen noch ein paar Bars, bevor wir ins *Strobe* gehen. Ich habe meine Tanzschuhe eingepackt, und jetzt hole ich sie aus dem Koffer!«

Kapitel 19

Ein Kater ist die Hölle, wenn es heiß ist. Die letzte Stunde habe ich in dem blau-weiß gekachelten Badezimmer mit dem Kopf über der Kloschüssel verbracht, während Hayley im Schlafzimmer nach Strandtüchern sucht. Ich habe meinen eigenen Rat, niemals verschiedene Cocktails durcheinanderzutrinken, in den Wind geschlagen und mir am Abend zuvor von einer Piña Colada bis zu einem Slippery Nipple alles hineingekippt.

»So, die Strandtasche ist fertig gepackt. Wie lange brauchst du denn dort drin noch?«, ruft mir Hayley durch die Badezimmertür zu.

Meint sie das ernst? Ich fühle mich, als müsste ich gleich sterben, und nachdem ich irgendetwas Unverständliches gemurmelt habe, schiebt Hayley die Tür aus Pinienholz auf.

»Meine Güte, wie du aussiehst!« Sie lacht und mustert mich. Die Wimperntusche ist verschmiert, und das pinkfarben gestreifte Kleid von gestern Abend, in dem ich geschlafen habe, ist über meine Hüften gerutscht, während ich die Kloschüssel umklammere.

Hayley sieht toll aus. Sie trägt Jeansshorts und Stoffsandaletten mit Keilabsatz, die ihre langen, schlanken Beine perfekt zur Geltung bringen. Sie hat ihr dunkelbraunes Haar zu einem Knoten hochgesteckt und trägt eine Sonnenbrille von Karen Millen und einen Hauch von Lipgloss. Keine

Ahnung, wie sie das macht. Ich weiß nicht, wie viele Cocktails sie am Abend zuvor getrunken hat, ganz zu schweigen von den Wodka-Shots. Doch sie wirkt frisch und munter, während ich mich am liebsten mit einer Flasche Wasser wieder unter die kühle Bettdecke verkriechen würde.

Sie verschwindet in der Küche, und ich höre ein sprudelndes Geräusch, als sie mir ein Glas mit Alka Seltzer bringt. »Hier, trink das. Ich gebe dir eine halbe Stunde. Geh unter die Dusche. Ich warte auf dem Balkon und arbeite an meiner Bräune, und dann gehen wir an den Strand«, befiehlt sie.

Ich stöhne, aber Hayley drückt mir das Glas an die Lippen, und ich nehme einen großen Schluck von dem salzigen Zeug. Mein Kopf pocht, aber es gelingt mir, in die Dusche zu taumeln, und vierzig Minuten später fühle ich mich zu meinem Erstaunen halbwegs wieder wie ein Mensch. Ein weißes Leinenkleid über dem Bikini, Sonnenhut, eine Wasserflasche und eine große Sonnenbrille, und ich bin abmarschbereit. Zumindest kann ich im Schatten eines großen Sonnenschirms ein wenig dösen.

Andreas hatte recht mit seiner Zeitangabe – wenige Minuten später mieten wir uns am Strand zwei Liegen und machen es uns gemütlich. Die kleine Taverne gibt es noch, aber sie heißt jetzt nicht mehr *Christakis,* sondern *Beach Shack,* und an dem Bambuszaun davor lehnen Surfboards.

Das Meer ändert sich jedoch nie. Die schaumigen Wellen, die über die Kieselsteine am Strand vor und zurück rollen, erinnern mich an meine Ferien in der Kindheit, als ich mit Vicky aus Newcastle im Wasser gekichert und geplanscht habe. Einmal habe ich dabei einen meiner Flipflops verloren und geweint, als sich die kleinen Steine in meine Füße bohrten, aber mein Dad kam sofort herbeigeeilt, um mich zu retten.

Hayley und ich sind gerade mal fünf Minuten am Strand, als ein junger Mann auf uns zusteuert und uns zu einer Stunde Kitesurfen überreden will. »Guten Morgen, Ladys«, sagt der braun gebrannte sexy Typ mit den Dreadlocks. »Wollt ihr heute Kitesurfen probieren?«

»Nein danke, ich möchte mich lieber ausruhen«, erwidere ich lächelnd.

Er grinst und zeigt dabei seine unfassbar weißen Zähne. »Kommt schon, es wird euch sicher Spaß machen.« Er mustert uns von oben bis unten, während wir uns in unseren knappen Bikinis auf die Liegestühle legen. Ich habe meinen unter einen großen Sonnenschirm gestellt, sodass ich ganz im Schatten liege. Hayley sieht schlank und dank eines vor dem Urlaub aufgetragenen Bräunungssprays sonnengebräunt aus, während ich einem Hummer ähnle.

»Ich werde mein Buch lesen, etwas trinken und mich entspannen, deshalb bin ich hier.« Ich zwinge mich zu einem weiteren Lächeln. Hoffentlich höre ich mich nicht an wie eine arrogante Zicke. Mir ist bewusst, dass er nur seinen Job macht, aber mir ist im Moment ganz und gar nicht nach einem Flirt zumute.

»Cool.« Er lächelt wieder. »Ich komme später noch einmal vorbei. Vielleicht habt ihr dann Lust.«

»Vielleicht habe ich dann Lust auf *dich*«, flüstert Hayley und betrachtet seinen knackigen Hintern, während er zur Bar zurückschlendert.

Neben dem *Beach Shack* sehe ich noch zwei weitere Jungs. Einer arbeitet an der Bar, und der andere sitzt an der kleinen Rezeption einer Bambushütte, wo man Jetskis und Surfbretter ausleihen kann. Sie sind beide braun gebrannt und durchtrainiert und tragen rote Badehosen. Ich rechne beinahe damit, dass jeden Moment eine Strandgöttin in einem roten Badeanzug über den Sand läuft, so wie in einer Szene aus *Baywatch*.

Ich wünschte, Hayley würde einen netten Mann fürs Leben finden. Sie sieht fantastisch aus und zieht überall die Blicke auf sich, aber meistens halten ihre Beziehungen nicht lange, weil sie sich sehr schnell langweilt. Sie sagt, sie habe eben den Richtigen noch nicht getroffen, was ich verstehe, aber (und das meine ich nicht wertend) ich mache mir Sorgen, dass sie zu viele Probefahrten unternimmt. Sie ist jetzt Ende zwanzig und hat offensichtlich nicht vor, sich in nächster Zeit fest zu binden. Meine Mum ist der Meinung, dass Hayley sich eines Tages plötzlich verlieben wird, wenn sie überhaupt nicht damit rechnet, und wahrscheinlich hat sie damit recht.

Ich ziehe den Sonnenschirm noch näher zu mir heran, und es dauert nicht lange, bis ich eingeschlafen bin. Ich träume davon, dass ich auf der Suche nach einem Flughafen bin, den es nicht mehr gibt. Daraus ist ein Safaripark geworden, in dem Touristen in Jeeps mit Zebrastreifenmuster herumgefahren werden. In den Häfen gibt es keine Boote, und ich strande auf einer Insel. Das hat sicher alles etwas mit dem Buch zu tun, das ich gerade lese. Und dann taucht Danny in meinem Traum auf. Er segelt auf einer Art Floß auf die Insel zu und trägt einen Bart und schulterlange Haare wie Robinson Crusoe. Er ist gekommen, um mich zu retten. Er nimmt mich in seine muskulösen Arme, hebt mich hoch und erklärt mir seine unsterbliche Liebe, bevor wir in einen orangefarbenen Sonnenuntergang segeln …

»Willst du etwas essen oder nur einen Drink?« Hayley reißt mich aus meinen schönen Träumen. »Möchtest du einen Burger oder so etwas?«

Eigentlich habe ich keinen Hunger, aber ich entscheide mich für Pommes frites, denn wahrscheinlich können mir ein paar Kohlenhydrate nicht schaden.

Hayley schlendert unter dem wachsamen Blick von dem Jungen mit dem knackigen Hintern zum *Beach Shack*, wo er sie sofort in ein Gespräch verwickelt, während sie ihre Bestellung aufgibt. Er flüstert ihr etwas ins Ohr, und sie wirft den Kopf in den Nacken und lacht unbekümmert. In gewisser Weise beneide ich sie. Eine feste Partnerschaft ist eine wunderbare Sache, doch sie kann auch schiefgehen. Sie trägt immer das Potenzial von Liebeskummer in sich, und der Vorteil, dem nicht ausgesetzt zu sein, ist nicht von der Hand zu weisen.

»Ich werde es später mal probieren«, erklärt Hayley aufgeregt, als sie mit unseren Getränken zurückkommt.

Ich ziehe fragend eine Augenbraue nach oben.

»Kitesurfen. So schwer kann das doch nicht sein, oder?«

Ich deute auf einen Mann, der soeben mit der Eleganz eines gestrandeten Wals ins Wasser geklatscht ist und nun verzweifelt versucht, wieder auf das Brett zu steigen.

»Ja, schon gut, aber ich bin viel anmutiger. Es wird sicher lustig. Warum versuchst du es nicht auch? Du sagst doch immer, dass man im Urlaub etwas Neues ausprobieren soll.«

Das stimmt natürlich, aber ich möchte das heute nicht riskieren – ich habe meinen Kater noch nicht ganz überwunden, und mein Sonnenbrand schmerzt.

Der heiße Typ vom Strand (der Matt heißt und natürlich aus Australien stammt) bringt uns unser Essen mit einem strahlenden Lächeln. Ich nehme an, er ist ganz okay, aber ich habe im Augenblick eben einfach keine sehr gute Meinung von Männern.

Ich schaue auf das aquamarinblaue Wasser und sehe ein junges Pärchen, das fröhlich herumtollt. Das Mädchen in einem schwarzen Bikini setzt sich auf die Schultern ihres breitschultrigen, sonnengebräunten Freunds, er wirft sie ausgelassen ins Wasser, zieht sie dann in seine Arme und küsst sie zärtlich. Ich frage mich, wie ihre Geschichte wohl weitergehen wird. Wird es für sie ein Happy End geben, oder wird es bei einem Urlaubsflirt bleiben?

Ich entdecke einige große einheimische Familien, bei denen mehrere Generationen gemeinsam den Tag genießen. Ich finde, von der griechischen Art zu leben, können wir viel lernen. Die älteren Verwandten, die eine wichtige Rolle in der Familie spielen, werden von allen respektiert.

Ich nehme die Broschüre zur Hand, die ich vorher an der Rezeption der Apartmentanlage mitgenommen habe, und lese, dass am nächsten Tag in einem Nachbardorf namens Dremasti ein fünftägiges religiöses Fest zu Ehren der Jungfrau Maria stattfindet. Die Straßen werden für den Verkehr gesperrt, Vekaufsbuden werden aufgestellt, und es wird getanzt.

»Wie wäre es morgen damit?« Ich halte Hayley das kleine bunte Heftchen hin.

Sie scheint allerdings an etwas anderem interessiert zu sein – oder besser gesagt an jemand anderem –, und mich beschleicht die Ahnung, dass ich wohl allein dorthin gehen werde.

Kapitel 20

Wir verbrachten einen tollen Abend in der *Banana Bar*, und als der australische Knackarsch in Kakishorts und einem eng anliegenden schwarzen T-Shirt in der Bar auftauchte, war Hayley ziemlich schnell verschwunden. Ich unterhielt mich gerade mit einer Familie aus dem All-inclusive-Hotel, die sich für einen Abend dort herausgewagt hatte, also fühlte sie sich anscheinend nicht allzu schuldig, dass sie mich allein ließ. Bisher ist sie noch nicht wieder aufgetaucht, also werde ich, wie schon vorhergesehen, allein nach Dremasti gehen.

Ich habe bis zum Mittag geschlafen. Erst am späten Nachmittag gehe ich mit einer Tasse Kaffee auf den Balkon und lasse die Schönheit der Umgebung auf mich wirken. Die majestätischen Berge und das azurblaue Meer heben meine Stimmung und sind Balsam für meine Seele. Einen Moment lang spiele ich mit dem Gedanken, wie es wohl wäre, hier zu leben, aber ich glaube nicht, dass ich mich dazu entschließen könnte. Meine Familie würde mir zu sehr fehlen, vor allem meine Mum. Ich kann mir nicht vorstellen, sie nicht mehr rasch besuchen zu können, wenn ich eine Umarmung von ihr brauche. Und ein Stück von dem selbst gebackenen Kuchen, den sie immer in einer Keksdose in der Küche vorrätig hat. Sie erzählt mir oft und gern etwas über die Schauspieler am *Empire Theatre*, wo sie in Teilzeit an der Kasse arbeitet – wer sich wie eine Primadonna benimmt und wer nicht, oder wer ihrer Meinung nach schwul ist, sich aber noch nicht geoutet hat.

Sie hat den Job vor einigen Jahren bekommen, als ein Freund meines Vaters dort Theaterleiter war. Als ihre Wechseljahre begannen, sagte ich meinem Dad, dass sie eine Aufgabe bräuchte, um hin und wieder aus dem Haus zu kommen. Mum war vom ersten Tag an von diesem Job begeistert und ist es noch bis heute. Das Highlight bisher war ihre Begegnung mit Prince Charles bei der Wohltätigkeitsveranstaltung *Royal Variety Performance.* Er ging an ihrer Abendkasse vorbei, schenkte ihr ein Lächeln und meinte, dass sie sicher sehr viel zu tun gehabt habe, da die Vorstellung ausverkauft sei. Diese Geschichte erzählt sie bei jeder Gelegenheit immer wieder.

Ich weiß, es würde ihr das Herz brechen, wenn ich so weit wegziehen würde. Manchmal hat man als Einzelkind eine sehr große emotionale Verantwortung zu tragen.

Als ich an der Rezeption vorbeigehe, treffe ich auf Costas, der einigen Gästen eine Kanne Kaffee auf die Terrasse bringen will. »Möchten Sie auch Kaffee?«, fragt er freundlich. »Oder vielleicht etwas zu essen?«

»O nein, danke, Costas. Ich habe mir oben schon einen Kaffee gemacht. Ich bin auf dem Weg nach Dremasti. Dort werde ich dann auch etwas essen.«

»Warten Sie hier.« Er serviert rasch den Kaffee und kommt zurück zur Rezeption.

»Sie wissen, dass der Bus nur alle zwei Stunden fährt?«

»Ja, das weiß ich«, zwitschere ich fröhlich. »Ich werde zu Fuß gehen.«

Auf seinem Gesicht breitet sich ein Lächeln aus. »Zu Fuß?«

»Ja. Was ist daran so komisch?«

»Es gibt keinen richtigen Fußweg, und auf der Straße sind einige verrückte Raser unterwegs. Und Sie werden eine Stunde unterwegs sein.«

»Was? Aber ich habe gelesen, es liegt nur zehn Minuten von Thakos entfernt.«

Er deutet auf die Broschüre. »Zehn Minuten mit dem Auto. Zu Fuß dauert es etwa eine Stunde.«

Ich muss wirklich lernen, Broschüren aufmerksamer zu lesen – ich kann von Glück sagen, dass ich auf der richtigen Insel gelandet bin. Es wird allmählich heiß, und eine Stunde Fußmarsch scheint mir nicht sehr verlockend.

»Soll ich Sie mit dem Moped hinbringen? Ich kann Sie allerdings nur absetzen, weil ich gleich zurück zur Arbeit muss. Wir können in etwa zehn Minuten dort sein.«

Das scheint eine vernünftige Lösung zu sein, und bevor ich mich's versehe, düsen wir schon über die staubige Landstraße. Ich halte mich an dem Schutzblech hinter mir fest und fühle mich dabei nicht wirklich sicher, aber der Gedanke, die Arme um Costas' Taille zu legen, ist mir unangenehm. Schon bald wird mir klar, was er mit den verrückten Rasern gemeint hat: Ständig schießen sie aus Seitenstraßen hervor oder überholen ohne Vorwarnung. Nach wenigen Minuten geraten wir vor Dremasti in dichten Verkehr. Autofahrer hupen ungeduldig, während sich Mopedfahrer, uns eingeschlossen, mühelos in der Schlange an ihnen vorbeidrängeln.

»Touristen«, erklärt Costas. »Wenn sie weiterfahren, werden sie keinen Parkplatz finden. Die Hauptstraße, die in das Dorf führt, ist abgeriegelt.«

Fünf Minuten später setzt er mich am Ortseingang ab,

wo ich bereits den Trubel und die Aufregung spüren kann. Er bietet mir an, mich wieder abzuholen, sobald ich ihm eine SMS schreibe. Ich finde es süß von ihm, dass er sich so viel Mühe macht, aber ich will auf niemanden angewiesen sein. In diesem Urlaub muss ich mich allein zurechtfinden. Ich muss zu mir selbst zurückfinden, nachdem ich so lange Zeit nur die eine Hälfte eines Paars war.

Ich gehe die Hauptstraße des Dorfes entlang und bin überwältigt von den Farben und der Geräuschkulisse. An Dutzenden von Ständen werden Geschenkartikel verkauft, hauptsächlich Spielsachen. Kitschige, überteuerte Puppen, ferngesteuerte Autos mit blinkenden Lichtern, die vor den Ständen vorgeführt werden, oder kläffende Spielzeughunde, die einen Rückwärtssalto machen. Überall betteln aufgeregte Kinder ihre Eltern darum an, ihnen etwas zu kaufen. Wahrscheinlich könnte man die meisten dieser Sachen woanders für den halben Preis bekommen, aber alle sind in Feierstimmung, und die Eltern geben gern Geld für ihre Kinder aus.

Es gibt Eiswagen und große Kühlgeräte mit kalten Getränken, und ich schlendere an Imbissständen vorbei, wo es alles Mögliche zu kaufen gibt, von Souvlaki mit Schweinefleisch bis Pfannkuchen mit Nutella. Der Duft nach saftigem Schwein am Spieß und Lammkoteletts mit Kräutern, die langsam schmoren und dann mit Pitabrot serviert werden, liegt in der Luft. Mein Magen beginnt, leise zu knurren.

Die zahlreichen Besucher tragen ihre beste Kleidung und verweilen vor den Ständen, wo ihnen die aufsteigenden Rauchwolken ins Gesicht wehen. Familien mit kleinen Kindern betrachten fasziniert die Straßentänzer und Jongleure, und junge Männer mit bunten Hüten bieten kleine Stücke Käse und Fleisch an, um Werbung für ihre Verkaufsstände zu machen. Es gibt nachgemachte Designertaschen und Geldbeutel zu kaufen, und an ein paar Ständen kann man sogar Küchenutensilien erwerben. Alle Verkäufer hoffen in dieser Jahrmarktatmosphäre auf gute Geschäfte.

Ich gehe weiter und biege zu einem Marktplatz ab, auf dem etliche Tische mit Schmuck und kunsthandwerklichen Gegenständen aufgebaut sind. Mein Blick fällt auf eine runde Halskette aus Metall, auf der das Bild eines Wolfs auf einem Hügel eingraviert ist. Sie ist wunderschön, und ich fühle mich versucht, sie zu kaufen, doch dann beschließe ich, mich noch weiter umzuschauen und mir vielleicht etwas zu essen zu besorgen. Unter den mit bunten Lichterketten verzierten Bäumen stehen Tische und Stühle aus weißem Plastik, und daneben wird Gyros vom Schwein, Huhn oder Lamm über heißen Kohlen gegrillt. Dazu gibt es Brötchen, Pitabrot und griechischen Salat. Für acht Euro bekommt man einen großen Teller davon und dazu noch ein Erfrischungsgetränk.

Ich gehe zurück zur Hauptstraße und habe fast schon das Ende erreicht, als ich auf eine lange Schlange vor einer atemberaubend schönen weißen Kirche stoße, deren Glockengeläut durch die Luft des frühen Abends schallt. Die Menschen zünden eine Kerze vor der Kirche an, bevor sie hineingehen, um ein goldgerahmtes Bild der Madonna zu küssen. Die Verehrung der heiligen Jungfrau Maria ist natürlich der eigentliche Grund für dieses Fest. Vor der Kirche streckt eine Bettlerin den Passanten die Hand entgegen, aber sie wird schnell von der Polizei weggejagt. Ein paar der Versammelten heben protestierend die Hände und murmeln etwas auf Griechisch, doch die Polizisten sprechen mahnend auf sie ein. Eine Frau, die in der Nähe Halstücher verkauft, schnalzt missbilligend mit der Zunge, aber ich bin mir nicht sicher, ob das der Polizei oder den Protestierenden gilt.

»Sie finden das wohl nicht so gut«, sage ich vorsichtig.

»Die Leute werden immer ärmer«, erklärt sie beinahe im Flüsterton. »Manche schlafen sogar am Strand. Sie haben in der Rezession ihre Firmen und Läden verloren, aber die Kirchen sind voll mit Gold und Reichtümern. Manche Leute sind der Meinung, die Kirchen sollten ihre Pforten für die Obdachlosen öffnen. Gestern Abend ist es vor der Kirche zu einer kleinen Demonstration gekommen, aber die Polizei hat sie sofort aufgelöst.«

Ich habe den Eindruck, dass sie zu den Leuten gehört, die sich mehr Hilfe von der Kirche erwarten, aber sich nicht trauen, ihre Meinung laut zu äußern.

»Dieses Fest gibt den Händlern die Chance, ein wenig Geld zu verdienen, denn die Leute hier sparen monatelang, um sich dieses Vergnügen erlauben zu können, aber das einfache Volk muss hart kämpfen.«

Ich suche mir einen hübschen blau-goldenen Schal aus und gebe ihr dafür fünf Euro, die sie dankbar annimmt.

Nachdem ich noch zwei Stunden an den Ständen verbracht und einige Einkäufe gemacht habe (eine Flasche Ouzo, den Schal und die Kette mit dem Wolf), setze ich mich unter die Zweige eines alten Olivenbaums und lasse mir ein Acht-Euro-Essen vom Grill mit einem Glas Limonade schmecken. Ich komme mit einem jungen Paar aus Manchester ins Gespräch, die ihren ersten gemeinsamen Auslandsurlaub hier verbringen und offensichtlich noch frisch verliebt sind. Sie können kaum die Hände voneinander lassen, und ich unterdrücke den Wunsch, ihnen zu sagen, dass sie das Beste daraus machen sollen, da diese große Leidenschaft nicht lange anhält. Und ich frage mich, wann sie bei mir und Danny vorbei war.

Allmählich wird es Zeit zum Aufbruch. Ich werfe einen Blick auf mein Handy und überlege, ob ich Costas eine SMS schicken soll, doch dann entscheide ich mich dagegen. Der Abend ist herrlich mild, und obwohl es bereits dämmert, möchte ich zu Fuß zur Apartmentanlage zurückgehen. Ich kann mir nicht vorstellen, dass es tatsächlich eine Stunde dauern wird, denn mit dem Moped waren wir im Handumdrehen hier. Die Straße nach Thakos scheint gut beleuchtet und immer noch befahren zu sein, also bahne ich mir den Weg durch die Menschenmenge bis zum Ortsrand und marschiere los.

Nach einer halben Stunde rücken die Lichter des Festgeländes in die Ferne, und der Lärm verklingt langsam. Mir wird klar, dass die Strecke doch länger ist, als ich gedacht habe. Es herrscht kaum noch Verkehr, und schließlich sehe ich vor mir nur noch einen unbeleuchteten Straßenabschnitt in der Dunkelheit. Im Hintergrund zirpen Grillen, und mir wird ein wenig unbehaglich zumute, aber es bleibt mir nichts anderes übrig, als weiterzugehen. Vor mir sehe ich die Lichter von Thakos blinken, und als ich plötzlich das Geräusch eines Mopeds höre, atme ich erleichtert auf. Offensichtlich sucht Costas nach mir.

Aber es ist nicht Costas, und es ist auch nicht ein Moped, sondern zwei, auf denen junge dunkelhaarige Männer in Jeans und weißen T-Shirts sitzen.

»Hey, Lady«, ruft der eine und lenkt sein Moped neben mich. »Ein hübsches Mädchen wie du sollte nicht allein nach Hause gehen. Da könnte alles Mögliche passieren.«

Der andere lacht, und ich lege automatisch eine Hand auf meine Tasche. Das bleibt nicht unbeobachtet.

»Glaubst du etwa, ich will dich bestehlen? Das ist nicht sehr nett von dir. Und wer sagt denn, dass ich es auf dein Geld abgesehen habe?«

Beide lachen, und als sie mich mit ihren Mopeds einkreisen, bekomme ich Panik. Einer der beiden kommt mir so nahe, dass ich seine Fahne riechen kann.

»Du bist ein sehr schönes Mädchen. Gefalle ich dir?«

Während ich fieberhaft überlege, was ich jetzt tun soll, sehe ich plötzlich die Scheinwerfer eines Wagens auf mich zukommen. Der Taxifahrer hupt, und jemand streckt seinen Arm aus dem Fenster und winkt.

Hayley!

Ich habe mich noch nie in meinem ganzen Leben so sehr gefreut, jemanden zu sehen. Das Taxi hält am Straßenrand, und die Mopedfahrer kehren um und brausen in die entgegengesetzte Richtung davon.

»Ist alles in Ordnung, Mandy? Was zum Teufel hast du dir dabei gedacht, allein zurückzugehen? Steig ein.«

Ich schiebe mich zitternd auf den Rücksitz. Mit einem Mal fühle ich mich an einen Abend in Liverpool zurückversetzt, an dem ich als Achtzehnjährige in der Seel Street aus einem Nachtclub kam. Ich hatte ein bisschen zu viel Wodka getrunken und meine Freundinnen auf dem Weg zum Taxistand verloren. Versehentlich bog ich in eine dunkle Gasse ab.

Der Mann tauchte aus dem Nichts auf, so, als hätte er auf der Lauer gelegen. Er kam näher, und ich roch seine Fahne. Mir blieb beinahe das Herz stehen. Ich versuchte zu schreien, bekam aber keinen Ton heraus. Während ich ein Stoßgebet zum Himmel schickte, tauchten wie durch ein Wunder drei Frauen auf, die Arm in Arm und laut singend die Straße entlanggingen. Endlich fand ich meine Stimme wieder und rief aus dem Schatten um Hilfe. Eine der entsetzten Frauen kam sofort zu mir, und die anderen beiden nahmen die Verfolgung auf, schwenkten drohend ihre Stilettos und beschimpften den Mann wüst, bis er in der Dunkelheit verschwand wie ein Dieb in der Nacht.

Ich werde nie erfahren, was geschehen wäre, wenn er nicht gestört worden wäre, aber dieser Vorfall erschütterte mich so sehr, dass ich ihn tief in meinem Unterbewusstsein vergrub. Kurz darauf beschloss die Stadtverwaltung, die Beleuchtung in den dunklen Gassen zu verstärken, und in der Nachrichtensendung *Granada Reports* kam ein Bericht über die Sicherheit im Stadtzentrum nach dem Besuch eines Nachtclubs.

Jetzt laufen mir Tränen über die Wangen, während Hayley mich an sich drückt und Matt mich besorgt mustert. Ich bin sehr froh, dass sie hier ist, aber plötzlich wünsche ich mir, in den Armen meines Mannes zu liegen.

Ich will Danny. Ich will nach Hause.

Kapitel 21

Es ist eine Tatsache des Lebens, dass wir uns in einer Krise oder unter Stress nach etwas Vertrautem sehnen. Am Abend zuvor wollte ich Danny an meiner Seite haben, doch nach einem großen Wodka-Cola und einer erholsamen Nacht ist der dringende Wunsch, ihn zu sehen, wieder verschwunden. Matt kehrte allein in seine Wohnung zurück, und Hayley blieb bei mir, bis ich eingeschlafen war. Sie tröstete mich, wie nur die beste Freundin es kann, aber sie war auch schonungslos offen und machte mir unmissverständlich klar, dass ich auf keinen Fall den Heimweg hätte allein antreten dürfen. Und natürlich hat sie recht. Es heißt zwar, ein gebranntes Kind scheut das Feuer, aber der Vorfall lag über zehn Jahre zurück, und ich war in Urlaubsstimmung und begann, mich allmählich zu entspannen.

Der Vorhang an der Balkontür bläht sich leicht im Wind, und ich sehe draußen auf dem Tisch Kaffee und Croissants. Der Himmel ist wolkenlos und kornblumenblau.

»Ich war mir nicht sicher, ob du unten frühstücken willst, also habe ich Costas um Zimmerservice gebeten. Er hat sich ein wenig Sorgen um dich gemacht.«

»Was hast du ihm erzählt?«

Ich setze mich rasch auf und nippe an dem frischen Orangensaft, den Hayley auf den kleinen Nachttisch aus Kiefernholz gestellt hat.

»Entspann dich. Ich habe ihm gesagt, du hättest Kopfschmerzen, und dir sei nicht nach Gesellschaft zumute. Er glaubt, du hättest einen Kater.« Sie grinst.

»Es tut mir leid wegen Matt. Du hättest nicht die ganze Nacht bei mir bleiben müssen. Schließlich sind das auch deine Ferien.«

»Ach was, mach dir wegen Matt keine Gedanken. Ich treffe mich später mit ihm. Ich hätte dich niemals allein gelassen. Dafür sind Freundinnen schließlich da.«

Sie setzt sich neben mich aufs Bett und umarmt mich. Jetzt geht es mir wieder gut. Wenn ich darüber nachdenke, bin ich mir sicher, dass diese Jungs auf den Mopeds mir nichts getan hätten. Sie waren angeheitert und aufgedreht, aber ich glaube nicht, dass sie es riskiert hätten, den Ruf des Dorfs zu schädigen. Schließlich wollen sie doch nicht, dass Touristen sich hier nicht mehr sicher fühlen. Ich beschließe, diesen Vorfall einfach zu vergessen.

»Wie auch immer.« Hayley wirft einen Blick auf ihre Armbanduhr. »Du hast noch eine Stunde Zeit, um dich fertig zu machen. Wir besuchen einen Kochkurs.«

Ich traue kaum meinen Ohren. Hayley will einen Kochkurs machen? Das ist beinahe so, als würde in einem örtlichen Nachtclub, in dem nur alte Klassiker gespielt werden, plötzlich eine Linedance-Truppe auftauchen.

»Sag das bitte noch mal. *Du* … Verzeihung, ich meine: *Wir* nehmen an einem Kochkurs teil?«

»Ja. Du wirst es nicht glauben, aber ich habe schon immer lernen wollen, wie man griechisches Essen richtig zubereitet. Vor allem das Fleisch zum Grillen. Und wenn ich griechischen Salat mache, schmeckt er ganz anders als hier.«

»Das liegt daran, dass du keine Oliven verwendest. Und der Käse hier lässt sich auch nicht mit Cheddar vergleichen«, erkläre ich lächelnd.

»Genau das meine ich. Ich möchte gerne wissen, wie man es richtig macht. Wenn wir wieder zu Hause sind, werde ich im Sommer Partys schmeißen und meine Kochkünste unter Beweis stellen. Also beeil dich. Unser zweistündiger Kurs im *Olive Garden Kitchen* fängt um zwölf Uhr an. Fünfundzwanzig Euro pro Person, einschließlich Unterrichtsgebühr und Mittagessen mit einem Glas Retsina.«

Das klingt großartig, und ich freue mich, dass Hayley ein wenig Interesse an der Kultur des Landes zeigt. Normalerweise verbringt sie ihre Freizeit in einer Endlosschleife aus Flirten, Trinken, Sonnenbaden und Schlafen. Und mir kann es auch nicht schaden, meine Kochkünste aufzufrischen, denn ich kann mich schließlich nicht ewig von den Gerichten meiner bengalischen Imbissbude ernähren.

Das Restaurant *Olive Garden Kitchen* liegt am Ende der Hauptstraße neben einer mit Brettern verschlagenen Taverne namens *Lemon Tree.* Das Metallschild der Taverne hängt noch da und schwankt im Wind leicht hin und her, aber das ist das einzige Lebenszeichen. Dort, wo früher die Gäste bis zum späten Abend gegessen und getrunken haben, wächst nun zwischen den Steinplatten Gras. Der Anblick stimmt mich traurig.

Wir werden von einer mütterlich wirkenden Frau in den Fünfzigern herzlich begrüßt. Sie trägt eine weiße Schürze und hat ihr Haar zu einem Knoten hochgesteckt. Ihre Haut ist blass, aber sonst sieht sie genauso aus, wie man sich eine griechische Matriarchin vorstellt. Um so überraschter bin ich, als sie zu sprechen beginnt.

»Hallo, Mädels, freut mich, dass ihr hier seid«, sagt sie mit einem starken, unverkennbaren Lancashire-Akzent und strahlt uns an. Als sie unsere Verblüffung bemerkt, kichert sie. »Das passiert mir oft. Ich bin Joan.« Sie streckt uns eine Hand entgegen. »Ich komme ursprünglich aus Blackburn, aber machen Sie sich keine Sorgen, ich koche seit dreißig Jahren griechische Mahlzeiten. Damals habe ich Yannis geheiratet, und vor zehn Jahren haben wir uns hier niedergelassen. Davor haben wir auf Korfu gelebt.«

Ich lasse den Blick über das ruhige Dorf gleiten und kann mir die Frage nicht verkneifen: »Warum hier?«

»Wegen der Kinder.« Sie lächelt. »Na ja, genau genommen wegen unserer Enkelkinder Spyros und Helena. Unsere Tochter Elyannia arbeitet in Rhodos-Stadt und hat sich in Thakos niedergelassen. Wir wollten in ihrer Nähe sein, also sind wir hierhergezogen. Es ist wunderschön hier, obwohl wir in den letzten Jahren die Krise schon zu spüren bekommen haben.«

Daher die Kochkurse, denke ich. Ich schaue mich um und zähle zehn weitere Teilnehmer. Hauptsächlich handelt es sich um ältere Ehepaare bis auf ein junges Pärchen von Anfang zwanzig. Es sind die beiden, die ich auf dem Fest in Dremasti kennengelernt habe.

»Hi!« Die Frau lässt die Hand ihres Freunds los und winkt mir zu, als sie mich wiedererkennt. Sie trägt Shorts und ein T-Shirt und hat ihr dunkles Haar zu einem Zopf geflochten. Ihr Freund trägt ein T-Shirt und eine lange Leinenhose. Ich erinnere mich, dass er auch auf dem Fest eine lange Hose trug, und frage mich, ob er seine Beine nicht gern zeigt. Mit siebzehn hatte ich einen Freund, der sehr gut aussah, aber streichholzdünne weiße Beine hatte, die er bei jedem Wetter bedeckte.

Joan aus Blackburn klatscht in die Hände und begrüßt uns alle herzlich mit einem kleinen Ouzo in ihrem Restaurant, bevor sie uns in eine riesige verchromte Küche führt, die vor Sauberkeit strahlt. Der Duft nach Oregano und Knoblauch steigt mir in die Nase. Sie zeigt allen Teilnehmerpaaren ihren Arbeitsplatz, bevor sie die Zutaten holt.

Wenig später türmen sich Auberginen, Zucchini, gewachste Zitronen und Kartoffeln auf der Arbeitsfläche. Neben einer großen Metallschüssel mit Lammhackfleisch liegen Büschel von frischem Oregano. Außerdem gibt es noch griechische Tomaten, so groß wie Tennisbälle, cremige Fetascheiben und die größte Salatgurke, die ich jemals gesehen habe. (Hayley zieht sofort die Augenbrauen hoch und macht eine anzügliche Bemerkung!) Große rote Zwiebeln und bittere grüne Oliven vervollständigen diesen mediterranen Berg von Köstlichkeiten.

»So, heute werde ich Ihnen zeigen, wie man ein traditionelles griechisches Gericht aus griechischem Salat, Zucchinipuffern und natürlich Moussaka zubereitet, von dem jede Griechin behauptet, dass ihre Variante die beste ist. Selbstverständlich halte auch ich meine für die beste, aber das können Sie später beim Essen selbst beurteilen.«

Wir machen uns ans Werk und schnippeln, schneiden, braten und kochen.

»Hey, das kann ich richtig gut«, sagt Hayley stolz und schwenkt glasige Zwiebeln in einer Pfanne.

Ich halte sie zurück, als sie einen Esslöffel voll Zimt in die Mischung geben will.

»Warte mal, nicht so schnell, Fräulein. Wir brauchen nur einen Teelöffel Zimt, keinen Esslöffel.«

Hayley bricht in Gelächter aus. »Hoppla. Gut, dass du das gerade noch rechtzeitig gesehen hast. Aber was ist schon ein Esslöffel Zimt unter Freunden?«

»Na ja, dann wird aus der Moussaka eben ein Karottenkuchen«, erwidere ich, und wir kichern beide laut.

Ich finde, wir haben uns das Mittagessen verdient, und wir tragen es hinaus auf eine von Zitronenbäumen und Büschen umgebene Terrasse. Ein angenehm leichte Brise weht vom Meer herein, als wir uns an einem langen, mit einem roten Tuch bedeckten Tisch niederlassen. Dort stehen schon Körbchen mit Brot bereit, und mein Magen beginnt, bei dem köstlichen Duft zu knurren. Yannis, Joans Mann, bringt lächelnd Krüge mit Eiswasser und verteilt sie auf dem Tisch. Er ist klein und drahtig, lächelt ständig und singt vor sich hin. Außer dem Wasser bringt er uns noch Weingläser und ein paar Flaschen eisgekühlten Retsina.

Das Essen ist einfach fantastisch. Die Zucchinipuffer, die nur aus Eiern, Zucchini, Frühlingszwiebeln und Feta bestehen und kurz in Mehl gewälzt und in Olivenöl frittiert wurden, sind unwiderstehlich. Hayley hatte recht, was den griechischen Salat betrifft: Hier in Griechenland schmeckt er einzigartig. Das liegt sicher an den Zutaten, wie den tennisballgroßen Fleischtomaten, und an dem ausgezeichneten Olivenöl. Ich lächle unwillkürlich, als mir einfällt, wie leidenschaftlich Costas davon geschwärmt hat. Das Highlight ist aber ohne Zweifel die Moussaka. Bei jedem Bissen des schmackhaften Gerichts stoße ich begeistert Ohs und Ahs aus und genieße jeden Bestandteil von der cremigen Béchamelsoße bis zum zarten Lammfleisch mit einem Hauch von Zimt. Die Auberginen sind weich und saftig, und das ungewöhnliche Topping aus Ei ist ganz locker und leicht. Es schmeckt umwerfend.

»Nun, ich kenne keine anderen Moussaka-Rezepte, aber dieses ist fantastisch.« Hayley tupft sich den Mund mit einer Serviette ab. Die anderen am Tisch, die alle ihre Teller bereits leer gegessen haben, stimmen ihr zu. In der netten kleinen Gruppe befindet sich auch ein griechisches Ehepaar, das bestätigt, dass Joan genauso gut kocht wie die Einheimischen. Die Frau gibt zu, dass sie selbst überhaupt nicht kochen kann, was in Griechenland eine Schande ist. »Zumindest kann ich dir jetzt Moussaka machen«, sagt sie lächelnd zu ihrem Mann, der sie verliebt ansieht. Er wäre wahrscheinlich auch den Rest seines Lebens mit trockenem Brot zufrieden, denn seine Frau sieht aus wie ein ehemaliges Weltklasse-Model.

Schließlich ist es Zeit aufzubrechen, und die Gruppe löst sich auf, nachdem sich alle Teilnehmer herzlich bei Joan und Yannis bedankt haben.

»Hast du Lust, zum Strand zu gehen?«, fragt Hayley. »Ich habe Matt versprochen, irgendwann vorbeizukommen.«

Ich lächle meine Freundin an. »Geh nur. Ich werde ein bisschen durch die Läden bummeln, um das viele Essen zu verdauen. Ich bin pappsatt. Und außerdem bin ich in meinem Buch gerade an einer sehr interessanten Stelle angelangt. Wir sehen uns später.«

Mein Ladenbummel dauert nicht sehr lange, denn an der Hauptstraße gibt es nur sechs Geschäfte, die die üblichen Strandtücher und Souvenirs verkaufen. Ein Laden fällt mir jedoch ins Auge, und ich bin überrascht, dass er innen viel größer ist, als es von außen scheint. Ich entdecke eine große Auswahl an Schmuck, darunter hübsche Stücke aus Silber. Die junge Frau am Tresen schaut von ihrem Buch auf und begrüßt mich, als ich den Laden betrete. Ich bin die einzige Kundin.

Ich kaufe für meine Mum ein Paar Silberohrringe mit Türkisen, und die Verkäuferin freut sich, wickelt sie sorgfältig in pinkfarben gemustertes Seidenpapier und klebt die Enden zu.

Nicht mehr weit entfernt von der Apartmentanlage sehe ich Costas, der sich vor einem der Läden mit dem Besitzer unterhält. Als ich näher komme, verabschiedet er sich von seinem Freund, kommt zu mir herüber und begleitet mich.

»Also, was hast du heute Nachmittag gemacht?«, fragt er lächelnd.

Ich berichte ihm von dem Kochkurs, und er bestätigt mir, dass das *Olive Garden Kitchen* einen sehr guten Ruf hat.

»Vielleicht führe ich dich mal an einem Abend dorthin aus. Dann brauchst du nicht selbst zu kochen.« Er schenkt mir wieder ein Lächeln.

Und sofort bin ich auf der Hut. Ich mag Costas, und er ist ohne Zweifel sehr attraktiv, aber ich kann mir im Augenblick keine Romanze vorstellen, Urlaub hin oder her. Schließlich bin ich eine verheiratete Frau. Na gut, wir leben getrennt, aber trotzdem sind wir noch verheiratet. Ich merke, dass ich ihn verletzt habe, also beschließe ich, ihm meine Situation zu schildern.

»Es tut mir leid, das zu hören. Das ist sicher eine schwere Zeit für dich«, sagt Costas behutsam.

»Ganz ehrlich, es ist furchtbar. Ich war als Kind auf Rhodos und habe nur gute Erinnerungen daran, deshalb bin ich hierhergekommen. Ich dachte, ein Urlaub auf der Insel würde mich aufheitern.«

»Und? Tut er das?« Costas bleibt stehen und mustert mich aus seinen tiefbraunen Augen.

»Ein wenig. Es fällt schwer, sich von einer so wunderschönen Umgebung nicht ablenken zu lassen.« Ich bringe ein schwaches Lächeln zustande.

Er schaut mich aufmerksam an. »Es tut mir leid, dass du so traurig bist. Und verzeih mir, wenn ich das sage: Aber dein Mann ist ein Idiot.«

Den restlichen Weg zum *Sea View* legen wir beinahe schweigend zurück.

»Ich muss wieder zurück an die Arbeit«, erklärt er, als wir uns dort trennen. »Ich wünsche dir noch einen schönen Tag. Und vergiss nicht: Du hast es verdient, glücklich zu sein.«

Er hat natürlich recht, aber vorläufig sehne ich mich nur nach einem kleinen Schläfchen.

Kapitel 22

Am nächsten Tag weckt mich die aufgehende Sonne, und ich beschließe, einen Spaziergang zu machen. Ich habe mit Hayley und Matt einen ruhigen Abend im *Beach Shack* verbracht und nicht viel getrunken, also fühle ich mich überraschend fit.

Ich habe ganz vergessen, wie schön es am frühen Morgen ist, wenn die Welt langsam erwacht. Langsam schlendere ich den Weg zur Hauptstraße entlang, während die Sonne wie ein großer roter Ball am Himmel aufsteigt. Ein herrlicher Anblick.

Ich begegne einem Müllmann, der mir zunickt und mir einen guten Morgen wünscht, und sehe zu, wie die Ladenbesitzer vor ihren Geschäften Zigarettenstummel und anderen Abfall zusammenkehren. Barbesitzer stellen ihre Plastikstühle für den Tag nach draußen, nachdem sie die Böden abgespritzt haben, und ein Lieferwagen biegt um die Kurve und steuert hupend auf einen Obst- und Gemüseladen zu. Ich genieße es, beobachten zu können, wie der Tag hier beginnt.

Weiter unten an der Straße setze ich mich auf eine alte Holzbank, von der ich einen Blick auf ein weites Feld mit Olivenbäumen und duftenden Oreganostauden habe. Aus einem abgezäunten Bereich mit Hühnern kommt eine alte Frau mit einem Korb voller Eier. Sie ist schwarz gekleidet und schenkt mir ein zahnloses Lächeln, bevor sie mit leicht gekrümmtem Rücken um die Ecke biegt und in einem angrenzenden weiß gekalkten Haus verschwindet. Ein älterer Mann in Jeanshemd und mit karierter Kappe pflückt Kräuter und Oliven und legt sie in einen Korb. Alles ist wunderbar friedlich.

Aus einem der Läden kommt eine Frau mit einer Flasche Milch. Ich habe sie bereits in dem Keramikladen in der Nähe der Apartmentanlage gesehen. Sie wünscht mir einen guten Morgen und setzt sich zu meiner Überraschung zu mir auf die Bank. »Heute wird es sehr heiß.« Sie lächelt. »Und in den nächsten Tagen müssen wir mit einer Hitzewelle rechnen.«

»Eine Hitzewelle?«, frage ich erstaunt. »Haben wir die nicht jetzt schon?«

Sie lacht und erzählt mir, dass die derzeitigen Temperaturen für die Einheimischen nicht sehr hoch seien. Wie sie mir sagt, erreichten sie im vorherigen Juli fast fünfzig Grad, und die Straßenbeläge schmolzen im wahrsten Sinne des Wortes. Sie stellt sich als Annis vor, und wir plaudern noch ein paar Minuten. Ich erfahre, dass sie in Teilzeit mit ihrem Großvater in dem Keramikladen arbeitet und nebenher selbst Schmuck herstellt, den sie dann online und auf Märkten verkauft. Bevor sie geht, gibt sie mir noch den Rat, immer eine Flasche Wasser bei mir zu haben.

Ich kaufe mir gleich am Straßenkiosk Wasser. Annis ist mir sehr sympathisch. Ich schätze, dass sie ein paar Jahre jünger ist als ich, und ich habe keinen Ring an ihrem Finger gesehen. Wahrscheinlich ist es in einem so kleinen Dorf schwierig, außer Touristen jemanden kennenzulernen.

Auf dem Heimweg zum Apartment genieße ich die Stille, bis Costas an mir vorbeifährt. Er bremst und kann es offensichtlich kaum fassen, dass ich es bin.

»Du bist früh auf«, sagt er verblüfft.

»Ich feiere nicht immer Partys und schlafe dann bis nachmittags.«

»Doch, tust du schon.« Er grinst mich an.

»Na gut, meistens. Aber ich habe nur noch ein paar Tage Urlaub, und deshalb stehe ich früh auf und versuche, so viel wie möglich daraus zu machen.«

Costas schiebt sein Moped langsam neben mir her. »Was wirst du nach deiner Rückkehr machen?«

»Ich habe keine Ahnung«, erwidere ich wahrheitsgemäß. »Natürlich werde ich wieder arbeiten. Ich freue mich darauf, meine Freunde wiederzusehen!«

»Was arbeitest du?«

»Ich mache einen ähnlichen Job wie du. Ich arbeite in einer gut besuchten Bar mit Restaurant als Thekenchefin.«

»Dann ist dein Job anders als meiner. Du sagst, euer Laden ist gut besucht.« Er hebt die Augenbrauen. »In dieser Saison kämpfen wir ums Überleben, aber ab Juli haben wir ein paar Buchungen.«

Wir haben jetzt beinahe die Apartmentanlage erreicht, und ich denke unwillkürlich, dass dem *Sea View* eine weibliche Hand guttäte. Ich will Costas nicht nach seiner Mutter fragen, doch dann spricht er das Thema selbst an.

»Meine Mutter ist vor fünf Jahren gestorben. Sie war das Herz und die Seele unseres Betriebs. Damals waren wir immer gut gebucht, und mein Vater war ein glücklicher Mensch. Eines Tages ist sie zum Einkaufen in die Stadt gefahren und nicht wiedergekommen. Sie wurde von einem Touristen überfahren, der mit seinem Mietwagen eine Kurve falsch eingeschätzt hatte. Seit sie tot ist, ist mein Vater nicht mehr der Mann, der er einmal war. Er ist nicht mehr mit dem Herzen bei der Sache, aber wir leben von dieser Apartmentanlage, also müssen wir weitermachen.«

Das ist mit Sicherheit nicht der richtige Zeitpunkt, um ihm zu sagen, dass sie sich nicht allein auf das *Sea View* verlassen sollten. Die Anlage müsste modernisiert werden, um in das 21. Jahrhundert zu passen – vor allem müsste ein Swimmingpool gebaut werden. Jetzt, wo Costas mir von seiner Mutter erzählt hat, kann ich ihm in einem besseren Moment vielleicht ein paar Ratschläge geben.

Gegenüber der Apartmentanlage befindet sich ein riesiges Feld, das sich endlos in die Ferne zu erstrecken scheint. Es schreit förmlich danach, auf irgendeine Weise genutzt zu werden, und nachdem ich eine Weile darauf gestarrt habe, steigt eine Idee in mir auf.

»Gibt es bei euch in Griechenland Musiker?«, frage ich Costas.

Er runzelt die Stirn und erklärt, dass es in Griechenland keine Musiker gebe, außer Nana Mouskouri (wer?) und den Dorfbewohnern, die mit einem Tamburin in der Hand in ihren Gärten herumtanzen. Mir wird klar, dass er mich auf den Arm nimmt, und ich bin ein bisschen beschämt über meine Unkenntnis. Ich hätte ihn genauso gut fragen können, ob es hier Strom gibt. (Obwohl es damit tatsächlich hin und wieder Probleme gibt.)

»Es gibt ein paar recht gute Bands in Griechenland. In der Stadt treten in zwei guten Lokalen fantastische hiesige

Bands auf, aber die besten Acts kann man sich in Athen oder bei Open-Air-Konzerten im Theater von Epidaurus anschauen. Letztes Jahr waren Kings of Leon der Hauptact. In Lindos findet jedes Jahr im Juni ein Rockfestival statt, aber dort treten hauptsächlich Tribute-Bands wie Think Floyd und The Chokers auf.«

»The Chokers?«

»In Anlehnung an ›The Stranglers‹.«

»Das klingt übel.«

»Ich weiß.« Er lacht.

Ich richte den Blick wieder auf das große Feld.

»Oh, und übrigens sind meine Lieblingsbands Kaiser Chiefs und Queen. Mit ihren Songs bin ich aufgewachsen. Und hin und wieder habe ich auch nichts gegen Michael Bublé einzuwenden«, fügt er, ein wenig peinlich berührt, hinzu.

»Jeder hört ab und zu mal Michael Bublé«, erwidere ich lächelnd.

»Ja, ist es nicht erstaunlich, wie viel ich darüber weiß? Selbst in einem kleinen griechischen Dorf kann man sich Musik auf ein iPhone oder ein iPad herunterladen«, sagt er spöttisch. »Also … warum starrst du ständig auf das Feld?«, fragt er dann verwundert.

»Das Fest in Dremasti war sehr gut besucht.«

»Und?«

»Die Leute hier feiern anscheinend gern. Und du hast mir gesagt, dass Griechen auch Musik mögen, also kam mir der Gedanke, ein Musikfestival zu veranstalten.«

»Ein Musikfestival?«

»Ja, hier.«

»Hier?«

»Ja, hier in Thakos.«

»Hier in Thakos?«

»Willst du jetzt alles wiederholen, was ich sage?«

»Alles wiederholen, was du sagst?«

Ich schlage ihm leicht mit meiner Wasserflasche gegen den Arm, und er lacht.

»Okay, du verrücktes Huhn. Ich habe keine Ahnung, wie du auf diese Idee kommst, aber, ja: Ich glaube, wir könnten hier tatsächlich ein Musikfestival veranstalten. Das Feld ist mit Sicherheit groß genug dafür, und eine solche Veranstaltung könnte den Geschäften im Ort Gewinn bringen.« Er zuckt mit den Schultern.

»Genau das habe ich mir auch gedacht. Und ich rede nicht von Tribute-Bands, sondern von einem richtigen Act. Stell dir nur vor, was das für die hiesige Gemeinde bedeuten könnte. Die Organisation würde wahrscheinlich ein paar Monate in Anspruch nehmen, aber ich bin sicher, dass das zu schaffen ist. Natürlich hängt alles davon ab, ob die örtlichen Behörden es erlauben, das Stück Land dafür zu nutzen.«

»Es könnte Schwierigkeiten mit dem Verkehr geben, aber dieses Problem wird seit Jahren in Dremasti gut gelöst. Sie sperren einfach die Straße durch den Ort ab und leiten den Verkehr um. Das wäre sicher auch hier möglich. Über das Land hat die Gemeinde nicht zu bestimmen. Es gehört meinem Vater.«

Kapitel 23

Als ich später auf dem Rückweg von einer kleinen Bucht, die Andreas mir empfohlen hat, durch das Dorf schlendere, ergreift mich plötzlich eine gewisse Aufregung, und ich schaue mir die Restaurants und Bars in dem Ort genauer an. Es sind sechzehn an der Zahl, vier davon sind geschlossen (eines hat erst eine Woche vor meiner Ankunft dichtgemacht, wie man mir sagte), und der Rest hat schwer zu kämpfen.

Ich gehe am *Olive Garden Kitchen* vorbei, wo Joan aus Blackburn im Schatten eines Feigenbaums eine Tasse Tee trinkt.

»Hallo, meine Liebe.« Sie lächelt mich an. »Ziemlich heiß heute. Ich hoffe, Sie haben Sonnencreme mit Schutzfaktor dreißig aufgetragen.«

Wir plaudern eine Weile, und sie erzählt mir, dass am kommenden Abend im *Olive Garden* ein Grillfest mit griechischem Tanz stattfinden wird, und lädt mich dazu ein. »Heutzutage wird aber kein Geschirr dabei zerbrochen.« Sie lächelt. »Nicht in dieser Wirtschaftskrise. Aber die griechischen Tänzer sind großartig und bringen alle dazu, aufzustehen und mitzutanzen.«

Wie ich festgestellt habe, besuchen die Touristen hier immer wieder dieselben Orte, und dazu gehört auch das *Paradise.* (An dem Tag, an dem ich dort war, hörte ich, wie ein Ehepaar einem alleinreisenden Mann erzählte, dass sie »seit vielen Jahren« immer wieder hierherkommen.) Vielleicht liegt es an dem besonders guten Service, den diese Einrichtungen bieten. Sie verstehen es, sich gut zu verkaufen, angefangen vom Erscheinungsbild der Unterkunft bis hin zum Service im Haus. Als ich im *Paradise* in der Sonne eingeschlafen war, hat sich das Personal sehr aufmerksam um mich gekümmert. Aber als ich zum *Sea View* zurückkam, war niemand an der Rezeption, und ich schlich allein mit meinem schmerzenden Sonnenbrand die Treppe hinauf.

In vielerlei Hinsicht ist es nicht überraschend, dass dieses Dorf zu kämpfen hat, denn die Einheimischen haben resigniert und nehmen die Wirtschaftskrise notgedrungen hin. Aber wo bleibt ihr Kampfgeist? Warum versuchen sie nicht alles, um sich anzupreisen? Hier wird überall tiefgestapelt, und ich habe keine Ahnung, ob das Stolz oder Resignation ist. Aber eines ist mir klar: Diese Menschen tun nichts, um sich besser zu verkaufen. Fünf Minuten entfernt von hier gibt es ein Dachrestaurant mit einem herrlichen Ausblick aufs Meer. An die hohe weiße Außenmauer hat jemand mit einem schwarzen Filzstift die Worte *Schöner Ausblick* gekritzelt. Da müsste eine ein Meter achtzig hohe Plakattafel mit der Aufschrift *Atemberaubender Meerblick* stehen!

Zurück im *Sea View,* denke ich noch einmal über all das nach. Fest davon überzeugt, eine Mission erfüllen zu müssen, geselle ich mich später zu Andreas, der auf einem Plastikstuhl vor der Rezeption sitzt und eine Zigarette raucht.

»Genießen Sie Ihren Urlaub?«, fragt er mich.

»Ja, es ist herrlich hier, aber es könnte noch schöner sein … Haben Sie schon einmal darüber nachgedacht, einen Swimmingpool zu bauen? Nicht jeder geht gern an den Strand.«

Andreas nimmt einen tiefen Zug an seiner Zigarette. »Ja, habe ich«, erwidert er schlicht. »Und vielleicht ist jetzt der richtige Zeitpunkt gekommen. Ich habe die Genehmigung dafür.«

»Tatsächlich?« Ich kann meine Überraschung kaum verbergen.

»Ja. Ich hatte vor, ihn am hinteren Ende des Grundstücks bauen zu lassen.« Ich erinnere mich, dass das Grundstück dort ziemlich groß ist. »Aber als meine Frau starb, ist für mich eine Welt zusammengebrochen. Ich hatte keinen Antrieb mehr, um hier etwas zu verändern, aber ich weiß, dass ich etwas tun muss. Vielleicht wäre sie wütend auf mich, weil ich die Dinge nicht in die Hand genommen habe. Sie war immer sehr aktiv.« Er seufzt.

»Nun, vielleicht haben Sie einfach ein wenig Zeit gebraucht. Es gibt keine festgelegte Zeit für Trauer«, erwidere ich. Ich empfinde großes Mitgefühl mit ihm.

»Sie haben recht.« Er nickt. »Und vielleicht brauche ich auch einen Rat, wie ich die Apartments ein wenig moderner gestalten könnte.«

»Die Apartments sind in Ordnung«, sage ich vorsichtig. »Aber die Rezeption und die Bar könnten eine Änderung vertragen.«

Andreas rückt auf seinem Stuhl hin und her. »Das war Marias Bereich. Da fehlt die Hand einer Frau. Es ist schade, dass Sie schon bald wieder abreisen.«

Am liebsten würde ich sagen: »Nein, ich kann noch bleiben und Ihnen dabei helfen, alles neu zu gestalten«, aber ich weiß, dass ich wieder nach Hause fahren muss. Ich muss mein Leben in England regeln.

Ich atme tief durch und beschließe, Andreas von meiner Idee für ein Musikfestival zu erzählen. Seine Miene ist schwer zu deuten. Er hört mir regungslos zu, und als ich geendet habe, erhebt er sich langsam von seinem Stuhl und drückt seine Zigarette in einem mit Sand gefüllten Blecheimer aus. Ich erklärte ihm kurz meinen Plan, und nach einer gefühlten Ewigkeit breitet sich ein Grinsen auf seinem Gesicht aus.

»Eine interessante Idee. Costas hat mir schon ein bisschen etwas darüber erzählt. Glauben Sie denn, Sie könnten das organisieren?« Er runzelt zweifelnd die Stirn.

»Wenn ja, würden Sie mir dann das Feld zur Verfügung stellen?«

Er reibt sich nachdenklich das Kinn. »Warum nicht? Das Land liegt seit langer Zeit brach. Vielleicht könnte ich damit sogar ein bisschen Geld verdienen.«

»Und ich bin sicher, es wäre auch gut für die örtlichen Restaurants«, sage ich begeistert.

Andreas stimmt mir zu, dass es einen Versuch wert wäre. Ich erfahre, dass die Besitzer der geschlossenen Tavernen und Bars alle in der Nähe wohnen und dass in den meisten Lokalen die Kücheneinrichtung noch vorhanden ist. Sie könnten also ihre Läden sofort wieder öffnen, wenn sie die Hoffnung hätten, damit Geld zu verdienen.

Costas taucht auf, holt sich eine Flasche Eistee aus dem Kühlschrank und setzt sich zu uns.

»Also«, beginnt er fröhlich. »Von deinem Urlaub sind nur noch drei Tage übrig, und du hast dir die Altstadt von Rhodos-Stadt noch nicht angeschaut.«

»Ich habe mir das für morgen vorgenommen, aber ich muss mich erst informieren, wann die Busse fahren.«

»Ein Freund von mir ist Barbesitzer in der Stadt. Dort gibt es Livemusik und eine offene Bühne, auf der jeder auftreten kann. Vielleicht können wir uns von ihm ein paar Anregungen holen. Ich wollte morgen sowieso dorthin, also könnten wir ja gemeinsam fahren.« Costas wirft Andreas einen Blick zu. »Vorausgesetzt, mein Vater gibt mir einen Tag frei.«

»Du hast Glück, denn morgen ist nicht viel los. Drei Gäste reisen ab, und die nächsten kommen erst übermorgen. Also mach dir einen schönen Tag.« Er zwinkert mir zu.

»Du brauchst einen Fremdenführer«, erklärt Costas, und seine Augen funkeln. »Wie es heißt, sind schon einige Leute in dem Straßenlabyrinth der Altstadt verschwunden und nie wieder aufgetaucht.«

»Na, wenn das so ist, kann ich dein Angebot wohl kaum ablehnen.« Dass mich ein Einheimischer herumführen wird und dass ich ein paar Musiker kennenlernen darf, finde ich großartig. Plötzlich bin ich aufgeregt.

Kapitel 24

Nach dem Frühstück – griechischer Joghurt mit Honig – beschließen wir, mit dem Bus zu fahren. (Wie ich mir bereits gedacht habe, ist Hayley noch mit Matt beschäftigt, also werde ich sie erst später wieder treffen.) Der Joghurt, der mit süßen Nektarinen und griechischem Berghonig verfeinert ist, ist eine der köstlichsten einfachen Speisen, die ich jemals gegessen habe.

Als der Bus eintrifft, weist Costas mich darauf hin, dass wir großes Glück haben, einen Sitzplatz ergattern zu können, und zehn Minuten später, als wir das Dorf verlassen und uns auf der Straße nach Rhodos-Stadt befinden, weiß ich das zu schätzen. Wir haben auf einer kurzen Strecke dutzende Male angehalten, und Leute unterschiedlicher Nationalitäten und jeden Alters sind zugestiegen. Einige von ihnen haben aufgeblasene Delfine und andere Strandutensilien dabei, die sie rücksichtslos anderen Fahrgästen ins Gesicht drücken. Auch Urlauber, die ihren Rückflug antreten müssen und sich auf dem Weg zum Flughafen befinden, steigen ein. Ihre prall gefüllten Koffer blockieren den Mittelgang, da der Bus keine Gepäckablage hat.

Wir rattern die Küstenstraße entlang, vorbei an den herrlichen Stränden, den All-inclusive-Hotels und den Restaurants mit internationaler Küche, und den Fahrgästen, die wie Sardinen in der Büchse aneinandergequetscht stehen müssen, bricht der Schweiß aus. Der Fahrer bremst abrupt, und die Leute vorne im Bus fallen um wie Dominosteine in einer Reihe. Eine Griechin wird wütend und beginnt ein hitziges Gespräch mit dem Busfahrer. Er fuchtelt mit den Händen und deutet auf den Autofahrer, der ihn zu dieser Notbremsung gezwungen hat.

Mir ist aufgefallen, dass die Griechen das Herz auf der Zunge tragen und auch in der Öffentlichkeit ihre Streitigkeiten lautstark austragen, ohne anschließende Verbitterung. Ich habe beobachtet, wie Ladenbesitzer und Händler sich fluchend angeschrien haben, bevor sie sich wieder ihren Geschäften widmeten, als sei nichts geschehen.

»Gibt es in Griechenland keine Klimaanlage in Bussen?«, stöhne ich, als mir Schweißgeruch in die Nase dringt.

»Red keinen Unsinn«, erwidert Costas. »Wir haben soeben erst das Rad eingeführt, also gib uns noch eine Chance!«

Ich wische mir mit einem Feuchttuch über die Stirn und trinke einen großen Schluck Wasser aus der Flasche, das vor einer Viertelstunde noch eiskalt war und jetzt nur noch lauwarm ist.

»Wir sind in zehn Minuten da, dann kannst du ein kaltes Bier trinken und dich frisch machen.«

Mir ist längst klar geworden, dass es bei dieser Hitze sinnlos ist, Make-up zu tragen, da es im wahrsten Sinne des Wortes sofort schmilzt. Außerdem kann ich gut darauf verzichten, denn ich habe mittlerweile eine leichte Bräune, und mein Teint schimmert goldfarben. Meine Augenbrauen und Wimpern habe ich vor meiner Reise färben lassen, also brauche ich nur Sonnencreme zum Schutz und einen Hauch Lipgloss.

Trotz des Gedränges genieße ich die Busfahrt. Der Blick aus dem Fenster ist wunderschön, und ich betrachte, wie die Welt in einem fremden Land an mir vorüberzieht. Ich sehe mir die Häuser, die Geschäfte und die Leute an und stelle fest, dass, egal wo man sich aufhält, alles seinen Gang geht. Früher bin ich auch immer gern mit dem Bus in die Innenstadt von Liverpool gefahren. Manchmal hat sich jemand neben mich gesetzt und mir seine Lebensgeschichte erzählt, ganz offen, so wie die Leute im Norden sind.

Kurz darauf haben wir den Busbahnhof erreicht, der für eine so große Stadt erstaunlich klein ist. Costas kauft uns Erdbeereis, und wir machen uns, vorbei an den modernen Geschäften, auf den Weg zur Altstadt.

Plötzlich vibriert mein Handy in der Tasche, und ich bin verblüfft, als ich eine SMS von Danny sehe.

Hi. Wie geht's dir?

Was zum Teufel will er darauf hören? Mein Herzschlag beschleunigt sich, als er sich wieder in meine Gedanken einschleicht. Und das gerade, als ich es geschafft habe, mich ein wenig von ihm zu distanzieren. Warum will er das denn wissen? Hat die Sache zwischen ihm und Sarah Kelly nicht geklappt? Ich weiß nicht, ob ich ihm antworten soll oder nicht, aber jetzt geht er mir wieder nicht mehr aus dem Kopf.

»Alles in Ordnung?«, fragt Costas, als er bemerkt, dass ich tief in Gedanken versunken mit meinem Telefon spiele.

Ich zeige ihm Dannys SMS, und er denkt einen Moment nach. »Vielleicht solltest du ihm antworten. Oder ihn sogar anrufen? Frag ihn, warum er sich nach deinem Befinden erkundigt. Und was er will.«

Das klingt ganz einfach, aber ich will mich damit noch nicht auseinandersetzen. Ich werde mit ihm reden, wenn ich in ein paar Tagen wieder zu Hause bin. Ich stecke das Telefon in meine große Korbtasche und versuche, nicht mehr an die SMS zu denken.

Schon bald wird mir klar, dass die Altstadt von Rhodos-Stadt genau das Richtige ist, um mich von den Gedanken an meine gescheiterte Ehe abzulenken.

Als wir am Ende der langen kopfsteingepflasterten Street of the Knights stehen, fühle ich mich ins Mittelalter zurückversetzt. Costas erzählt mir, dass in dieser Gasse im 15. Jahrhundert die Herbergen und Esslokale lagen, die von den Rittern des Malteserordens besucht wurden. Ein großartiger Anblick.

»Wir nehmen diesen Eingang«, erklärt Costas vor der Burg.

Wie ein erfahrener Fremdenführer weist er mich auf eine alte Kirche und die früheren Gefängniszellen hin, und zwei englische Touristen, die an einem Stand vor einem Geschäft Postkarten betrachten, hören ihm gespannt zu. In die Burgmauer eingelassen befinden sich einige kleine Kunstgewerbeläden, und die riesigen Zinnen aus dem 12. Jahrhundert ragen weit in den Himmel.

In der Schule habe ich Geschichte nie gemocht, aber ich hätte vielleicht im Unterricht besser aufgepasst, wenn mein Lehrer nicht so langweilig gewesen wäre, dass man ihn beim staatlichen Gesundheitsdienst als Narkosemittel hätte einsetzen können. Hayley hatte einen Geschichtslehrer, der das genaue Gegenteil von meinem war. Er kam als Wikinger oder was auch immer verkleidet ins Klassenzimmer und sprang auf den Tischen herum. Trotzdem schaffte er es nicht, die Fantasie der Schüler anzuregen, weil er eigentlich ein Trottel war. Ich hätte gern Geschichtsunterricht bei jemandem wie Costas gehabt, der begeistert und leidenschaftlich erzählt. Er wäre ein sehr guter Lehrer.

»So, ich habe mir überlegt, dass wir durch die umliegenden Straßen bummeln und dann etwas essen. Danach gehen wir in die *Olympic Bar,* besuchen dort meinen Freund Adonis und reden mit ihm über die einheimischen Bands. Anschließend können wir uns noch mehr anschauen. Falls du dann noch Kraft dafür hast.« Costas lächelt mich an.

»Na klar, ich bin total fit«, erwidere ich, aber das ist eine fette Lüge. Früher war ich es tatsächlich. Ich habe in einem einheimischen Team Netball gespielt und viele Jahre lang im Gemeindezentrum einen Aerobic-Kurs besucht. Ich weiß nicht mehr, wann ich damit aufgehört habe. Irgendwann hatte ich das Gefühl, dass ich meine gesamte Freizeit mit Danny verbringen sollte. Er hat das zwar nie von mir gefordert, aber wenn ich losging, um allein etwas zu unternehmen, spürte ich eine gewisse Kälte in der Luft, also ließ ich es dann bleiben, dumm wie ich war.

»Hmm, wenn du meinst. Aber ich warne dich: Hier in der Altstadt gibt es ungefähr zweihundert Straßen ohne Namen. Man kann sie auf keiner Karte nachschlagen, und sie haben keine Straßenschilder. Hier haben sich schon einige Leute verlaufen, weil viele Straßen ähnlich aussehen.«

Es herrscht großes Gedränge, deshalb bleibt mir keine

andere Wahl, als mich ganz nah an Costas zu halten, während wir weitergehen. Mittlerweile ist es fast Mittag, und es wird immer heißer. Ich bin froh, dass ich einen großen Strohhut und eine Sonnenbrille mitgenommen habe. Wir gehen an den Burgmauern vorbei, und nach wenigen Minuten bleibe ich stehen, um mir bei einem der kleinen in die Mauern eingelassenen Läden eine Flasche kaltes Wasser zu kaufen. Der Eingang ist so niedrig, dass man sich beim Betreten bücken muss. Über ein paar Stufen gelangen wir schließlich zum Symi-Platz, an dem sich die städtische Kunstgalerie befindet.

In dem mit Marmor verkleideten Inneren ist es angenehm kühl. Wir schauen uns zeitgenössische Kunstwerke von Malern wie Konstantinos Maleas und Spyros Vassiliou an. Ihre Gemälde an den weißen Wänden haben einen ungewöhnlichen Stil und sind in kräftigen Farben gehalten.

Ich finde das alles sehr interessant, aber noch besser gefallen mir die großartigen Ausstellungsstücke in der Kunstgalerie. Sie befindet sich nebenan in einem Gebäude, das früher das Waffenlager der Ritter war. Hier kann man eindrucksvolle Gegenstände von etlichen griechischen Inseln betrachten, vor allem von Symi – aufwendig hergestellte, farbenprächtige Wandteppiche und sorgfältig geschnitzte Holzgefäße, wie zum Beispiel eine glatte Obstschale aus Walnussholz, die sehr gut in mein Wohnzimmer passen würde. Wir verlassen das Gebäude und überqueren den Platz, um uns die Ruinen des Venustempels anzuschauen, der, wie man annimmt, aus dem 3. Jahrhundert vor Christus stammt.

Gerade als ich das Gefühl habe, dass nichts mehr von dieser faszinierenden Geschichte in mein Gehirn passt, schlägt Costas vor, etwas zu essen, und führt mich durch ein Gewirr von Straßen bis zu einem Marktplatz, auf dem alle möglichen Souvenirs für Touristen verkauft werden. Wir gehen an vornehmen Restaurants mit weißen Tischtüchern und Wasserspielen in der Mitte vorbei, wo Kellner sich vor uns verbeugen und uns heranwinken, doch wir laufen weiter zum anderen Ende des Marktplatzes. Costas führt mich in eine Seitenstraße mit vielen Cafés, in denen Griechen an nicht ganz so glamourösen weißen Plastiktischen mit Papiertischdecken sitzen und zu Mittag essen.

»So, bitte schön«, sagt er schließlich und rückt mir einen Stuhl zurecht. Seine Manieren sind wirklich tadellos. »Hier gibt es das beste Essen auf Rhodos. Die Einheimischen essen hier. Die Touristenrestaurants sind überteuert, und dort wird nicht mit Leidenschaft gekocht«, erklärt er mir überzeugt.

Zehn Minuten später lassen wir uns köstliches Hähnchen-Souvlaki, eine großzügige Portion Reis und knackigen Salat mit viel Fetakäse schmecken. Dazu trinken wir eisgekühltes Bier, und alles zusammen kostet nur knapp zehn Euro für uns beide.

»Hmm, als Fremdenführer machst du dich wirklich nicht schlecht.« Ich tupfe mir die Lippen ab und lehne mich auf meinem Stuhl zurück, so satt, dass es fast schon ein wenig unangenehm ist. »Ich wäre sicher in einem der Touristenlokale gelandet und hätte das Doppelte gezahlt.«

»Für eine Mahlzeit von nur halb so guter Qualität, die nicht mit Leidenschaft zubereitet wurde.« Er grinst.

Costas spricht ein paar Worte mit dem Besitzer und

schüttelt ihm freundlich die Hand, bevor wir uns wieder auf den Weg in das Straßengewirr begeben.

Schon bald haben wir die *Olympic Bar* erreicht. Sie liegt im Keller eines aus den gleichen alten Steinen gebauten Gebäudes wie alle anderen Häuser hier. Das Innere wirkt wie eine Höhle. Adonis, der Besitzer, begrüßt Costas mit einer herzlichen Umarmung und küsst mich auf die Wange, nachdem Costas uns einander vorgestellt hat. Ein paar Musiker stimmen in einer lang gezogenen Nische ihre Gitarren, um sich auf eine Jamsession vorzubereiten.

Adonis stellt eisgekühltes Bier auf einen langen Tisch, und ich bin froh, dass wir mit dem Bus und nicht mit Costas' Moped gefahren sind, denn kaltes Bier scheint hier an der Tagesordnung zu sein.

»Also«, beginnt Adonis fröhlich. »Costas hat mir gesagt, dass du eine Idee für ein Musikfestival in Thakos hast. Ich kann es kaum fassen, dass wir nicht selbst schon daran gedacht haben. Das Feld ist riesig.« Er trinkt einen Schluck und lächelt.

Adonis ist mir auf Anhieb sympathisch. Er ist freundlich und offen und wirkt selbstbewusst. Er erzählt mir, dass sich die Musikszene hier vor Kurzem gut entwickelt hat und dass in der Stadt etliche Bars in schalldichten Kellern eröffnet haben.

Costas bittet ihn, uns einige einheimische Bands zu empfehlen, und Adonis nennt uns spontan ein paar Namen. »Nicht zu vergessen diese Jungs.« Er deutet auf einen der Gitarristen, der wie auf ein Stichwort ein paar Akkorde anschlägt.

Dann dürfen wir uns zehn Minuten lang eine fantastische Kostprobe der Band namens The Romans anhören. Sie covern zwei Lieder von Oasis und spielen dann noch zwei ihrer eigenen Songs. Alles klingt peppig und richtig gut.

»Es gibt noch viele Bands wie diese«, sagt Adonis. »Sie würden sich alle sehr über eine so gute Auftrittsmöglichkeit freuen. Bisher hat es hier so etwas noch nicht gegeben. Normalerweise müssen sie weite Strecken zurücklegen. Letztes Jahr ist eine dieser Bands nach Athen-Attika gefahren, um bei Maroon 5 als Vorband aufzutreten.«

Ich bin beeindruckt.

»Also«, sagt Adonis und beugt sich zu mir vor, sodass ich sein teures Aftershave riechen kann. »Hast du so etwas schon einmal gemacht?«

Eine ganz simple Frage, die mich aber zum Nachdenken bringt. Eigentlich habe ich bisher nur Veranstaltungen im Pub organisiert.

»Ja klar«, erwidere ich leichthin. »Da das Grundstück im Privatbesitz ist, dürfte es keine Probleme geben.« Das weiß ich von Leonard, dessen Freund, ein Farmer, in einer schwierigen Zeit sein Land für ein Konzert vermietet und damit ein Vermögen verdient hat. »Mit den Verwaltungssachen – Ticketverkauf, Zufahrt zum Veranstaltungsort und so weiter – werde ich wohl ein wenig Hilfe brauchen. Und natürlich auch beim Anheuern von guten Bands. Ich habe eine Bekannte in England, die mir – toi, toi, toi – hoffentlich ein paar gute Hauptacts vermitteln kann, mit denen wir in die Schlagzeilen kommen.«

Ich denke dabei an Janet und die Karte, die sie mir an dem Tag, an dem sie mit ihren Kolleginnen bei mir im Pub war, gegeben hat. Allerdings frage ich mich, ob sie mir helfen oder mir einfach nur ins Gesicht lachen wird. Sie hat schließlich einiges erreicht, und ich war in der Schule nicht gerade eine gute Freundin für sie. Was soll's, ich kann es zumindest versuchen.

»Lass es mich wissen, wenn ich dir irgendwie helfen kann.« Adonis zwinkert mir zu und legt seine Hand auf meinen Arm. Er ist ein wahrer Charmeur.

Wir verabschieden uns mit dem Versprechen, zwei Tage später wiederzukommen, um uns ein paar Bands anzuhören. Das ist der Abend vor meinem Abflug am frühen Morgen, also habe ich Bedenken, aber Costas versichert mir, dass er mich vor Mitternacht nach Hause bringen wird.

»So, nachdem wir das geklärt und uns ein wenig mit der hiesigen Kultur beschäftigt haben, möchtest du jetzt sicher noch einen Einkaufsbummel machen, oder?«

»Na ja, ich kann mir vorstellen, dass es hier noch weitere hundert Straßen zu erforschen gibt, also gehen wir.«

So abschreckend, wie es klingt, ist es nicht, denn die Einkaufsstraßen sind eher lange Gassen, in denen ein Laden neben dem anderen liegt. Hier gibt es alles – von handgemachter Spitze bis zu modernem, aufwendig gearbeitetem Silberschmuck. In vielen Geschäften kann man Olivenöl, Seifen, Küchenkräuter für Moussaka und griechische Vasen und Schalen kaufen. Und Taschen. Dutzende von großartig nachgemachten Designertaschen für fünfundzwanzig Euro, die man kaum von den Originalen unterscheiden kann. Ich fühle mich wie im siebten Himmel, als ich die Handtaschen in allen möglichen Größen, Formen und Farben betrachte, die vor den Ladentüren hängen. Schließlich entscheide ich mich für ein zartblaues Exemplar von Michael Kors.

Wir bahnen uns den Weg durch die Menschenmenge und bleiben an einem Eisstand stehen. Der Verkäufer bietet sein Eis in Behältern an, die alle die Form von Tieren haben. Ich wähle Pfefferminz mit Schokostückchen aus einem wie ein Schmetterling geformten Kübel, und Costas nimmt das Schokoladeneis aus einem Igel. Die Kinder neben uns suchen sich aufgeregt etwas aus dem großen Angebot von Eisfiguren aus.

Ich habe keine Ahnung, durch wie viele Straßen wir gelaufen sind, aber allmählich tun mir die Füße weh – das alte Kopfsteinpflaster hat Schmerzen an Stellen hervorgerufen, von deren Existenz ich bisher nichts wusste. Also bin ich erleichtert, als Costas vorschlägt, zum Busbahnhof zurückzugehen. Aber falls ich gedacht habe, wir würden dort nur auf den Bus warten und einsteigen, habe ich mich gründlich geirrt. Hunderte von Urlaubern und kleine Busse, die nur unregelmäßig fahren, kann nur eines bedeuten: In den Bus hineinzukommen lässt sich mit dem Gedränge bei einem Rugbyspiel vergleichen.

Ich entschuldige mich bei allen, die ich anremple, sogar bei der deutschen Touristin, die mir ihre große Kamera in den Rücken gerammt hat, und auch bei dem Griechen mit den Schweißflecken unter den Armen, der die Hand über meinen Kopf hinweg ausgestreckt hat, um beim Einsteigen nach der Stange zu greifen. Ich befürchte schon, auf dem Gehsteig zurückzubleiben, als Costas meine Hand packt und mich schwungvoll in den Bus und auf einen auf wundersame Weise noch freien Sitzplatz befördert, bevor er beim Fahrer für uns bezahlt.

»Meine Güte, ich habe gedacht, eine Busfahrt nach einem

Fußballspiel in Liverpool wäre schlimm, aber im Vergleich hierzu ist das nur eine Fahrt auf dem Kinderkarussell bei einem Jahrmarkt.«

»Es ist immer das Gleiche.« Costas zuckt mit den Schultern. »Jedes Jahr kommen viele Touristen hierher, aber die Gemeinde setzt nicht mehr Busse ein. Die Taxifahrer machen allerdings ein gutes Geschäft.«

»An ein Taxi habe ich gar nicht gedacht.« Ich massiere meine schmerzenden Füße.

»Nicht nötig. Du hast einen Sitzplatz und kannst dich glücklich schätzen.«

Ich bin erschöpft und denke auf dem Heimweg schweigend darüber nach, dass ich wirklich etwas für meine Fitness tun muss. Wenn ich wieder zu Hause bin, werde ich mich beim Fitnessstudio anmelden. Vorausgesetzt, ich kann mir das leisten … Mir wird plötzlich bewusst, dass ich in Zukunft vielleicht alle Rechnungen allein stemmen muss. Werde ich in dem Haus bleiben können? Ich will nicht weiter darüber nachdenken, also stecke ich mir die Kopfhörer meines iPads in die Ohren und höre Musik. Kurz darauf schüttelt Costas mich sanft wach. Wir sind am *Sea View* angekommen.

Kapitel 25

Als ich um halb sieben die Vorhänge aufziehe, sehe ich Hayley mit dem Australier Matt vor dem Haus knutschen. Dann kommt sie herauf, um für unsere Heimreise zu packen. Der Urlaub ist so schnell vergangen, und ich habe gemischte Gefühle, wenn ich an die Rückkehr nach Liverpool denke. Danny hat mir nicht mehr geschrieben, und ich habe keine seiner SMS beantwortet.

Die Sonne ist bereits aufgegangen, und in zwanzig Minuten wird uns ein Taxi abholen und uns zum Flughafen bringen. Unser Flug geht um neun Uhr.

»Lassen wir das ganze Zeug im Badezimmer?«, fragt Hayley, während sie ihre Sachen in den Koffer wirft.

»Ja, alles bis auf die Haarspülung, die kostet ein Vermögen. Auf dem Frisiertisch liegt ein Klebeband. Wickle etwas davon um den Verschluss, bevor du sie einpackst.«

»Zu Befehl, du Sklaventreiberin.«

»Wenn du nicht gehorchst und die Haarspülung meine Klamotten ruiniert, sind fünfzig Peitschenhiebe fällig«, erwidere ich und schlage mit meinem Strandtuch nach ihr.

»Aua! Das hat wehgetan. Das war das letzte Mal, dass ich mir von meinem furchtbar anstrengenden Job eine Auszeit genommen habe, um mit dir Urlaub zu machen.« Sie grinst mich an. Dann setzt sie sich auf den Bettrand und seufzt tief. »Ich will noch nicht nach Hause – ich habe mich in diesen Ort verliebt«, erklärt sie verträumt.

»Nur in den Ort?«

»Ja, nur in den Ort. Matt ist ein toller Typ, aber er wird Ende September nach Australien zurückkehren. Es hat keinen Sinn, sich in einen Mann zu verlieben, der am anderen Ende der Welt lebt. Nein, das ist schon in Ordnung, wirklich.«

Ich bin froh, das zu hören. Das Ende ihrer letzten Beziehung hatte sie schon ein wenig mitgenommen, denn sie mochte Mike aus der Bank sehr. Ich hatte vorhergesehen, dass die Sache nicht lange gehen würde, denn auf lange Sicht gesehen war er für Hayley einfach zu langweilig.

»Ist dir klar, dass wir in drei Monaten wieder hier sein werden, falls wir es schaffen, das Musikfestival auf die Beine zu stellen?«, frage ich sie.

Hayley wirft mir einen Blick zu, der besagt, ich solle endlich mit meinen Tagträumen aufhören. »Mandy, glaubst du wirklich, dass du das alles in drei Monaten organisieren kannst? Die Tickets müssen verkauft werden, und sicher gibt es auch einige rechtliche Dinge zu erledigen.«

»Nein, und das ist ja das Gute daran. Eine Bühne lässt sich im Handumdrehen auf dem Feld aufbauen. Die meisten der einheimischen Bands stehen auf Abruf zur Verfügung. Adonis meinte, sie würden sich um einen solchen Auftritt sogar reißen.«

»Trotzdem gibt es einiges zu organisieren«, wendet Hayley zweifelnd ein.

»Um so besser, dass ich das nicht tun muss. Das wird Janets Aufgabe sein. Schließlich macht sie so etwas beruflich.«

»Ich weiß. Das wird schon alles klappen.« Hayley schenkt mir ein Lächeln.

Offensichtlich glaubt sie nicht daran, dass sich meine Idee in die Tat umsetzen lässt, aber ich stelle zu meiner Überraschung fest, dass es mir egal ist, was andere denken. Ich bin überzeugt davon.

Kapitel 26

Den Abend zuvor habe ich mit Costas in der *Olympic Bar* verbracht, und ich war überwältigt von dem Talent der Bands dort. Wir haben getrunken und gelacht und sogar ein kleines Tänzchen gewagt.

Adonis war zuversichtlich, dass er eine in Griechenland sehr beliebte Band engagieren könnte, und mit einem britischen oder internationalen Hauptact würden sich die Tickets im Handumdrehen verkaufen lassen. Ich machte mir ein wenig Sorgen, dass vielen Leuten vielleicht das Geld dafür fehlen würde, aber er versicherte mir, dass ein Großteil der Konzertbesucher Studenten mit reichen Eltern oder eingefleischte Fans seien, die ihren musikalischen Helden überallhin folgten. Er stimmte mir auch zu, dass es für die Restaurants und Bars im Ort eine großartige Sache sei. Ich war begeistert, vor allem, als Adonis uns erzählte, dass der Vater einer der jungen Musiker in der Stadtverwaltung von Rhodos-Stadt arbeitet und uns alle benötigten Informationen geben könne.

»Es hat sich so viel verändert auf der Welt. Vor einiger Zeit wäre so etwas ohne eine Vorbereitungszeit von einem Jahr nicht denkbar gewesen«, sagte Costas. »Durch das Internet ist heutzutage alles viel schneller machbar. Es könnte zwar schwierig werden, so kurzfristig einen guten Hauptact aufzutreiben, aber zumindest werden viele örtliche Bands kommen«, fügte er begeistert hinzu.

Aber ich bin sicher, dass Janet mir eine tolle Band besorgen wird. Ich habe ein gutes Gefühl.

»Wir könnten es tatsächlich schaffen, oder?«, sagte ich später aufgeregt zu Costas, als wir mit dem Taxi zurückfuhren. Er versicherte mir, dass es klappen könnte, und plötzlich war ich fest davon überzeugt.

Wie er mir versprochen hatte, war ich um dreiundzwanzig Uhr zu Hause und ging sofort ins Bett. Als wir uns vor meinem Zimmer verabschiedeten, entstand eine kurze Pause, und Costas beugte sich zu mir vor, um mir einen Kuss auf die Lippen zu geben. Ich drehte jedoch den Kopf zur Seite, sodass sein Mund auf meiner Wange landete. Später lag ich lange wach und fragte mich, wie sich ein richtiger, langer Kuss von ihm wohl angefühlt hätte.

Am nächsten Morgen sehe ich mich noch einmal in meinem lichtdurchfluteten Apartment um, während Hayley bereits unsere Koffer die Treppe hinunterschleift. Zu unserer Überraschung sitzt Costas neben der Rezeption an einem kleinen Tisch, vor sich ein Tablett mit frischem Kaffee und Croissants.

»Ich habe mir gedacht, ein kleines Frühstück würde euch guttun. Das Essen am Flughafen ist schrecklich und viel zu teuer.«

Seine Aufmerksamkeit berührt mich sehr. In den zwanzig Minuten, die uns noch bleiben, bis das Taxi kommt, lassen wir uns den Kaffee und die köstlichen warmen Croissants schmecken.

»Ich melde mich, sobald ich zu Hause angekommen bin«, verspreche ich Costas, der heute ein wenig still wirkt.

Hayley verschwindet kurz auf die Toilette, und Costas setzt sich neben mich. »Danke dafür, dass du dir Gedanken über unser Dorf gemacht hast«, sagt er aufrichtig. »Und auch für deine Anregungen, was die Rezeption betrifft. Du wirst uns fehlen. Ich hoffe, dass sich alles für dich zum Guten wendet, wenn du wieder zu Hause bist.« Er drückt mir einen kleinen Samtbeutel mit Schnur in die Hand, in dem sich ein glatter brauner Stein befindet. »Er ist vom Strand von Thakos. Es heißt, dass man hierher zurückkommt, wenn man einen Stein von diesem Strand mitnimmt.« Er beugt sich vor und küsst mich ganz sanft auf die Wange.

Ich bin plötzlich sehr bewegt. »Vielen Dank«, sage ich leise. Hayley kommt vom Klo zurück. Sie hat Lipgloss und ein paar Spritzer Parfum aufgetragen, und der Duft weht durch den Empfangsbereich. Sie sieht großartig aus wie immer.

»Stell dir vor, wir sind heute Abend auf eine schicke Party eingeladen«, verkündet sie mit einem Blick auf ihr Telefon. »Zur Eröffnung von *Solitaire* in Liverpool. Wir bekommen sogar VIP-Karten. Was hältst du davon?«

Costas lächelt, als ich die Augen verdrehe.

»Kannst du dich an Gary Cooke erinnern, den Fußballspieler vom FC Liverpool? Ich habe mich letztes Jahr eine Zeitlang mit ihm getroffen. Es ist sein Nachtclub. Ich habe geglaubt, nie wieder etwas von ihm zu hören. Das könnte also interessant werden.«

Sie ist unverbesserlich. Erst am Abend zuvor war sie noch hin und weg von dem Australier Matt, und nun plant sie bereits ihre nächste Eroberung. Ich mache mir Sorgen, wie das werden wird, wenn sie einmal nicht mehr so gut aussieht, doch dann wird mir klar, dass ich schon wieder denke wie meine Mutter.

Das marineblaue Taxi hält vor dem Haus, und wir verabschieden uns von Andreas und Costas, während der mürrische Fahrer unsere Koffer in den Wagen wuchtet. Anscheinend erwartet er ein Trinkgeld.

Beide umarmen uns, und Costas hält mich einen Augenblick länger als nötig an sich gedrückt. Für einen kurzen Moment wünsche ich mir, dass er mich nicht loslassen würde.

»Ich schicke dir eine E-Mail«, verspreche ich und steige in das Taxi. »Und vergiss nicht, dass viel Arbeit vor dir liegt.«

Wir winken, bis wir um die nächste Ecke gebogen sind, und plötzlich wird mir bewusst, dass ich tatsächlich auf dem Weg nach Hause bin. Mein Magen krampft sich leicht zusammen. Rasch kehre ich in die Realität zurück und frage mich, ob Hayley recht hatte, als sie mich anschaute, als würde ich tagträumen. Vielleicht habe ich das tatsächlich getan. Möglicherweise sollte mich das alles nur von meinen Eheproblemen ablenken. Hayley wird keinen weiteren Gedanken mehr an diesen Ort verschwenden, sobald wir in Liverpool gelandet sind, und ich bin sicher, dass sie jetzt bereits darüber nachdenkt, was sie heute Abend zu der Party in dem Nachtclub anziehen soll.

Das Einchecken geht sehr schnell, und kurz darauf sitzen wir bereits im Flieger. Ich habe den Fensterplatz, weil ich mir so gern die Wolken anschaue. Als ich als Kind zum ersten Mal geflogen bin, war ich verblüfft, dass wir uns tatsächlich über den Wolken befanden und auf sie hinunterblicken konnten. Ich fragte mich, wo Gott war, denn ich war sicher, dass sich der Himmel über diesen weißen flauschigen Wolken befand. Hayley hasst es zu fliegen und vertieft sich lieber in ein Magazin und kippt einige Wodka-Cola, um ihre Nerven zu beruhigen.

»Wann musst du wieder zur Arbeit?«, frage ich sie leichthin.

Hayley verzieht das Gesicht und steckt die Kopfhörer in ihren iPad. »Darüber möchte ich nicht reden«, erklärt sie. Das sind die letzten Worte, die wir wechseln, bis wir auf dem John-Lennon-Flughafen in Liverpool landen.

Kapitel 27

Bei der Landung ist es bewölkt und regnerisch. Hallo, britischer Sommer! Hayley erzählt mir, dass es in den nächsten Tagen eine Hitzewelle geben soll. Das würde gut passen, denn dann muss ich wieder arbeiten.

Wir gehen zum Gepäckband, wo Hayleys goldfarbener und mein pinkfarben gemusterter Koffer aus einem Meer von dunklen Gepäckstücken herausstechen. Wenig später können wir den Flughafen verlassen und ziehen unsere Koffer zum Parkplatz, wo Hayley ihr Auto abgestellt hat. Wir müssen einige Minuten laufen, und ich schimpfe den ganzen Weg leise vor mich hin – mich fröstelt, weil meine dünne pinkfarbene Strickjacke den Wind und den leichten Regen nicht abhält.

»Kopf hoch!«, sagt Hayley fröhlich. »Nach einer heißen Dusche wirst du dich besser fühlen, und dann suchst du dir für heute Abend einen schicken Fummel heraus. Oder wir können auch noch kurz in die Innenstadt fahren, falls du dir etwas Neues kaufen willst.«

»Ich weiß noch nicht, ob ich mitkommen möchte«, erwidere ich wahrheitsgemäß. »Ich habe wegen des frühen Flugs heute Nacht kaum geschlafen. Eigentlich will ich jetzt nur noch nach Hause.«

Ich glaube, Hayley hat vergessen, dass ich mich in einer Ehekrise befinde, die wahrscheinlich zu einer Trennung führt. Ich muss mit Danny reden und herausfinden, was genau los ist. Die Realität holt mich schlagartig ein, als mir klar wird, wie leicht es ist, seine Probleme vorübergehend zu verdrängen, wenn die Sonne scheint und man in Urlaubsstimmung ist.

»Wie du meinst«, sagt sie unbekümmert. »Warten wir einfach mal ab, wie du dich später fühlst. Vielleicht brauchst du nur ein wenig Schlaf.«

Ich habe Hayley sehr lieb, aber manchmal habe ich den Eindruck, dass sie in Sachen Männer ein wenig gefühllos ist. Vielleicht liegt das auch daran, dass sie der Liebe ihres Lebens noch nicht begegnet ist.

Ich frage mich, ob Danny tatsächlich die Liebe meines Lebens ist. Auf jeden Fall habe ich das bisher geglaubt. Wir sind zusammen, seit wir fünfzehn Jahre alt sind, wenn auch mit Unterbrechungen, also habe ich mir nie eine dauerhafte Partnerschaft mit einem anderen Mann vorstellen können. Hayley hingegen glaubt nicht, dass zwei Menschen ihr ganzes Leben miteinander verbringen können. Sie ist der Meinung, dass wir uns ständig entwickeln und verändern und dass viele Paare nur zusammenbleiben, weil ihnen eine Trennung zu mühsam ist.

Wir halten unterwegs kurz bei einem Laden an, um Milch und Brot einzukaufen, und fünfundzwanzig Minuten später setzt Hayley mich vor meiner Haustür ab. Ich war weniger als zwei Wochen weg, aber ich sehe, dass der Rasen im Vorgarten gemäht werden muss. Darum hat Danny sich bisher immer gekümmert. Hayley braust davon, um sich für den Abend hübsch zu machen, und ich bleibe ein paar Minuten stehen und starre auf die Haustür. Ich weiß nicht, warum ich so lange zögere. Im Haus hat sich sicher nichts verändert. Allerdings frage ich mich kurz, ob Danny vielleicht aus irgendeinem Grund hier gewesen ist. Schließlich hat er noch seinen Schlüssel.

Als ich endlich die Tür aufsperre und hineingehe, trete ich auf einen Stapel Post. Ich sehe keinen Grund dafür, meinen Nachbarn oder meinen Eltern einen Hausschlüssel zu geben, denn das Haus lässt sich sicher verschließen, und ich habe keinen Goldfisch und keine Zimmerpflanzen zu versorgen. Außerdem gibt es hier eine Nachbarschaftswache, und Dot und Bill entgeht nichts. Bill fragt jede verdächtig wirkende Person sofort aus und macht notfalls kurzen Prozess.

Ich erinnere mich daran, dass meine Mum einmal einem Nachbarn den Hausschlüssel gegeben hat, bevor wir in Urlaub fuhren. Als wir einige Stunden früher als erwartet zurückkamen, roch das Schlafzimmer nach ihrem Chanel No. 5, und mein Dad behauptete, dass sich sein Whisky auf mysteriöse Weise verflüchtigt habe.

Ich schalte den Wasserkocher ein und stecke mein Telefon zum Laden ans Netz. Nach wenigen Minuten sehe ich verblüfft, dass Danny mir sieben SMS geschickt hat. In allen erkundigt er sich, wie es mir geht und wann ich nach Hause komme. Die letzte lautet:

Warum meldest du dich nicht?

Mein Magen krampft sich kurz zusammen. Warum will er wissen, wann ich nach Hause komme? Offensichtlich will er mit mir reden, und ich muss zugeben, dass ich ihn auch sehen will. Jetzt bin ich wieder hier, und mit jeder Minute verblasst mein griechisches Abenteuer zu einer vagen Erinnerung.

Ich nippe an meinem Tee und denke darüber nach, was ich als Nächstes tun soll, als ich ein Auto vorfahren höre. Mein Mund wird trocken. Ich laufe zum Fenster und sehe überrascht, dass mein Dad vor der Tür steht. Allein.

»Hi, Dad«, begrüße ich ihn fröhlich. »Ich habe dich gar nicht erwartet. Wo ist Mum?«

Er umarmt mich, aber ich spüre, dass er angespannt ist, und einen schrecklichen kurzen Moment lang befürchte ich, dass meiner Mutter etwas zugestoßen ist.

»Sie ist mit ihrer Freundin Jane in die Stadt gefahren, um sich etwas zum Anziehen zu kaufen. Irgendjemand in der Arbeit feiert seinen sechzigsten Geburtstag und gibt eine Party … Wie war dein Urlaub?«, fragt er, nimmt eine Tasse Tee entgegen und setzt sich.

»Herrlich. Genau das, was ich gebraucht habe, und als Hayley dann kam, hatten wir viel Spaß zusammen.«

Ich will in die Küche gehen, um Kekse zu holen, aber Dad bittet mich, mich zu setzen. »Wie steht es mit dir und Danny?«, fragt er vorsichtig.

»Sag du es mir. Er trifft sich mit einer anderen Frau, schickt mir aber ständig SMS. Ich habe keine Ahnung, was in seinem Kopf vorgeht.«

Mein Dad rutscht ein wenig hin und her. »Ich habe letzte Woche mit Danny gesprochen«, sagt er zu meiner Überraschung. »Ich bin ihm zufällig im Supermarkt vor dem Regal mit den Rasierklingen begegnet. Wir sind dann auf eine Tasse Kaffee in ein Café gegangen und haben uns unterhalten. Ich glaube, dass er bedauert, was geschehen ist, und ich bin sicher, dass er sich eine zweite Chance wünscht.«

Das wirft mich um. »Sollte er mir das nicht selbst sagen? Weiß er, dass du hier bist? Hat er dich geschickt?«, frage ich misstrauisch.

»Nein, natürlich nicht. Die Sache macht mich einfach traurig. Ihr seid schon so lange zusammen, und nun … willst du wegen eines einzigen Fehlers alles wegwerfen.«

»Ich bin nicht diejenige, die alles wegwirft, Dad. Das war Danny. Glaubst du wirklich, ich sollte ihm das einfach so verzeihen? Sollte man bei Problemen in der Ehe nicht versuchen, daran zu arbeiten, anstatt loszuziehen und es mit einer Arbeitskollegin zu treiben? Entschuldige meine Offenheit. Kannst du dir vorstellen, Mum jemals so etwas anzutun?«

Mein Dad starrt auf seine Schuhe, und zuerst glaube ich, er weiß nicht, was er darauf sagen soll. Doch dann dämmert mir langsam etwas, und die Erkenntnis ist schrecklich. *Mein Dad hat meine Mum betrogen.* Mein geliebter, aufrichtiger, prinzipientreuer Vater hat hinter dem Rücken meiner Mutter mit einer anderen Frau geschlafen.

»Jeder macht mal einen Fehler. Wir sind alle nur Menschen. Aber wenn die Liebe groß genug ist, kann man alles verzeihen.«

Mein Herz pocht heftig. Ich will das nicht hören.

»Sprichst du aus eigener Erfahrung?«, stoße ich hervor, obwohl ich die Antwort bereits kenne.

Mein Dad atmet tief durch. »Das ist schon über zwanzig Jahre her«, sagt er ausdruckslos und rührt seinen Tee um. »Und es gibt keine Entschuldigung dafür. Ich habe mit einer Frau namens Marianne in der Buchhaltung zusammengearbeitet, und unsere enge Arbeitsbeziehung hat sich irgendwann auf unser Privatleben übertragen. Ich habe die Anziehung zwischen uns gespürt, und ich hätte mich anders verhalten müssen. Als man uns zu einem Kurs nach Manchester schickte, haben wir im selben Hotel übernachtet.«

Am liebsten würde ich mir die Ohren zuhalten, aber gleichzeitig will ich das Geständnis meines Vaters hören. Es ist so, als schaute ich mir mit vors Gesicht gehaltenem Kissen einen Horrorfilm an, schaltete aber den Fernseher nicht aus.

»Nun, wir haben an der Bar zu viel getrunken, und dann passierte das Unvermeidliche. Es war nur eine einmalige Sache, und ich habe es am nächsten Morgen zutiefst bereut. Kurz darauf habe ich meine Stelle bei der Versicherung Whitley's im Liver Building angetreten.«

Zorn steigt in mir auf wie brodelnde Lava in einem Vulkan.

»Das Unvermeidliche ist passiert? Das *Unvermeidliche*? Das klingt so, als hättest du keinen Einfluss darauf gehabt.«

Mein Dad steht auf. »Mandy, ich weiß, dass du wütend bist, aber das ist alles lange her. Ich erzähle dir das, weil deine Mutter und ich das gemeinsam durchgestanden haben. Es vergeht kein Tag, an dem ich nicht unglaublich dankbar dafür bin, dass sie mir verziehen hat. Ich war jung und dumm, aber sie ist die einzige Frau, die ich jemals wirklich geliebt habe.«

In meinem Kopf dreht sich nach dieser Geschichte alles. Ich hätte niemals gedacht, dass mein Vater zu so etwas fähig ist, denn er ist immer höchst zuverlässig und geradlinig. Und er verehrt meine Mutter. Er sieht mit seinen fünfundfünfzig

Jahren immer noch gut aus – ein bisschen wie Richard Gere. Ich kann mir gut vorstellen, dass er als junger Mann sehr attraktiv war.

Eine Weile bleibe ich still sitzen und versuche, das alles zu verdauen.

»Ich glaube, du solltest jetzt gehen«, sage ich nach ein paar Minuten.

»Ja, du hast recht. Das ist alles ein bisschen viel für dich, und ich hätte es dir nie erzählt, wenn ich nicht glauben würde, dass es dir möglicherweise helfen kann. Sprich mit Danny. Ich bin sicher, er wird sich bald bei dir melden. Und wirf nicht alles einfach weg.«

»Mach bitte die Tür hinter dir zu«, schluchze ich, bevor ich mich auf dem Sofa zusammenrolle und mir die Augen aus dem Kopf weine.

Kapitel 28

Es ist erst zwei Uhr nachmittags, und Alkohol um diese Uhrzeit bekommt mir nicht, aber ich tausche meine Tasse Tee gegen ein großes Glas Wodka aus dem Duty-free-Shop mit einem Spritzer Cola. Ich merke, dass ich von meiner Wut über die Enthüllung runterkommen muss. Die Sache passierte vor mehr als zwanzig Jahren, und ich weiß, dass meine Eltern miteinander glücklich sind, also sollte mich das nicht so mitnehmen, denn ich bin schließlich eine erwachsene Frau. Aber es schockiert mich, dass mein Vater sich auf Dannys Seite stellt. Und bei uns verhält sich alles etwas anders. Mein Dad hatte einen unüberlegten One-Night-Stand, während Danny eine ausgewachsene Affäre hat.

Ich weiß nicht mehr, was ich denken soll. Ich fahre meinen Laptop hoch und sehe eine E-Mail von Costas, der sich erkundigt, ob ich gut nach Hause gekommen bin. Er schreibt, dass sie weitere Buchungen haben und dass Andreas beschlossen hat, sofort mit dem Bau eines Swimmingpools zu beginnen. Er hat Arbeiter aufgetrieben, die ihn innerhalb weniger Wochen fertigstellen können. Außerdem lässt er mich wissen, dass Adonis viele Bands gefunden hat, die sehr gern an dem Festival teilnehmen wollen, dass sie aber erst wissen müssen, welcher Hauptact dabei ist, bevor sie mit der Werbung beginnen und hiesige Händler dafür interessieren können.

Rasch schicke ich ihm eine Antwort, denn ich bin plötzlich sehr motiviert, das Projekt auf den Weg zu bringen.

Ich mache mir einen Seelentröster in Form eines Käsetoasts und beschließe, mir in der Mediathek ein paar Folgen von Soap-Serien anzuschauen, die ich versäumt habe. Da klopft es an der Haustür. Ich spiele mit dem Gedanken, es einfach zu ignorieren, doch dann taucht Danny am Fenster auf und tippt an die Scheibe. Mir bleibt beinahe das Herz stehen.

»Käsetoast«, stellt er mit einem Blick auf die halb gegessene Scheibe auf dem Couchtisch fest, als er ins Wohnzimmer kommt. »Das hast du in Griechenland sicher nicht bekommen. Bei diesem Käse, den es dort gibt.«

»Feta«, erkläre ich. »Er ist köstlich. Was willst du hier, Danny? Und warum hast du mir während meines Urlaubs so viele Nachrichten geschickt?«

Er steckt die Hände in die Hosentaschen und steht da wie ein unartiger Schuljunge, der vom Rektor getadelt wird.

»Es tut mir leid, Mandy«, sagt er leise. »Ich habe mich wie ein Idiot benommen. Und ich habe dich in den letzten Wochen sehr vermisst.«

»*Du* bist schließlich einfach gegangen.« Ich setze mich hin, esse meinen Toast auf und spüle ihn mit einem großen Schluck Wodka hinunter. Mir wird ein bisschen schwindlig.

»Ich weiß.« Danny setzt sich neben mich auf die Couch. Er sieht müde aus, und er hat einen Zweitagebart am Kinn. »Unsere Beziehung war ein wenig eingeschlafen, richtig? Aber ich hätte mit dir darüber reden sollen, anstatt mir woanders einen Kick zu holen. Ich habe geglaubt, du hättest das Interesse verloren. Du hattest anscheinend gar keine Lust mehr, von der Arbeit nach Hause zu kommen.«

Danny legt den Kopf in die Hände, und seine Schultern zucken. Entsetzt bemerke ich, dass er weint. Wir sind schon seit so langer Zeit zusammen, und ich habe ihn noch nie weinen sehen. Nicht einmal als Cleo, die Katze seiner Familie, gestorben ist.

Ich weiß nicht so recht, was ich jetzt tun soll, also hole ich aus der Küche ein zweites Glas, fülle es mit Wodka und stelle es ihm hin. Er trinkt ihn pur, und ich schenke mir auch noch ein Glas ein. Vor meinen Augen verschwimmt alles. Danny rückt näher an mich heran, und ich rieche sein Aftershave. Es ist alles so vertraut und fühlt sich ganz natürlich an, als er mich umarmt. Ich schmiege mein Gesicht an seinen Hals.

Oh, Danny, du hast mir auch gefehlt. Ich habe dich auch vermisst.

Kapitel 29

Zwei Stunden später wache ich auf, als mein Telefon auf dem Couchtisch vibriert. Es ist Hayley. Sie hinterlässt mir eine Sprachnachricht, als ich mich nicht melde, und will wissen, ob ich sie am Abend zu der Party begleite.

Es dauert ein paar Sekunden, bis ich begreife, dass ich halb ausgezogen bin und Danny friedlich neben mir auf dem Sofa schläft. Die Flasche Wodka vom Duty-free-Shop ist fast leer, und mein Kopf beginnt zu pochen. *Meine Güte, was habe ich getan?* Danny spaziert nach zwei Monaten durch die Tür, und ich schlafe sofort mit ihm. Ich bin wütend auf mich, obwohl ein Teil von mir sich offensichtlich danach gesehnt hat. Und immerhin ist er noch mein Ehemann.

Vielleicht hat mein Vater recht. Wir sind schon viel zu lange zusammen, um einfach alles hinzuschmeißen, und wahrscheinlich sollte ich mich darüber freuen, dass wir wieder miteinander reden. (Obwohl wir, ehrlich gesagt, nicht viele Worte gewechselt haben.) Es hat sich gut angefühlt, wieder in Dannys Armen zu liegen, und seine Küsse haben in mir zwar kein Feuerwerk entfacht, aber ich habe mich in dieser vertrauten Umarmung sicher und behaglich gefühlt. Mir war nicht bewusst gewesen, wie sehr es mir gefehlt hatte, mich bei einem Mann wie in einem schützenden Kokon zu fühlen. Ich bin normalerweise kein übermäßig gefühlsbetonter Mensch, aber ich schätze, ich habe mich ganz und gar ungeliebt gefühlt.

Danny bewegt sich, zieht mich zu sich auf das Sofa herunter und küsst mich wieder. Es ist kein leidenschaftlicher Kuss, nur ein flüchtiger auf die Stirn. Er steht auf und geht in die Küche, um frischen Kaffee aufzusetzen. Kurz darauf kommt er zurück und reicht mir einen schwarz-weiß gestreiften Becher. Er zieht seine Jacke an und sagt, dass er noch einmal wegmüsse, aber später wiederkommen werde.

»Wohin gehst du?«, frage ich überrascht.

Er kommt noch einmal zu mir und setzt sich neben mich. »Mandy, ich war seit Wochen nicht mehr hier«, sagt er behutsam. »Ich muss meine Kleidung und meine anderen Sachen abholen. Und ich halte es für angebracht, jemandem persönlich zu sagen, dass ich wieder mit dir zusammen bin.«

Ich weiß, dass es eine andere Frau in seinem Leben gibt, und einen kurzen Moment lang tut mir Sarah Kelly sogar leid. Danny hätte sich nicht mit jemand anderem einlassen sollen, solange wir noch verheiratet sind, denn das kann nur zu Verletzungen führen. Aber andererseits hat sie doch genau gewusst, dass er verheiratet ist. Miststück. Plötzlich steigt wieder Wut in mir auf.

»Warte mal! Wer sagt, dass wir wieder zusammen sind? Unterhält man sich normalerweise nicht über so etwas?«, frage ich scharf.

Ich nehme an, dass ich Danny wieder in meinem Leben haben möchte, aber sein mangelndes Bemühen kränkt mich zutiefst. Er kann doch nicht einfach hereinschneien und da weitermachen, wo wir aufgehört haben. Was für eine Frechheit! Ein bisschen mehr wird er sich schon anstrengen müssen.

Er sieht mich verblüfft an. »Aber ich habe gedacht …«

»Hast du gedacht, eine Flasche Wodka und Sex am Nachmittag in angetrunkenem Zustand reichen aus, um dich wieder in unser Ehebett zu legen und für immer dortzubleiben? Hast du so wenig Achtung vor mir?«

Offensichtlich weiß er nicht, was er darauf antworten soll.

»Ähm, und was nun?« Jetzt sieht er wieder aus wie ein geknickter Schuljunge. Plötzlich verspüre ich den Wunsch, ihn zu schütteln, und in diesem Moment geht mir der Gedanke durch den Kopf, dass Danny vielleicht nur zurückwill, weil hier alles vertraut und einfach für ihn ist. Möglicherweise ist Sarah Kelly sehr anspruchsvoll, also zieht er lieber wieder seine bequemen Hausschuhe an. Aber nicht mit mir!

»Keine Ahnung«, erwidere ich. »Überrasch mich.«

Er nickt und verlässt das Haus, und ich frage mich, was ich nun tun soll. Meine Mutter sagt immer, dass man einem Mann, der einen betrogen hat, nicht allzu bereitwillig vergeben soll, weil er einem sonst auf der Nase herumtanzt. Ich konnte ja nicht ahnen, dass sie aus persönlicher Erfahrung sprach. Wer weiß, wie lange es gedauert hat, bis sie meinem Dad tatsächlich verziehen hat.

Das Telefon klingelt wieder, und ich nehme ab. Es ist wieder Hayley. Ich sage ihr, dass ich am Abend nicht mitkommen werde, und erzähle ihr, dass Danny zurückgekommen ist.

»Na und?«, erwidert sie. »Er war monatelang weg, da wird es wohl auf einen weiteren Abend nicht ankommen.«

Ich verstehe, was sie meint, aber mein Entschluss steht

fest. Ich habe keine Lust auszugehen – im Moment liegt mir viel mehr daran, mein Leben wieder in Ordnung zu bringen.

Ich laufe nach oben und dusche dampfend heiß. In unserem Badezimmer mit den Terrakottafliesen und den verchromten Armaturen hat sich nichts verändert. Wir haben uns eine große Duschkabine für zwei Personen einbauen lassen, und ich werfe einen Blick auf unsere Bademäntel, die nebeneinander an der Tür hängen. Ich frage mich, ob Danny in Sarahs Wohnung auch einen Bademantel hatte oder ob er dort nackt herumspaziert ist. Während ich mich mit meinem Jasmin-Duschgel einreibe, überlege ich mir, ob das jetzt immer so sein wird. Werde ich mich ständig fragen, was er mit Sarah unternommen hat, wohin er mit ihr gegangen ist, was sie im Bett miteinander gemacht haben? Wird mich das verrückt machen? Vielleicht kann man eine Affäre nie wirklich verzeihen, weil ein Teil des Vertrauens für immer dahin ist.

Ich nehme mir ein weiches weißes Handtuch von dem beheizten Halter und wickle mich darin ein. Noch vor zehn Stunden war ich in meinem Apartment in Griechenland und habe mit dem Plastikduschvorhang gekämpft, der an meinen Beinen klebte, während ein spärliches Rinnsal aus dem weißen Plastikduschkopf tropfte.

Als Danny zwei Stunden später mit seiner Reisetasche und einem Strauß roter Rosen zurückkommt, bin ich frisch gekleidet.

»Ich habe uns für neun Uhr einen Tisch bei *Luigi's* in der Bold Street reservieren lassen. Dorthin bist du doch immer sehr gern gegangen«, sagt er und verzieht seinen Mund zu einem Lächeln, so breit wie die Mündung des Mersey.

Ein Gefühl der Nostalgie überflutet mich. Wenn es einen Ort gibt, der unsere romantischen Gefühle wieder neu beleben kann, dann ist es das *Luigi's*. Wir haben noch einen langen Weg vor uns, aber ich finde, das ist ein guter Anfang. Vielleicht ist meine Ehe doch noch nicht am Ende.

Kapitel 30

Es ist zehn Uhr morgens, und Danny und ich liegen im Bett und kuscheln – mehr nicht, obwohl er versucht, die Innenseite meines Oberschenkels zu streicheln. Ich denke an den vom Wodka beflügelten Sex am Tag zuvor, aber ich will nicht, dass er glaubt, ich sei leicht zu haben. Und noch ein weiterer Gedanken geht mir immer wieder durch den Kopf: *Ist es das, was ich wirklich will?* Wenn ich meine Augen schließe, sehe ich den in Sonnenlicht getauchten Strand von Thakos vor mir, wo ich alle Sorgen hinter mir lassen konnte.

Danny und ich haben einen wunderschönen Abend bei *Luigi's* verbracht. Wir haben uns gefreut, dass Luigi sich persönlich um die Gäste kümmerte, obwohl er sich doch schon halbwegs aufs Altenteil zurückgezogen hatte und die meiste Arbeit seinem Sohn überließ. Er hat uns mit einer herzlichen Umarmung begrüßt und sich nach meinen Eltern erkundigt. »Warum kommt ihr nicht mehr zu uns?«, wollte er wissen und zog die Mundwinkel nach unten, um zu zeigen, wie traurig ihn das machte.

Tatsächlich waren wir schon seit etwa eineinhalb Jahren nicht mehr dort gewesen, weil es keine besonderen Geburtstage zu feiern gab. Früher einmal sind wir alle vierzehn Tage hierhergekommen, einfach nur, um den Beginn des Wochenendes zu feiern. Das macht mir klar, wie festgefahren wir in letzter Zeit waren.

Doch an diesem Abend war alles beinahe so wie früher. Wir haben Chianti getrunken und hervorragend gegessen – Linguini mit Meeresfrüchten für mich, Pizza mit Knoblauch und Hähnchenfleisch für Danny. Immer wenn wir in einem Restaurant sind, findet Danny, dass mein Essen besser aussieht als seins, und schaut mich an wie ein hungriger Hund, bis ich ihn probieren lasse. Am Anfang unserer Beziehung machte er mich wahnsinnig, weil er dauernd seine Gabel in mein Essen steckte und sich, ohne zu fragen, bediente, bis ich ihm bei einer Hähnchenbrust mit Chili versehentlich in die Hand stach, als ich ihn abwehrte. Komischerweise hat er es danach bleiben lassen, auf meinem Teller herumzustochern. Und er behauptet immer noch, das sei kein Unfall, sondern ein Angriff gewesen.

Gestern Abend wurde er gegen Ende unserer Mahlzeit plötzlich ganz still und griff nach meiner Hand. »Ich habe schon geglaubt, ich hätte dich für immer verloren«, flüsterte er leise, während wir uns eine Portion Tiramisu teilten. »Ich war ein Idiot. Wir sind schon so lange zusammen, und ich kann mir eine Zukunft mit einer anderen Frau nicht vorstellen.«

Ich wusste nicht so recht, was ich darauf sagen sollte, und stürzte mich auf mein cremiges Tiramisu. Schließlich hatte Danny diese Veränderung haben wollen. Außerdem denke ich im Augenblick nicht an die ferne Zukunft. Wenn ich ehrlich bin, kann ich mir nicht vorstellen, alt zu werden. Im Moment will ich weder an die Zukunft noch an die Vergangenheit denken, sondern einfach in der Gegenwart leben. Ich bin mir nicht ganz sicher, ob wir eine gemeinsame Zukunft haben werden, aber ich fühle mich verpflichtet, unserer Ehe noch eine Chance zu geben.

Danny hat sich die Woche freigenommen, und ich weiß nicht, was er danach machen will. Ich hoffe wirklich, dass wir die Zeit nutzen, um uns von Neuem kennenzulernen, obwohl ich zugeben muss, dass ich mich mit meinen Gefühlen noch sehr zurückhalte. Vielleicht hätte ich ein bisschen mehr Zeit in der griechischen Sonne gebraucht, um über unsere Zukunft nachzudenken.

Sarah Kelly arbeitet immer noch im selben Büro wie Danny, also hat er beschlossen, sich einen anderen Job zu suchen. Ich bin allerdings realistisch genug, um zu wissen, dass das nicht so einfach ist, wie es sich anhört. Er arbeitet seit zwölf Jahren bei *Auto-Repair* und bekommt mittlerweile ein gutes Gehalt. Und er hat sich einen gewissen Kundenstamm aufgebaut. Ich habe ihn gefragt, ob er sich jemals überlegt hat, sich selbstständig zu machen, aber das ist ihm bei der derzeitigen Wirtschaftslage zu riskant.

Ich denke noch einmal über das Gespräch mit meinem Dad nach. Er hat nach seinem kurzen Verhältnis mit Miriam, oder wie immer sie auch hieß, eine andere Stelle angenommen. Ich bin mir nicht sicher, ob ich Danny vertrauen kann, wenn er wieder an seinen alten Arbeitsplatz zurückkehrt. Vielleicht werde ich einfach abwarten, wie sich die Dinge entwickeln. Ich war schon immer der Meinung, dass im Leben alles kommt, wie es kommt. Aber das ist natürlich nur reine Theorie. Meinen Freundinnen habe ich immer gesagt, dass man nichts dagegen tun könne, wenn ein Mann fremdgeht. Er tut es freien Stücken, ungeachtet dessen, was du tust oder sagst.

Ich habe geschworen, dass ich Untreue niemals verzeihen würde, aber wenn es dann passiert, ist alles ganz anders.

Ich befinde mich in einem Dilemma. Es gibt Momente, in denen ich Danny am liebsten umbringen würde, aber vorerst muss ich unserer Ehe eine zweite Chance geben. Ich könnte es mir nicht verzeihen, wenn ich unsere Beziehung beenden würde, ohne es ein letztes Mal versucht zu haben.

»He, du bist dran. Steh auf und koch Kaffee.« Ich stupse Danny in die Rippen. »Ich glaube, im Gefrierfach sind noch ein paar Würstchen, falls du uns ein Sandwich machen willst.«

Ich mag keine aufgetauten Würstchen. Eigentlich mag ich überhaupt keine Tiefkühlkost, aber manchmal ist Junkfood genau das Richtige. Eine meiner Freundinnen kaufte früher im Supermarkt Käse, Milch und alles andere, was das Haltbarkeitsdatum überschritten hatte und im Preis reduziert war. Dann fror sie die Sachen ein. Ich versuchte, sie davon zu überzeugen, dass das ziemlich riskant war, aber sie wollte es mir erst glauben, nachdem sie einen bereits vergammelten Fisch für weniger als ein Pfund an der Fischtheke gekauft, eingefroren, wieder aufgetaut und gegessen hatte. Sie war danach eine Woche lang wegen einer Lebensmittelvergiftung krankgeschrieben.

»Nein.« Danny kuschelt sich noch weiter unter die Decke. »Wir haben keinen Ketchup mehr, also kann ich auch kein Sandwich mit Würstchen machen. Es ist kaum noch etwas im Schrank, weil du seit Wochen nichts mehr eingekauft hast …« Er schlägt mir ein Kissen auf den Kopf. Das lasse ich mir nicht gefallen, und schon bald liefern wir uns eine heftige Kissenschlacht, bis es an der Haustür klingelt.

Danny zieht sich ein T-Shirt und eine graue Jogginghose an und geht nach unten, um die Tür zu öffnen. Ich höre gedämpfte Stimmen, und wenige Sekunden später kommt er die Treppe wieder herauf, wobei er zwei Stufen auf einmal nimmt, und berichtet mir, dass meine Mutter hier ist.

»Ich geh duschen«, erklärt er, offensichtlich froh, dass er sich verziehen kann.

»Mum!« Ich nehme sie in die Arme. Es ist mir ein bisschen peinlich, dass Danny ihr die Tür geöffnet hat, aber ihre Miene ist schwer zu deuten.

Sie zieht ihre blauen Baumwollhandschuhe aus und legt sie auf den Küchentisch. Meine Mum trägt immer Handschuhe, was ihr eine gewisse Eleganz verleiht. Schwarze Lederhandschuhe im Winter und während der restlichen Monate des Jahres eine Auswahl an verschiedenen Farben und Stoffen.

»Es hat mich überrascht, dass mir Danny die Tür geöffnet hat«, sagt sie verschnupft. »Du bist doch gerade erst von deiner Urlaubsreise zurückgekommen.«

»Ich weiß, Mum«, erwidere ich behutsam und stelle mir vor, wie sie sich vor all den Jahren gefühlt haben muss, als mein Dad fremdgegangen ist. »Aber ich möchte versuchen, meine Ehe zu retten. Wir haben zu viele Jahre miteinander verbracht, um einfach aufzugeben.«

»Da hast du vielleicht recht«, sagt sie nachdenklich. »Aber nur aus diesem Gefühl heraus solltet ihr nicht zusammenbleiben. Du bist noch so jung. Überleg dir gründlich, wie du den Rest deines Lebens verbringen willst.«

Ich werde ihr nicht erzählen, dass Dad mich besucht und mir seinen Fehltritt gebeichtet hat, denn sie hat in all den Jahren kein Wort darüber verloren.

»Ich liebe ihn, Mum«, sage ich schlicht.

»Ja, das weiß ich. Zumindest glaubst du das. Viele Vergleichsmöglichkeiten hast du bisher nicht gehabt, richtig? Ich sage dazu nur: Die Katze lässt das Mausen nicht.« Ihr Tonfall macht mir klar, dass diese Unterhaltung damit für sie beendet ist.

Ihre Bemerkung verwirrt mich ein wenig, denn mein Dad hat geschworen, dass er nur ein Mal in einem unüberlegten Moment fremdgegangen ist. Hat er mir die Wahrheit gesagt? Wenn ja, dann hat er doch eindeutig bewiesen, dass dieser Spruch nicht immer zutrifft, oder?

»Nun, sollte das der Fall sein, dann werde ich meine Ehe beenden, Mum. Weitere Chancen wird es nicht geben, das verspreche ich dir, aber ich bin der Meinung, dass man jedem Menschen einen Fehler verzeihen sollte«, erwidere ich aufrichtig.

Ihr Gesichtsausdruck verändert sich nicht. Das wäre nun eine Gelegenheit, mir von der Sache mit Dad zu erzählen, aber das tut sie nicht. Ich weiß, sie will mich nur vor der Wahrheit beschützen und mir nichts von Dads Fehltritt erzählen, damit ich keine schlechte Meinung von ihm bekomme, und dafür liebe ich sie. Aber ich bin erwachsen und nicht nur ihre Tochter, sondern auch ihre Freundin. Am liebsten würde ich sie in den Arm nehmen und mit ihr darüber reden, aber das wird wohl nie geschehen. Manchmal ist es besser, schlafende Hunde nicht zu wecken.

»Also«, sage ich fröhlich, »möchtest du eine Tasse Tee? Ich habe sogar noch Früchtekuchen. Natürlich nicht selbst gebacken, sondern aus dem Laden. Leider habe ich deine Backkünste nicht geerbt.«

Zu meiner Überraschung lehnt sie mein Angebot ab.

»Nein, schon gut.« Sie nimmt ihre Handschuhe vom Tisch. »Ich muss in einer Stunde bei der Arbeit sein. Ich wollte nur rasch nachschauen, ob es dir gut geht, aber wie ich sehe, ist alles in Ordnung.« Sie wirft einen Blick an die Decke, als Danny oben die Badezimmertür zumacht.

Mum zwingt sich zu einem Lächeln und geht zur Haustür. »Vergiss nicht, was ich dir gesagt habe, Mandy. Du verdienst es, glücklich zu sein. Triff die richtigen Entscheidungen. Oh, und sag deinem untreuen Ehemann, dass der Rasen gemäht werden muss.«

Kapitel 31

Vierzehn Tage später kehrt allmählich die übliche Routine wieder ein. Die blutroten Rosen verwelken in der Vase, und ihre Blütenblätter fallen auf die Fensterbank. Danny lässt wieder nasse Handtücher im Schlafzimmer und im Bad auf dem Boden liegen und springt nicht mehr ständig bereitwillig auf, um Kaffee zu kochen. Kleinigkeiten, sage ich mir.

Wir können es uns auf Dauer natürlich nicht leisten, so oft bei *Luigi's* zu essen, wie wir es in den letzten zwei Wochen getan haben. Meine Waage zeigt nach den zwei Mittagessen und zwei Abendessen bereits zwei Kilo mehr an. Mir ist klar, dass diese zweiten Flitterwochen nicht ewig andauern können, und im Moment bin ich so weit mit allem zufrieden. Bis Danny das Thema Arbeit anspricht.

Es ist Samstagabend, und er hat es sich mit einer Flasche asiatischem Bier in der Hand auf dem Sofa bequem gemacht. Wir haben uns soeben ein indisches Gericht für zwei Personen vom *Bengal Kitchen* schmecken lassen, wo es ein paar neue Gerichte auf der Karte gibt. Ich habe fast eine ganze Flasche Prosecco getrunken, die im Supermarkt um die Hälfte ermäßigt war und großartig schmeckt.

»Du weißt, dass ich am Montag wieder zur Arbeit muss«, sagt Danny beiläufig, während er durch die Kanäle zappt und bei einer Wiederholung von *Top Gear* auf dem Sender

Dave hängen bleibt. Ich nehme ihm die Fernbedienung aus der Hand.

»Du gehst also wieder dorthin.« Ich trinke die letzten sprudelnden Tropfen mit Apfelaroma und wünsche mir, ich hätte noch eine Flasche in der Küche. Früher hatten wir ein gut gefülltes Weinregal, aber da wir beide dann an keinem Tag widerstehen konnten, gab es nur zwei Möglichkeiten: entweder nur noch am Wochenende alkoholische Getränke zu kaufen oder den Anonymen Alkoholikern beizutreten.

»Ja natürlich«, erwidert er ohne eine Spur von Bedauern, was mich sofort auf die Palme bringt.

Danny bemerkt meinen Gesichtsausdruck und fügt rasch hinzu: »Wir müssen unseren Hauskredit abzahlen, und ein neuer Job ist nicht von heute auf morgen zu finden, sosehr ich mir das auch wünschen würde. Glaub mir, ich freue mich nicht darauf. Ich werde zwar zu meinem alten Job zurückkehren, mich aber nach etwas anderem umschauen. Das habe ich dir doch gesagt. Ich weiß, dass du dir das wünschst.« Er wendet sich wieder dem Bildschirm zu.

In mir steigt Zorn auf wie heftiges Sodbrennen.

»Du suchst dir einen anderen Job, weil *ich* das will? Wie dumm von mir zu glauben, dass *du* einen Neubeginn möchtest, um die Schlampe nicht mehr zu sehen, mit der du dich vergnügt hast«, erwidere ich wütend.

Ehrlich gesagt, habe ich den Gedanken daran bisher verdrängt. Ich weiß nicht, wie ich damit umgehen werde, wenn Danny und Sarah sich unter der Woche bei der Arbeit wieder jeden Tag sehen. Wahrscheinlich werde ich so lange auf ihm herumhacken, bis unsere Ehe endgültig in die Brüche geht.

Ich denke ernsthaft darüber nach, ob ich mir noch eine Flasche Wein vom *Bengal Kitchen* holen soll, doch dann fällt mir ein, dass in der Küche unter der Arbeitsfläche noch eine Flasche Portwein steht, die mir meine Mum an Weihnachten mitgebracht hat. Wir wollten sie eigentlich zur Käseplatte nach dem Weihnachtsessen aufmachen, aber nach dem Plumpudding und dem Käsekuchen mit Baileys waren wir alle so satt, dass die Käseplatte und der Portwein wieder in die Küche wanderten. Hin und wieder trinke ich gern ein Glas Portwein mit Limonade, obwohl Danny behauptet, das sei ein Drink für alte Frauen.

Es ist schon merkwürdig, wie bestimmte Drinks plötzlich außer Mode geraten oder Erinnerungen an früher wachrufen. Piccolo-Sekt, Eierlikör und Sherry erinnern mich an die Weihnachtsfeiern in meiner Kindheit, als meine zahlreichen Familienmitglieder in der Küche an Drinks genippt haben. Dazu gab es Spießchen mit Käse und Ananas, die in einem mit Alufolie umwickelten Krautkopf steckten. Meine Mum hat etwas für die Stimmung aus den 1970ern übrig, daher finden sich bei unseren Festen auf ihren kalten Platten immer Vol-au-Vents, Cocktailwürstchen auf Spießen und Schwarzwälder Kirschtorte. Ich kann mich noch erinnern, wie Hayley und ich einmal ein halbes Sherry-Trifle verschlungen haben, weil ich behauptet hatte, davon würden wir betrunken werden. Zu unserer großen Enttäuschung wurde uns davon aber nur furchtbar übel.

Ich schenke mir ein Glas Portwein mit Limonade ein – die Limo aus dem Kühlschrank ist zwar schon ein wenig schal, aber ich finde noch eine aufgeschnittene Zitrone und lasse eine Scheibe davon in meinen auberginefarbenen

Drink fallen. Als ich ins Wohnzimmer zurückgehe, beginnt im Fernsehen gerade ein Actionfilm.

»Willst du dir das anschauen?« Danny legt die Fernbedienung auf den Couchtisch und zeigt mir damit, dass die Entscheidung bereits gefallen ist.

»Ist mir egal.« Ich trinke einen großen Schluck aus meinem Glas. Ehrlich gesagt, schmeckt das Zeug nicht besonders, aber ich habe Lust, mich zu betrinken. »Ich glaube, ich gehe lieber nach oben – ich habe mir die DVD, die ich letztes Weihnachten beim Wichteln bekommen habe, immer noch nicht angeschaut.«

Oben angekommen, werfe ich einen Blick in die lange Schublade unseres doppeltürigen Kleiderschranks. Dort bewahre ich alle meine Weihnachtsgeschenke auf, mit denen ich nichts anfangen kann, um sie mit Bedacht im Laufe des Jahres an jemanden weiterzuverschenken. Ich finde eine dicke Kerze, die nach Vanille und Limone duftet (ich mag keine Kerzen), ein Magnolien-Badeset (von Magnolien bekomme ich Ausschlag), eine DVD mit einer romantischen Komödie (ein Drama aus dem wahren Leben ist mir lieber als ein weiteres Liebesdesaster) und eine Sammlung von Kram, darunter ein Paar silberne Ohrringe und ein Seidenschal in verschiedenen Grüntönen.

Anscheinend haben sich die Leute, die diese Geschenke ausgesucht haben, keine Gedanken darüber gemacht, für wen sie sie besorgen, denn ich trage keine Schals und habe keine durchstochenen Ohrläppchen. Es enttäuscht mich ein wenig, dass Geschenke so pauschal gekauft werden, aber andererseits erspart es mir Zeit und Geld, wenn ich sie weiterverschenken kann.

Bestürzt stelle ich fest, dass ich früher am Abend einen Anruf von Costas verpasst habe, und frage mich, ob es etwas Wichtiges war, denn eigentlich haben wir vereinbart, per E-Mail in Kontakt zu bleiben. In seiner letzten Nachricht teilte er mir mit, dass die beliebte griechische Band *The Hunted* Interesse an einem Auftritt beim »Greekfest«, wie wir es jetzt nennen, angemeldet hat. Einen Moment lang wünsche ich mir, wieder auf Rhodos zu sein, die drückende Hitze zu spüren und den Abend an einer Bar am Strand zu verbringen, aber ich nehme an, das geht uns allen so nach der Rückkehr von einer Urlaubsreise. Nieselregen bildet Tropfen an den Fensterscheiben und ruft mir ins Gedächtnis, dass ich zurück im Norden von England bin.

Ich entdecke ein kleines Probierset mit Wodkafläschchen, und zwanzig Minuten später liege ich gemütlich im Bett, trinke einen Wodka mit Blaubeeraroma als Schlummertrunk und esse ein paar Chips mit Käse- und Zwiebelgeschmack, die ich ebenfalls im Schrank gefunden habe. Von unten dringen Geräusche herauf – Danny schnarcht wie ein schlafender Löwe.

Das ist immer so, wenn er viel gegessen und Bier getrunken hat. Ich kann mich nicht daran erinnern, dass er dann jemals einen Film zu Ende gesehen hat, weil er vorher immer dabei einschläft. Normalerweise gehe ich irgendwann am frühen Morgen nach unten und wecke ihn – der Fernseher läuft dann noch in voller Lautstärke, und er hält in gefährlicher Schräglage eine Flasche Bier in der Hand. Einmal ist ihm das mit einem Glas Rotwein passiert, dessen Inhalt sich dann über den Holzboden ergossen hat.

Ich öffne die Schublade von meinem Nachttisch, um

mir ein Taschentuch herauszuholen, als mein Blick auf die kleine Karte fällt, die mir Janet vor einigen Wochen im Pub gegeben hat. Ich drehe sie in der Hand und überlege, ob ich Janet anrufen soll.

Costas hat mir gesagt, dass das Dorf erst versuchen kann, Werbung für die Tickets zu machen, wenn ein Hauptact für das Musikfestival feststeht. Ermutigt durch den Alkohol, wähle ich die Nummer und werde sofort mit der Mailbox verbunden.

Hi, hier ist der Anschluss von Janet Macey. Leider kann ich Ihren Anruf im Augenblick nicht entgegennehmen, aber wenn Sie mir Ihre Kontaktdaten hinterlassen, rufe ich so schnell wie möglich zurück.

Ich zögere kurz, bevor ich mich mit heiterer (und ein wenig angetrunken klingender) Stimme melde, kurz meine Idee für das Musikfestival schildere und frage, ob sie mir dabei helfen könne.

Der Name Janet Macey ruft eine vage Erinnerung wach. Ich habe nicht erwartet, dass sie noch immer Dobson heißt, aber Macey klingt merkwürdig vertraut. Ich überlege kurz, ob ich nach unten gehen und Danny wecken soll, aber ich habe es mir bereits im Bett gemütlich gemacht, also knipse ich die Nachttischlampe aus und kuschle mich unter die Bettdecke, deren frischer Bezug nach Lilien und Jasmin duftet, und schon bald bin ich eingeschlafen und schnarche mit meinem Mann im Zimmer unter mir im Gleichklang.

Kapitel 32

Hayley und ich haben beide Arbeitsschluss und sind auf dem Weg in die Innenstadt von Liverpool, als uns ein blauer Vauxhall Corsa gefährlich nahe kommt und von der Mitte zum Rand der Spur neben uns schlingert. Ein Blick zur Seite zeigt mir, dass in dem Wagen ein Mann am Steuer sitzt, der etwa hundert Jahre alt ist. Sein Gesicht wirkt erschreckend blass.

»Meine Güte, geht es dem Mann gut?« Ich versuche, zu ihm hinüberzuschauen, aber zugleich den Blick nicht ganz von der Straße vor mir abzuwenden. Die Sonne steht bereits tief am Himmel und erschwert mir die Sicht, vor allem, weil ich meine Sonnenbrille vergessen habe.

»Lebt er überhaupt noch?«, witzelt Hayley.

Ich fühle mich wie beim Autoscooter, als ich dem blauen Corsa geschickt ausweiche. Hinter uns wird gehupt, und ich mache mir allmählich Sorgen, wie das enden wird.

Kurz darauf gelangen wir an eine Ampel, und der metallicblaue Wagen gleitet bei Rot langsam über die Kreuzung wie eine Libelle auf einem Teich und bleibt dann in der Mitte stehen.

Das alles scheint in Zeitlupe vor uns abzulaufen, bis die Stille von dem anhaltenden Schrillen einer Hupe unterbrochen wird. Der Kopf des alten Manns ist auf das Lenkrad gesunken.

Nur gut, dass der Berufsverkehr noch nicht eingesetzt hat, denn dann wäre sicher Chaos ausgebrochen.

Ich haste zu dem Wagen hinüber, um zu versuchen, meine Erste-Hilfe-Kenntnisse anzuwenden, aber ich sehe sofort, dass der arme Mann gestorben ist. Es ist das zweite Mal in meinem Leben, dass ich einen Toten sehe. Das erste Mal war im Pub, als ein dicker Mann an der Bar einen Herzinfarkt erlitt, nachdem er ein Wagtail-Bitter bestellt hatte. Alles, woran ich danach tagelang denken konnte, war, dass es ihm nicht einmal mehr vergönnt war, sein Bier zu trinken.

Nachdem die Polizei und ein Rettungswagen eingetroffen sind und Hayley und ich unsere Zeugenaussage gemacht haben, gehen wir in ein Lokal in der Innenstadt, um unsere Nerven zu beruhigen und etwas zu essen.

Das *Marrakesch,* ein wunderbares marokkanisches Restaurant, liegt in einer Seitenstraße der Church Street, abseits der Menschenmassen im Einkaufszentrum *Liverpool One.* Wir sitzen auf dunklen Holzbänken, auf denen orange gestreifte Sitzpolster und zylindrische kirschrote Kissen mit goldfarbenen Quasten liegen. An der Decke hängen Messinglampen mit farbigem Glaseinsatz, und ein zarter Duft nach glimmenden Zimtstangen zieht durch den Raum.

Mein Magen knurrt leise, als mir bewusst wird, dass ich seit dem Frühstück nichts mehr gegessen habe. Ich entscheide mich schließlich für eine Hähnchen-Tajine mit Zitrone und Gewürzen und dazu Couscous, und Hayley bestellt sich Lammfleisch mit Aprikosen.

»Also gut«, beginnt Hayley, während sie dem Kellner signalisiert, dass wir bestellen wollen. »Wie läuft es mit dir und

Danny? Ich hätte nie geglaubt, dass du so schnell wieder zu ihm zurückgehst.«

»Ehrlich gesagt, weiß ich es nicht so genau. Aber so, wie die Dinge stehen, kann ich nicht all die Jahre einfach kampflos wegwerfen.«

»Nun, ich kann dir nur raten, dich nicht zu billig zu verkaufen. Er soll an eurer Beziehung arbeiten, das hast du verdient. Und wenn es nicht funktioniert, kannst du immer noch auf deine griechische Insel zurückkehren.«

Ich weiß, dass Hayley recht hat. Wieder mit Danny zusammen zu sein ist nicht mehr so wie früher. Ich habe geglaubt, ihn zu lieben und ohne ihn verloren zu sein, aber allmählich begreife ich, dass ich mich vielleicht genauso verändert habe wie Danny. Ich mag kein Hühnchen Kiew oder Filme mit Mel Gibson mehr, aber Danny schwärmt immer noch für beides.

Wir bestellen uns zwei große Cola und plaudern, bis mein Telefon klingelt. In diesem Moment kommt der Kellner mit einer Karaffe mit Eiswasser und Zitronenscheiben an unseren Tisch, und ich gehe rasch nach draußen, um den Anruf entgegenzunehmen.

»Mandy, meine Liebe.« Die gedehnte Sprechweise von Janet Dobson, jetzt Macey, ist unverkennbar. »Ich habe deine Nachricht gehört. Es geht um ein griechisches Musikfestival? Das klingt sehr interessant. Ich muss gestehen, dass ich nicht alles genau verstanden habe, also sollten wir uns vielleicht treffen und darüber reden.«

Es wundert mich nicht, dass meine Nachricht nicht klar und deutlich angekommen ist, denn immerhin war ich bei meinem Anruf schon ziemlich betrunken und habe endlos alles Mögliche von mir gegeben.

Fünf Minuten später gehe ich wieder hinein und komme gerade rechtzeitig, als zwei grün-orange gestreifte Terrakottatöpfe mit Tajine auf unseren Tisch gestellt werden. Hayley klappt ihr Telefon zu. Sie hat die Gelegenheit genutzt, um kurz mit Gary Cooke zu reden, dem FC-Liverpool-Fußballstar und derzeitigem Nachtclubbesitzer. Seit dem Abend der Party nach unserer Rückkehr aus Griechenland trifft sie sich wieder mit ihm.

Wir heben gleichzeitig die Deckel von den Töpfen und atmen den köstlichen Duft der Speisen ein. Mir läuft das Wasser im Mund zusammen.

»Tut mir leid wegen vorhin«, sage ich zwischen zwei Bissen. »Du wirst nie erraten, wer das war.«

»Dann sag es mir, wenn ich es sowieso nicht erraten kann.« Hayley schaufelt sich die zarten Lammfleischstücke in den Mund, als hätte sie seit einem Monat nichts mehr gegessen.

»Janet Dobson, jetzt Janet Macey. Sie will sich mit mir zu einem Gespräch treffen.«

»Du hast doch nicht etwa immer noch dieses Musikfestival im Kopf, oder?« Hayley lacht.

»Mach dich ruhig darüber lustig, meine liebe Freundin, aber Janet ist eine große Nummer im Musikgeschäft, warum also nicht?« Ich schiebe mir ein Stück von dem köstlichen Hühnchen mit Zitrone und Gewürzen in den Mund.

»Ich möchte dir nur eine Enttäuschung ersparen. Im Urlaub scheint so vieles möglich zu sein, was in der Realität aber dann nicht machbar ist«, erwidert sie behutsam.

»Nun, ich bin der Meinung, dass alles möglich ist, wenn man davon wirklich überzeugt ist – und Janet Macey hält es offensichtlich für eine gute Idee.«

»Dann ist *sie* wohl jetzt deine beste Freundin«, sagt Hayley spöttisch.

»Nach dem kommenden Donnerstag vielleicht«, entgegne ich grinsend. »Wir treffen uns in London. Kein Grund zur Eifersucht.«

»Natürlich nicht. Uns kann nichts und niemand trennen.« Hayley lacht.

»Das stimmt. Du kennst zu viele meiner Geheimnisse.«

»Beste Freundinnen für immer!« Hayley hebt ihr Glas und stößt mit mir an.

Ich weiß, dass Hayley immer meine beste Freundin bleiben wird – sie ist wie eine Schwester für mich. Aber in Anbetracht der Ereignisse in letzter Zeit ist es vielleicht verzeihlich, wenn ich mich frage, ob es tatsächlich etwas gibt, was für immer und ewig Bestand hat.

Kapitel 33

Die Zugfahrt ist kurzweilig. Eine Frau mittleren Alters mit schmalem Gesicht und dunklem schwarzem Haar sitzt mir gegenüber und erzählt mir ihre Lebensgeschichte. Ihr Bruder ist vor Kurzem verstorben, und nun fährt sie nach London zur Testamentseröffnung. Wie sie sagt, ist eines ihrer Geschwister bereits in die Wohnung des Bruders gegangen und hat sich seinen 42-Zoll-Plasmafernseher »unter den Nagel gerissen«, dann erklärt sie mir, dass dieser andere Bruder schon immer ein »mieser Abzocker« gewesen sei. Sie erzählt mir auch, dass ihr verstorbener Bruder das einzige Familienmitglied war, das studiert hatte, und dann hatte er eine erfolgreiche Karriere als Schriftsteller in London.

Ich habe vergessen, welche magische Wirkung London hat, aber sobald ich den Bahnhof verlasse, spüre ich den anregenden und erfrischenden Effekt. Der Bahnhof erinnert mich mit seiner lärmenden Geräuschkulisse und den kleinen würfelförmig aneinandergereihten Geschäften an den Flughafen von Liverpool, der in den letzten Jahren stark gewachsen ist. Dort gibt es nun sogar einen Friseursalon, in dem man sich rasch eine Föhnfrisur machen und nebenher auch noch die Wimpern tuschen oder färben lassen kann, sodass jede auf ihr Äußeres bedachte Frau umwerfend aussieht, wenn sie ihr Ferienziel erreicht.

Ich liebe meine Heimatstadt Liverpool, aber London hat

etwas ganz Besonderes an sich. Die Stadt scheint ihren Rang als Hauptstadt von England stolz zur Schau zu tragen, ihren Status allen Besuchern vor Augen zu halten und Anerkennung dafür zu erwarten.

Ich werfe noch einmal einen Blick auf die Adresse, die Janet mir gegeben hat, und steige dann in das Taxi, das in der langen, sich ständig bewegenden schwarzen Schlange an erster Stelle steht. Der Fahrer erkennt meinen Akzent und erzählt mir, dass eine seiner Tanten in Bootle lebt, nur eine Meile von meinem Haus entfernt, wie sich herausstellt. Und sofort folgt eine Geschichte darüber, wie er besagte Tante einmal besuchte und ihm eine Frau im Schlafanzug auf der Straße begegnete. Er hielt seinen Wagen am Randstein an und fragte, ob es ihr gut gehe und ob er ihr irgendwie helfen könne. Sie erwiderte, dass es ihr hervorragend gehe, und beschimpfte ihn als »verdammten Freier«.

Der Taxifahrer lacht bei der Erinnerung in sich hinein. »Ich habe vorher noch nie jemanden im Pyjama auf der Straße gesehen, also habe ich gedacht, dass irgendwo ein Haus brennt oder so. Im nächsten Jahr war ich noch einmal dort, und ich konnte es kaum glauben, da liefen die Frauen in Schlafanzügen *und* mit Lockenwicklern auf dem Kopf auf der Straße herum. Das habe ich vor meinem Besuch in Liverpool noch nie gesehen!« Er lacht kehlig.

Schon nach knapp fünf Minuten setzt mich der freundliche Taxifahrer an einem Haus in Bayswater ab. Das Gebäude ist strahlend weiß, und ich weiß zufällig, dass in dieser Gegend selbst kleine Wohnungen mehr als eine Million Pfund kosten.

Aus irgendeinem Grund bin ich nervös, als ich bei Wohnung Nummer drei klingle. Mir ist nicht klar, warum, denn unsere Begegnung im Pub war freundlich, und schließlich hat Janet mir ihre Visitenkarte gegeben. Und sie hat sich bereit erklärt, mich zu treffen und sogar meine Fahrkarte zu bezahlen, also verstehe ich meine Bedenken nicht. Wie auch immer, ich atme tief durch, als ich auf den Knopf drücke, und höre kurz darauf Janets Stimme.

»Hi, Schätzchen! Komm rauf.«

Die Tür öffnet sich langsam, und ich betrete eine Eingangshalle, die hübscher ist als mein Wohnzimmer. An den weißen Wänden hängen moderne Kunstdrucke, und auf dem hochglanzpolierten Boden stehen Pflanzenkübel.

Ich steige die Treppe in den dritten Stock hinauf, wo Janet mich lächelnd an der Wohnungstür begrüßt. Ich sehe auf den ersten Blick, dass das Apartment umwerfend ist. In dem scheinbar endlos langen Gang hängen Fotografien in hellen Holzrahmen, die zum Boden passen. Die meisten zeigen eine strahlende Janet mit einer Anzahl von bekannten Persönlichkeiten. Ich hatte keine Ahnung, dass sie so gute Kontakte hat, und bestaune die Galerie, in der sie mit vielen Prominenten von A bis Z abgebildet ist. Das größte Bild hat einen Ehrenplatz in der Mitte und zeigt sie neben Nelson Mandela. Ich bin verblüfft.

»Das war bei einer Wohltätigkeitsauktion im *Ivy*«, erklärt Janet. »Sie hat in diesem Jahr eine beträchtliche Summe für die Malariabekämpfung in Westafrika eingebracht. Und eines der Mitglieder unserer Band hat dort seine zukünftige Frau kennengelernt. Damals haben die Leute über den Altersunterschied die Stirn gerunzelt.« Sie lächelt. »Aber die beiden sind immer noch zusammen und moderieren jetzt gemeinsam eine Frühstückssendung zur besten Sendezeit. Also, Mandy«, trällert sie. »Möchtest du Tee? Oder lieber Champagner? Ich habe ein paar Flaschen Bollinger im Kühlschrank. Oder vielleicht eine Kleinigkeit zu essen? Ich kann uns einen Tisch im *Nobu* reservieren lassen.« Sie schenkt mir ein so strahlendes Lächeln, dass es – ich schwöre es – von den weißen Wänden reflektiert wird und über dem Kamin einen blauen Schatten wirft.

Diese Wohnung ist ein weißer Palast. Und alles schimmert in verschiedenen Weißtönen. In der Diele hat das Weiß eine graue Nuance, während es in dem riesigen Wohnzimmer mit den großen Erkerfenstern, durch die viel Licht hereinströmt, eine eisblaue Färbung zu haben scheint. Ich mache eine Bemerkung darüber.

»Oh, ich kann dir gar nicht sagen, wie lange es gedauert hat, bis die Diele endlich fertig war. Wir haben zehn verschiedene Schattierungen ausprobiert, bevor wir die richtige gefunden haben. Beim Wohnzimmer klappte es schon nach drei Versuchen. Es gibt so viele verschiedene Nuancen – da könnte man ein Buch darüber schreiben«, erwidert Janet grinsend.

»Aber es würde sich mit Sicherheit nicht so gut verkaufen wie *Fifty Shades of Grey*«, meine ich schmunzelnd.

Das ignoriert sie.

Meine Güte, zehn Schattierungen von Weiß? Na ja, man kann es eigentlich gar nicht Weiß nennen, wenn andere Farben dazugemischt werden, oder? Kommt das dabei raus, wenn man mehr Geld als Verstand hat?, überlege ich. Lässt sie sich Stoffproben schicken, um sich danach ihre Unterhosen auszusuchen? Kauft sie sich ihre Unterwäsche überhaupt selbst? Vielleicht wird sie nach Maß angefertigt. Möglicherweise hat sie eine Angestellte, die ihren Hintern dafür abmisst. Bei diesem Gedanken kann ich ein Kichern nicht unterdrücken, und Janet will wissen, worüber ich mich amüsiere.

»Keine Ahnung – über dich und mich und alles. Plötzlich bin ich hier in deiner Wohnung, obwohl wir uns vor deinem Besuch im Pub vierzehn Jahre lang nicht mehr gesehen haben. Es kommt mir irgendwie eigenartig vor. Aber ich freue mich sehr, dass es für dich so toll läuft.« Überrascht stelle ich fest, dass ich das ernst meine. »Ich wusste, dass du es schaffen würdest. Du hast in der Schule immer hart gearbeitet.« Ich nehme Platz, als Janet mich mit einer Geste dazu auffordert.

Sie setzt sich neben mich auf das riesige gold-beige gestreifte Sofa. »Ja, das stimmt«, sagt sie leise. »Aber ich habe mich nur so sehr auf meine Schularbeiten konzentriert, weil ich den Gedanken nicht ertragen konnte, irgendwann in einer Siedlung mit Sozialwohnungen zu leben. Und außerdem gehörte ich nicht gerade zu den beliebtesten Mädchen in der Schule.«

Plötzlich steigen Schuldgefühle in mir auf. Ich nehme an, dass sie ein richtig nettes Mädchen war und sich damals nichts mehr wünschte, als von uns beliebten Schülerinnen akzeptiert zu werden. Aber wir haben sie nie in unsere Clique aufgenommen.

»Wir waren noch Kinder.« Ich seufze. »Und schau dich jetzt an. Schau dir das hier an.« Ich hebe den Arm und deute mit einer weiten Geste auf den riesigen Raum, der aussieht wie eine Aufnahme in *Schöner Wohnen.* Im Zimmer verteilt stehen einige kunstvolle antike Kaffeetische mit frischen Lilien und Magnolien in hohen Glasvasen. An den weißgrauen Wänden prangen majestätisch teuer aussehende moderne Bilder, und an der Decke hängen schimmernde silberne Kronleuchter. Der große schwarze Teppich und der Stutzflügel in der Ecke bilden einen großartigen Kontrast dazu. Der Raum sieht opulent und gleichzeitig gemütlich aus.

Bei frisch gebrühtem Kaffee und Tapas in einem kleinen Feinkostladen am Ende der Straße (ich habe ihr gesagt, dass ich nachmittags keinen Alkohol trinke) erfahre ich, dass Janet seit sechs Jahren mit einem Bauunternehmer namens Simon verheiratet ist.

»Er ist zur Zeit in Montenegro, um sich Ferienwohnungen anzuschauen. Meistens beschäftigt er sich mit Projekten in London und Umgebung, aber nun möchte er auch im Ausland investieren«, erzählt sie mir und trinkt einen Schluck von ihrem Blue-Mountain-Kaffee. »Ich hätte ihn begleiten können, aber ich organisiere im Augenblick eine neue Reality-TV-Show für *The Crypt.*«

Ich bin mir nicht sicher, ob ich das richtig verstanden habe.

»*The Crypt?* Du bist die Agentin von *The Crypt?*«, frage ich ungläubig.

»Unter anderem«, erwidert sie ohne jegliche Selbstgefälligkeit.

Über den Namen Janet Macey grübele ich schon eine Weile nach, und plötzlich dämmert es mir.

»Ach, du meine Güte! Du warst ein Mitglied der Night Owls, richtig? Daher kam mir der Name so bekannt vor!«

Die »Night Owls« hatten vor einigen Jahren eine Kolumne in einer Boulevardzeitung und in fast jedem bekannten Starmagazin. Sie wurden ständig mit Prominenten fotografiert und von den Paparazzi verfolgt. Sie waren in Großbritannien so etwas wie der Blogger Perez Hilton in den USA.

»Das stimmt.« Sie lächelt. »Ich war damals noch sehr jung, und ich glaube, dass die Leute mich hauptsächlich wegen meiner journalistischen Fähigkeiten eingestellt haben. Ich hatte gerade eine entsprechende Ausbildung an der Universität abgeschlossen, als ich zufällig Amy Adler traf, eines der ›Mädchen‹ der Night Owls, die allerdings damals schon fünfunddreißig war. Sie war ein Topmodel und hatte freien Zugang zu allen Bereichen in den Nachtclubs, aber sie brauchte jemanden, der die Fotos machte und die Artikel schrieb. Das war dann meine Aufgabe. Nachdem es mir gelungen war, den Auftrag für eine Kolumne in einem Starmagazin an Land zu ziehen, kamen ihre beiden sehr hübschen Schwestern zu uns, und die Night Owls waren geboren. Das hat mir einige Türen geöffnet, aber ich habe mich dann schließlich doch dazu entschlossen, Musikagentin zu werden, und der Rest ist Geschichte, wie man so schön sagt.«

Ich schlürfe verblüfft meinen Kaffee. Janet Macey, die Staragentin, ist mit mir zur Schule gegangen. Wer hätte das gedacht? Auf den Bildern in diesen Magazinen vor etwa sechs Jahren habe ich sie nicht erkannt – ihr Haar war in einem dunklen Lila gefärbt, und sie trug immer eine Sonnenbrille. Ich wäre in einer Million Jahren nicht darauf gekommen, dass es sich um sie handelt.

»Wie auch immer.« Sie bestellt noch einen Kaffee für

sich und ein Kännchen Tee für mich. »Genug von mir. Was ist mit dir? Du arbeitest eigentlich im Gaststättengewerbe, möchtest aber jetzt ein Konzert organisieren. Und das ausgerechnet in Griechenland. Wie bist du dazu gekommen?«

Ich berichte ihr von Thakos und dem Überlebenskampf des kleinen Dorfs. »Es bricht mir das Herz«, erkläre ich. »Ich habe mich dort als Kind sehr wohlgefühlt, und der starke Rückgang im Tourismusgewerbe hat mich traurig gemacht. Und dann ist mir das große Landstück aufgefallen, das dort brachliegt. Es gibt keine unmittelbaren Pläne für eine Bebauung – dafür fehlt dort wohl auch das Geld. Wie sich herausgestellt hat, gehört das Land dem Besitzer einer Ferienwohnungsanlage, der sich nie Gedanken darüber gemacht hat, was er damit anstellen könnte.«

»Hm, ich nehme an, es wäre sicher sinnvoll, es irgendwie zu nutzen, aber glaubst du, dass sich die Leute dort tatsächlich für ein Konzert interessieren würden?«, fragt Janet zweifelnd.

»Ja, da bin ich ganz sicher«, erwidere ich begeistert. »In Griechenland finden kaum Musikfestivals statt, nur in Athen. Das jährliche Rockwave Festival im Terra-Vibe-Park in Malakasa zieht sehr viele Besucher an, aber in den kleineren Orten gibt es nichts dergleichen. Die meisten Dorffeste haben anscheinend einen religiösen Hintergrund, meistens die Verehrung der heiligen Jungfrau Maria. Dadurch bin ich auf die Idee gekommen. Viele Leute reisen von allen anderen Inseln nach Athen zu den Open-Air-Konzerten, und das Rockwave Festival ist immer ausverkauft. Dort treten vier Tage lang sowohl einheimische wie auch internationale Hauptacts auf. Ein Bekannter von mir hat auf Rhodos viele

Kontakte zu örtlichen Bands, aber wir brauchen einen Topact. Und da habe ich an dich gedacht.«

Janet lächelt ein wenig verhalten und schaut mich an. Ich habe keine Ahnung, was in ihr vorgeht, aber ein Teil von mir wartet darauf, dass sie in Gelächter ausbricht und über meine abstruse Idee spottet. Doch das tut sie nicht.

»Ich kann dir helfen«, sagt sie schlicht. »Es stimmt, dass die meisten Musikevents in Athen stattfinden. Das weiß ich, weil ich vor einigen Jahren The Flowers bei einem Konzert dort gemanagt habe. Die Idee, etwas auf dem Land zu organisieren und die Musik der allgemeinen Masse zugänglich zu machen, klingt gut. Aber sind die Dorfbewohner in der Lage und auch bereit, Geld für die Tickets auszugeben?«

»Ja, wenn es sich nicht gerade um die Village People handelt, die zum wiederholten Mal verzweifelt ein Comeback versuchen«, erwidere ich grinsend.

Janet wirft den Kopf in den Nacken und lacht. »Du hattest schon immer Sinn für Humor, Mandy. Du änderst dich wohl nie, oder?«

»Na ja, in letzter Zeit ist mir das Lachen vergangen«, gestehe ich und erzähle ihr von Danny und seiner Affäre. Sie sieht mich bestürzt an.

»Es überrascht mich, dass du ihm verziehen hast. Die alte Mandy hätte ihn niemals zurückgenommen.« Sie hebt verwundert die Augenbrauen.

Vielleicht hat sie recht. Irgendwann bin ich wohl weicher geworden. Ob das nun gut oder schlecht ist, kann ich nicht beurteilen.

»Das kann schon sein«, antworte ich. Eigentlich will ich

gar nicht darüber nachdenken, was aus mir in letzter Zeit geworden ist.

»Wie auch immer.« Janet bezahlt die Rechnung und steht auf. »Ich halte deine Idee für sehr interessant. Möchtest du bei mir übernachten? Simon kommt erst in ein oder zwei Tagen wieder zurück. Wir könnten heute Abend ausgehen und beim Essen weiter darüber reden.«

Ich spüre Aufregung in mir aufsteigen. Wer würde schon die Gelegenheit ausschlagen, in einem schicken Restaurant in London zu Abend zu essen und dabei möglicherweise sogar ein paar Promis zu Gesicht zu bekommen?

»Das wäre prima«, sage ich und meine es zu meiner Überraschung ernst.

Kapitel 34

Wir sitzen in einem eleganten italienischen Restaurant namens *Diciannove* in der Innenstadt, teilen uns einen großen Vorspeisenteller und schlürfen Prosecco.

Es ist ein wunderschönes Lokal mit Sitzecken aus kastanienbraunem Leder und einem auf Hochglanz polierten Holzboden. Ganz anders als das *Luigi's* in der Bold Street in meiner Heimatstadt. Über den schweren Holztischen hängen stilvolle Leuchten, und hier gibt es weder karierte Tischdecken noch Kunstblumen. Aber für mich geht es in erster Linie um das Essen, also warte ich mit meinem Urteil noch bis zum Hauptgericht ab. Mal schauen, ob es sich mit den in Liverpool legendären Köstlichkeiten bei *Luigi's* messen kann.

Dannys Reaktion war sehr verhalten, als ich ihm vorhin sagte, dass ich über Nacht bleiben würde. Ich schlug ihm vor, den nächsten Tag freizunehmen und zu mir zu kommen, aber er meinte, das sei zu kurzfristig.

Ich trinke noch einen Schluck von dem extratrockenen Prosecco, der nach Honig riecht, leicht nach Apfel schmeckt und herrlich auf der Zunge prickelt. Er ist erfrischend und köstlich, und ich spüre, wie ich mich allmählich entspanne.

Ich kann es immer noch nicht ganz fassen – ich sitze mit Janet Dobson, jetzt Janet Macey, in einem tollen Restaurant im Zentrum von London. Soeben hat ein bekannter Fernsehkoch in Begleitung einer jungen kichernden Brünetten in einem kurzen Kleid, die sicher nicht seine Frau ist, das Restaurant betreten und ist zu einer versteckten Sitzecke geführt worden.

»Also.« Janet zieht eine Brille von Dior aus ihrer Tasche, um die Weinkarte zu studieren. »Vergessen wir nicht, warum du hier bist. Wann soll dieses Musikfestival stattfinden?«

»Irgendwann später in diesem Jahr«, erwidere ich fröhlich, und Janet verschluckt sich beinahe an einer Scheibe Salami.

»In *diesem* Jahr? Das kann nicht dein Ernst sein. Die meisten meiner Boygroups sind ausgebucht und touren mindestens die nächsten zwölf Monate. Ich könnte wahrscheinlich eine weniger bekannte Band auftreiben, aber sie wäre dann kein wirklicher Publikumsmagnet.« Sie schaut mich bedauernd an.

Plötzlich bin ich entmutigt. Was zum Teufel habe ich mir dabei gedacht? Habe ich etwa erwartet, dass eine Weltklasse-Band kurzfristig im September eine Woche lang zur Verfügung steht? Ich fühle mich wie eine totale Idiotin.

»Lass mich mal überlegen«, sagt Janet leise, als sie meine Enttäuschung bemerkt. »Wenn ich mich nicht irre, haben die New Horizons im Herbst einen Auftritt in Istanbul. Ich werde mal nachfragen. Sie könnten vielleicht für einen Tag von dort anreisen, aber diese Jungs haben immer einen sehr straffen Terminplan.« Sie spießt mit einem Cocktailstäbchen eine von den gemischten Oliven aus dem Schälchen vor uns auf und kaut einen Moment lang schweigend.

Ich schlucke langsam. New Horizons ist im Augenblick die angesagteste Boygroup der Welt. »Du bist die Managerin von New Horizons?«, frage ich vorsichtig. Ich kann es kaum fassen.

»O ja. Nette Jungs. Na ja, Jungs ist vielleicht nicht das richtige Wort – einige von ihnen sind mittlerweile schon Mitte zwanzig, also steht die nächste Teenieband sicher schon zur Ablösung bereit. Solche Bands halten sich meist nicht sehr lange. Bei einigen ist die Karriere tatsächlich von Dauer, aber das sind nur sehr wenige. Take That hat dabei vom Talent des Songwriters Gary Barlow profitiert.«

Als sie Gary Barlow erwähnt, muss ich unwillkürlich daran denken, wie ich vor ungefähr fünfzehn Jahren am Leeds and Liverpool Canal einem Doppelgänger von ihm begegnet bin. *Wo ist die Zeit nur geblieben?* Ich frage mich, ob er und sein Angelpartner wirklich ein schwules Paar waren oder ob sie mir und der koketten Hayley nur eine nette Abfuhr erteilen wollten.

»Ich werde mich gleich morgen früh darum kümmern – ich muss zugeben, dass mir diese Idee wirklich gefällt.« Janet lächelt und bestellt noch eine Flasche Prosecco; die erste ist bereits leer, wie ich überrascht feststelle. »Ich sehe Potenzial darin. Und du hast recht, es gibt in Griechenland tatsächlich nicht viele Veranstaltungsorte außerhalb der großen Städte. Ein kleines Dorf könnte dadurch zu mehr Ansehen kommen. Ich mag die kleineren Auftrittsorte ohnehin gern, und wenn es sich um ein Privatgrundstück handelt, erleichtert das die Sache und verringert das Risiko.«

Janet nimmt ihr Telefon in die Hand, ruft die Seite mit ihren Kontakten auf und zeigt mir dann das Display.

»Irgendwelche Vorlieben?«, fragt sie, während ich die Liste der Superstars überfliege.

Mir bleibt der Mund offen stehen. »Was immer du meinst«, stammle ich. »Mir kommt das alles ein bisschen unwirklich vor.«

Ich denke an die pausbäckige Janet von vor fünfzehn Jahren und fühle mich nicht zum ersten Mal ein wenig schuldig. Mir kommt der Gedanke, dass Janet wahrscheinlich schon als Teenager genau wusste, was sie wollte. Sie wollte zu der begehrtesten Clique in der Schule gehören. Schon in jungen Jahren verspürte sie den Wunsch, sich mit beliebten Menschen zu umgeben, vielleicht haben wir sie also sogar inspiriert. Plötzlich fühle ich mich nicht mehr ganz so mies.

Kapitel 35

Zurück in Janets Luxuswohnung, überprüfe ich auf ihrem Laptop meinen E-Mail-Eingang. Costas hat mir geschrieben. Sein Vater hat jemanden gefunden, der so wichtige Dinge wie Toiletten, Sanitätszelte und so weiter für die Veranstaltung organisieren kann. Das Absperren der Straße scheint kein Problem zu sein, da dort nur wenig Verkehr herrscht und es neben dem ruhigen Dorf eine geeignete Umleitungsmöglichkeit gibt. Er berichtet, dass Studenten bereits großes Interesse an einheimischen Bands gezeigt hätten, dass aber noch ein oder zwei Hauptacts fehlten, um ein breiteres Publikum anzusprechen. Er müsse also so bald wie möglich wissen, ob wir ein paar bekannte Bands verpflichten können, bevor der Ticketverkauf beginnen kann.

Ich schreibe ihm sofort zurück, dass ich im Augenblick bei Janet sei, und erwähne die New Horizons und The Miracles, die ebenfalls sehr bekannt sind. Er antwortet, dass die Griechen, auch wenn fast alles übers Internet abgewickelt wird, ihre Geschäftspartner gern persönlich kennenlernen, und erkundigt sich, ob es mir möglich sei, sobald ein Hauptact engagiert ist, ein paar Tage nach Griechenland zu kommen. Vielleicht könne ich ja meine Freundin mitbringen. Ich lächle, als er Janet als meine Freundin bezeichnet. Wir beide führen völlig unterschiedliche Leben. Aber wer weiß, möglicherweise können wir tatsächlich Freundinnen werden.

Janet will wissen, warum ich lächle, als sie uns Kaffee auf die große Terrasse bringt, die mit dem dunklen Holztisch, passenden Stühlen und den riesigen Farnen in Silberkübeln ebenso stilvoll aussieht wie ihre Inneneinrichtung.

»Ich habe soeben eine E-Mail von Costas bekommen«, erzähle ich ihr. »Er bittet mich zu kommen, um mich mit den Organisatoren zu treffen. Anscheinend möchten sie ihre Geschäftspartner gern persönlich kennenlernen. Und er meint, wir bräuchten jetzt dringend ein paar gute Hauptacts, sonst könne die Sache ein Reinfall werden. Oh, und er hat vorgeschlagen, dich mitzubringen«, sage ich lachend.

Janet schweigt eine Weile. »Okay, großartig«, sagt sie dann. »Wann fliegen wir?«

Mir verschlägt es beinahe die Sprache. »Du weißt, dass es sich um ein sehr einfaches griechisches Dorf handelt«, rufe ich ihr ins Gedächtnis. »Selbst die Telefonleitungen sind wacklig. Willst du tatsächlich mitkommen? Es gibt vor dem Dorf ein großes Hotel, falls dir das lieber ist.«

Sie seufzt und setzt sich neben mich. »Mandy, ein wenig frische Luft würde mir sehr guttun. Simon ist immer noch unterwegs, und, ganz ehrlich, wenn er zurückkommt, dauert es nicht lange, bis er wieder aufbricht und irgendwohin fährt.« Sie wirkt für einen Moment ein wenig abwesend, und ich frage mich, ob in ihrem Paradies vielleicht ein paar dunkle Wolken aufgezogen sind. »Ich kann meinen Job überall auf der Welt erledigen, und in meinem Terminkalender steht nichts, was ich nicht um vier Tage verschieben könnte. Es kann sicher nicht schaden, ein bisschen Sonne zu tanken. Also, ich werde gleich morgen früh die New Horizons und The Miracles fest buchen. Vielleicht bekomme ich sogar noch die Band Apocalypse. Ich weiß, dass der Schlagzeuger aus Griechenland stammt, also wäre das sicher eine willkommene Gruppe. Wenn ich alles unter Dach und Fach habe, können wir von Heathrow aus nach Rhodos fliegen. Soviel ich weiß, gibt es mehrere Flüge pro Tag.«

»Aber mit einer Billigairline«, gebe ich zu bedenken.

»Mandy, hör auf damit«, erwidert sie bestimmt. »Ich mag viel Geld haben, aber deswegen bin ich noch lange kein Snob. Wir werden mit Aegean Airlines fliegen, was für mich vollkommen in Ordnung ist. Wenn du allerdings etwas Besseres willst, habe ich auch kein Problem damit.«

»Nein, natürlich nicht! Ich war mir nur nicht sicher, ob bei deinem jetzigen Lebensstil Billigflieger für dich noch infrage kommen.«

»Ich bin mit allem zufrieden, was verfügbar ist. Vergiss nicht, dass ich in dieselbe Schule gegangen bin wie du und auch in derselben Gegend gewohnt habe. Wir haben die gleichen Wurzeln.«

Das entspricht nicht ganz der Wahrheit. In jeder Gegend haben die Straßen zwei Seiten, und Janet lebte auf der besseren. Sie wohnte in einem frei stehenden Haus mit einer breiten Auffahrt und ich in einem winzigen Reihenhaus. Es war zwar in tadellosem Zustand, aber eben sehr klein. Janets Mutter besaß eine Boutique in Crosby, und ihr Vater war Schulleiter, während meine Mum einen Teilzeitjob nach dem anderen annahm und mein Vater in einer Versicherung arbeitete. Janet besuchte zwar dieselbe Schule wie ich, aber das lag wohl daran, dass es die einzige katholische Schule in der Gegend war.

»Du weißt nicht, wie sehr ich dich manchmal beneide«,

sagt sie leise und trinkt einen Schluck von dem äthiopischen Filterkaffee aus der großen Sammlung, die ich vorher in der Küche gesehen habe.

»Du beneidest mich?«, frage ich ungläubig. »Worum um alles in der Welt?«

»Na ja … ich nehme an, um die Normalität in deinem Leben. Du gehst am Sonntag zum Mittagessen zu deinen Eltern, hast immer noch Kontakt zu Hayley … solche Dinge eben. Ich sehe meine Eltern kaum noch«, erwidert sie tonlos. »Und wie du habe ich keine Geschwister, also bleibt an Familienkontakten nicht viel übrig.«

»Hast du dich mit deinen Eltern verkracht?«, frage ich vorsichtig und hoffe, dass ich nicht zu aufdringlich bin.

»Eigentlich nicht«, erklärt sie nüchtern. »Wir haben einfach keine enge Beziehung. In meiner Kindheit waren sie immer sehr unnahbar. Mein Vater hatte immer ein Lächeln auf den Lippen und war bei allen Kindern und Eltern in seiner Schule sehr beliebt, aber mich hat er meistens ignoriert.«

Ich schaue sie betroffen an.

»O ja«, fährt Janet fort. »Mich haben viele seiner ehemaligen Schüler auf der Straße angesprochen, um mir zu sagen, wie großartig er sei und wie gut er sie auf ihren weiteren beruflichen Weg vorbereitet habe, doch für meine Pläne interessierte er sich überhaupt nicht.« Sie sagt das beiläufig und ohne Bitterkeit.

»Und deine Mum?«

»Oh, sie hatte nicht alle Tassen im Schrank. Meistens war sie betrunken und hatte Affären mit Männern, die in ihren Laden kamen, um Unterwäsche für ihre Frauen zu kaufen. Ich erinnere mich daran, wie ich im Alter von ungefähr zehn

Jahren einmal in ihre Boutique kam. Sie hat einem Kunden angeboten, ihm Strümpfe vorzuführen, und heftig mit ihm geflirtet. Ich war peinlich berührt. Sie dachte, ich würde nicht verstehen, was da vor sich ging, aber da irrte sie sich. Sie war eine sehr attraktive Frau, und ich nehme an, dass sie sich einfach nach ein wenig Leidenschaft sehnte, denn Dad ist kalt wie ein Fisch. Ich glaube, dass ich für die beiden meistens gar nicht vorhanden war. Aber sie sind eben so, wie sie sind. Jetzt, wo ich erwachsen bin, tun sie mir eigentlich leid. Mein Dad fühlt sich offensichtlich schuldig, denn er hat vor Kurzem versucht, wieder Kontakt mit mir aufzunehmen, aber ich befürchte, dafür ist zu viel vorgefallen. Wir schreiben uns allerdings an Weihnachten immer noch Karten und tauschen Geschenke aus.« Sie lächelt.

Mitgefühl steigt in mir auf, und ich würde sie jetzt gern in den Arm nehmen und an mich drücken. Als ich das dann tatsächlich tue, spüre ich allerdings sofort, wie sie sich versteift. Offensichtlich ist sie an solche Gesten der Zuneigung nicht gewöhnt. Ich denke an die Küche im Haus meiner Eltern, in der es immer nach etwas frisch Gebackenem duftet und in der ich mich warm und sicher fühle.

Ich frage mich, ob ihr Mann Simon sich ihr gegenüber eher distanziert oder eher liebevoll verhält. Manchmal suchen sich Menschen unbewusst Partner aus, die ihren Eltern gleichen, auch wenn ihnen das zu diesem Zeitpunkt nicht bewusst ist.

»Verreist du nicht gerade dann, wenn Simon nach Hause zurückkommt?«, frage ich.

»Kein Problem.« Janet steht lächelnd auf. »Wir sind oft wie zwei Schiffe, die sich in der Nacht begegnen, aber wir werden bald zusammen eine Woche in Rom verbringen, nur wir beide. Und wir telefonieren jeden Abend.«

Ich bin mir sicher, dass sie gestern Abend nicht mit ihm gesprochen hat.

»Also.« Janet stellt die Kaffeetassen auf ein teuer aussehendes Tablett aus Schiefer, um sie hineinzutragen. »Soll ich jetzt den Flug buchen?«

Kapitel 36

Ich habe Lyndsey im *Pig and Whistle* angerufen, und sie übernimmt gern meine Schicht für ein paar Tage, denn sie spart verzweifelt und bisher erfolglos für den Junggesellinnenabschied ihrer Schwester auf Ibiza.

Danny ist nicht sehr glücklich darüber, dass ich mich noch länger »herumtreibe«, aber ich rufe ihm ins Gedächtnis, dass es sich nur um zwei Tage handelt und dass er schließlich wochenlang verschwunden war. Er murmelt etwas darüber, dass er nicht gern allein sei, und begreift offensichtlich die Ironie seiner Worte nicht.

Ich war noch nie im Flughafen Heathrow und bin verblüfft. Er gleicht einer kleinen Stadt. Der Flughafen von Liverpool hätte in einer kleinen Ecke dieses kosmopolitischen Wunderlands Platz, und nicht zum ersten Mal bin ich überwältigt von London.

Es machte mir ein wenig Sorgen, dass ich keine Kleidung zum Wechseln mitgebracht hatte, aber Janet kam mir zu Hilfe. Wir tragen in etwa die gleiche Größe, und als sie die Türen zu ihrem begehbaren Kleiderschrank öffnete, fühlte ich mich wie im Designerhimmel. Ich warf zwei Sommerkleider von Boden und ein Paar goldfarbene Sandalen von Gucci in den Koffer. Dazu noch Leinenshorts und ein paar ärmellose Oberteile, die wahrscheinlich mehr kosten, als ich in einem ganzen Jahr für Kleidung ausgebe. Oh, und Janet legte noch eine echte Armani-Sonnenbrille dazu. Bisher habe ich eine Fälschung getragen, die ich auf einem griechischen Markt für ein paar Euro gekauft habe.

Im Flughafen verschwindet Janet für ein paar Minuten, um einen Anruf zu erledigen.

»Die New Horizons sind dabei«, erklärt sie, als sie an die Flughafenbar zurückkehrt, und trinkt einen Schluck von ihrem Bier.

»Das kann ich kaum glauben! Die New Horizons werden tatsächlich auftreten?«, frage ich aufgeregt.

»Na ja, ich bin ihre Managerin, also haben sie keine große Wahl. Sie sind gerade auf einer weltweiten Blitztour unterwegs, und einige der jüngeren Bandmitglieder sind schon recht erschöpft. Ich glaube, Sam ist ziemlich fertig, und ich möchte nicht, dass er abspringt. Die Band hat noch ein paar Konzerte in Großbritannien, bevor die Jungs eine kleine Pause einlegen können. Danach kommt Istanbul. Also wird ihnen ein paar Tage Erholung in Griechenland sicher guttun.«

Apocalypse und The Miracles haben auch zugesagt, und ich kann es kaum erwarten, es Costas und Adonis zu erzählen.

Plötzlich kommt es mir ein wenig selbstsüchtig vor, dass ich von einem Moment auf den anderen mit Janet davondüse, wo ich mich doch eigentlich um meine Ehe kümmern sollte. Brian vom Pub hat sich allerdings sehr entgegenkommend verhalten.

Ich schicke Danny eine SMS:

Bin bald wieder da. Ruf dich gleich nach meiner Ankunft an. xx Liebe dich. x

Er antwortet nicht, aber wahrscheinlich liegt er gerade unter einem Auto und schraubt daran herum. Danny nimmt seine Arbeit sehr ernst und schaut während seiner Schicht fast nie auf sein Telefon.

Der Flug verläuft ruhig, und kurz nach der Landung rollen wir schon unsere Koffer zum Taxistand, wo die sengende Hitze mich daran erinnert, Sonnencreme auf die Schultern aufzutragen.

Die kurze Fahrt zu den *Sea View Apartments* ist nicht so holprig wie beim letzten Mal. Ich lächle in mich hinein, als ich an meine Reaktion bei meiner ersten Ankunft denke. Der kleine Junge ist wieder da, spielt mit seinem Ball und winkt mir zu, als er mich erkennt.

Der Taxifahrer ist verblüfft, als Janet ihm zwanzig Euro Trinkgeld gibt – doppelt so viel, wie der Fahrpreis beträgt –, und fragt rasch, ob sie ihn für die Rückfahrt buchen möchte.

Ich werfe Janet einen Blick zu und rechne mit einem Ausdruck des Entsetzens auf ihrem Gesicht, wenn sie sieht, dass wir hier am Ende der Welt angelangt sind. Zu meiner Überraschung lächelt sie.

»Ah, frische Luft.« Sie atmet tief ein und langsam wieder aus. »Sosehr ich London auch mag, manchmal vergisst man, wie schmutzig die Stadt ist. Hier kann man die Reinheit der Luft sofort spüren.«

Ich bin erleichtert. Wir ziehen die Griffe an unseren Koffern nach oben, um sie den Hügel hinaufzuziehen, als Costas auftaucht. Überraschenderweise spüre ich, wie sich mein Herzschlag beschleunigt.

»Warum hast du mich nicht angerufen?« Er begrüßt mich

mit einer kurzen Umarmung. Als ich ihm Janet vorgestellt habe, will er auch sie in den Arm nehmen, aber sie streckt ihm rasch die Hand entgegen. »Ich hätte euch natürlich vom Flughafen abgeholt«, fügt er hinzu.

»Kein Problem«, erwidere ich fröhlich. »Es ist ja nicht sehr weit, und ich wollte nicht, dass Andreas böse auf mich ist, wenn ich dich von der Arbeit abhalte.«

»Das verstehe ich.« Er hebt lachend mit seinen starken Händen unsere Koffer hoch und läuft damit die Anhöhe hinauf. Wieder einmal wird mir klar, wie untrainiert ich bin, als ich schnaufend im Empfangsbereich ankomme. Janet ist offensichtlich viel besser in Form und die Ruhe selbst.

»Du hast mir nicht erzählt, dass er so gut aussieht«, sagt sie, als Costas unser Gepäck nach oben bringt und außer Hörweite ist.

»Benimm dich, du bist eine verheiratete Frau«, erwidere ich peinlich berührt.

»Du auch«, entgegnet sie. »Aber behaupte jetzt nicht, das wäre dir nicht aufgefallen.«

Andreas begrüßt uns herzlich im Barbereich, der mittlerweile blassblau gestrichen ist. Die Rezeption ist aufgeräumt, und die Kunstblumen sind durch frische Wildblumen in einer Vase ersetzt worden. An der Stelle, wo die alten Fotos von den Partygästen hingen, befindet sich jetzt eine Pinnwand aus Kork, an der Informationen für Touristen und eine positive Beurteilung von der Website »Holiday Watchdog« zu sehen sind. Ich bin beeindruckt.

In der neu gestalteten Bar entdecke ich Annis aus dem Keramikladen mit einem jungen Mann. Sie kommt herüber, um mich zu begrüßen. Ich stelle ihr Janet vor, und sie erzählt uns aufgeregt, dass sie und ihr Begleiter auf dem Weg in ein Restaurant sind und anschließend einen Nachtclub besuchen wollen. Ihr Gesicht glüht, und ich schließe daraus, dass sich da soeben eine Romanze anbahnt.

Bei einem großen Gin Tonic für Janet und einem Wodka-Cola für mich (schließlich ist es schon nach fünf) erzählt uns Andreas, dass im Dorf schon überall über das Musikfestival gesprochen wird.

»Die Geschäftsleute versprechen sich davon gute Einnahmen«, erklärt er. »Sie haben gesehen, wie die religiösen Feste in den Nachbardörfern allen Beteiligten zugutekommen. Und das wollen sie natürlich auch haben. Ich kann es immer noch kaum glauben, dass Sie so berühmte Bands für einen Auftritt in unserem Dorf gewinnen konnten«, sagt er, an Janet gerichtet.

»Ich glaube, sie haben sehr gern eingewilligt. In großen Arenen ist es schwer, Kontakt mit den Fans aufzunehmen. Viele Musiker ziehen Auftritte an kleineren Orten vor, wenn sie die Möglichkeit dazu haben, aber bei einem gewissen Grad an Popularität ist das meist nicht mehr möglich. Damit werden sie zu Opfern ihres Erfolgs.« Janet nippt an ihrem Gin.

Am Abend sind wir zu einem Grillfest eingeladen, wo wir den örtlichen Veranstalter kennenlernen werden, der mit Andreas befreundet ist und bei den religiösen Veranstaltungen mithilft. Auch Adonis will vorbeikommen und ein paar Mitglieder der einheimischen Bands mitbringen. Andreas erzählt uns, dass sie sich darauf freuen, aus erster Hand bestätigt zu bekommen, dass diese Weltklasse-Bands tatsächlich nach Thakos kommen.

Ich nehme an, das alles wirkt ein wenig unwirklich.

Wer hätte gedacht, dass in einem griechischen Dorf, das in finanziellen Schwierigkeiten steckt, ein Musikfestival mit einer der größten Boybands der Welt als Hauptact stattfinden würde? Anscheinend haben schon Imbissstände auf der ganzen Insel ihr Interesse bekundet, aber gemäß Gesetz haben hier die einheimischen Händler Vorrang. Selbst Nikos' Taverne, die seit Wochen geschlossen ist, wird die Türen noch einmal öffnen, in der Hoffnung, noch etwas aus diesem bisher katastrophalen Jahr zu machen. Nikos hat sein Restaurant einige Zeit trotz Verluste noch weitergeführt und gehofft, dass die Rezession vorübergehen würde. Doch dann musste er aufgeben und hat nun in Strandnähe einen kleinen Imbisswagen.

Das Grillfest findet im *Olive Garden Kitchen* statt, und Yannis und Joan haben sich große Mühe gegeben und verlockende Dips, griechische Vorspeisen und eine riesige Portion Moussaka zubereitet. Der Pfad aus Bruchsteinpflaster, der zum Essbereich führt, ist mit dicken cremefarbenen Kerzen in Windlichtgläsern beleuchtet. Es sieht fantastisch aus.

Adonis trifft mit The Romans, die ich in der *Olympic Bar* in Rhodos bereits kennengelernt habe, kurz nach uns ein. Er verliert keine Zeit, stürzt sich sofort auf Janet, flirtet mir ihr und sagt ihr, wie wunderschön sie sei. Er trägt eine schicke olivfarbene Baumwollhose, ein weißes Leinenhemd, an dem der oberste Knopf geöffnet ist, und hellbraune Wildlederschuhe. Seine schwarzen Locken fallen über seinen gebräunten Nacken, und er duftet nach einem teuren Aftershave. Wir haben einen griechischen Gott in unserer Mitte.

»Also.« Adonis nimmt ein Glas Champagner von einem Tablett und reicht es Janet. »Ich kann es kaum glauben, dass

Sie so bekannte internationale Bands managen. Sie sind noch so jung, also haben Sie anscheinend großes Talent«, schmeichelt er ihr und sieht sie aus seinen großen braunen Augen an.

Janet zeigt sich wenig beeindruckt. Ich nehme an, sie wird in London öfter und wahrscheinlich weniger plump auf diese Weise angemacht.

»So schwer ist dieser Job nicht, und ich hatte das Glück, zur rechten Zeit am richtigen Ort zu sein.« Sie zuckt mit den Schultern. »Es ist ein Job wie jeder andere, und nicht alles ist Glanz und Glamour. Einige der Bandmitglieder benehmen sich oft wie kleine Diven, ganz zu schweigen von den Fans, von denen manche leicht besessen und andere sogar regelrecht psychotisch sind.«

»Ich wette, davon können Sie einige Geschichten erzählen«, säuselt Adonis, und ich sehe an Janets Miene, dass er ihr damit ein bisschen zu nahe getreten und in ihre Distanzzone eingedrungen ist. Andreas, der in diesem Moment mit seinem Freund, dem Veranstalter, auftaucht, rettet sie aus dieser Situation.

Wir essen und trinken mehrere Ouzos, und die Stimmung ist entspannt. Es wird beschlossen, das Festival in der letzten Septemberwoche zu veranstalten, also haben wir noch knapp drei Monate Zeit. Die Tickets sollen fünfzig Euro kosten, und die Veranstaltung wird vier Tage dauern. Die Hauptsaison für Touristen geht dann schon dem Ende zu, und die Studenten, von denen wir einige tausend erwarten, nehmen ihr Studium erst Anfang Oktober wieder auf.

»Mein Bruder hatte letzten Monat einen Imbissstand bei dem heiligen Fest in Dremasti«, erzählt mir ein Mann namens Tinos. »Er hat damit in einer Woche genug Geld verdient, um seine Familie durch die Wintermonate zu bringen.«

Tinos berichtet, dass die meisten griechischen Dörfer vom Tourismus abhängig sind, obwohl viele Leute Gemüse anbauen und Hühner und Ziegen in ihren Gärten halten und dadurch relativ autark sind.

»Ich habe Danny gesagt, dass ich in zwei Tagen wieder zu Hause bin, aber morgen Abend geht ein Flug nach Liverpool, den ich nehmen könnte«, sage ich zu Janet, während ich an einem köstlichen Feigentörtchen aus Blätterteig knabbere.

»Wir sind natürlich hauptsächlich geschäftlich hier, aber wolltest du nicht ein paar Tage in der Sonne verbringen?«

»Eigentlich schon, aber ich fühle mich ein wenig schuldig, weil ich einfach weggeflogen bin, obwohl meine Ehe noch auf wackligen Beinen steht.«

»Vielleicht solltest du dir genau deshalb noch ein wenig Abstand gönnen, aber die Entscheidung liegt natürlich ganz bei dir«, erwidert Janet leise.

Ich beschließe entgegen Janets Rat, ihr das Feld hier zu überlassen. Mein Entschluss steht fest. Sie kann zurückfliegen, wann immer sie möchte, aber ich habe das starke Bedürfnis, so schnell wie möglich nach Hause zurückzukehren. Mit meiner Ehe geht es gerade wieder bergauf, und ich muss unbedingt mehr Zeit dafür aufbringen. Ein großer Teil von mir möchte noch bleiben, obwohl ich weiß, dass ich bald wieder hierher zurückkommen werde.

Irgendetwas an diesem kleinen griechischen Dorf hat mein Herz erobert …

Kapitel 37

Ich habe einen Gangplatz gebucht, aber nachdem mich eine etwa fünfzigjährige aufgetakelte Blondine mit schwacher Blase mehrmals hochgescheucht hat, schlage ich ihr vor, die Plätze zu tauschen. Es wird spät, bis ich nach Hause komme, also möchte ich versuchen, noch ein paar Stunden zu schlafen.

»Oh, vielen Dank, meine Liebe. Es tut mir so leid, dass ich Sie ständig stören muss, aber diese überaktive Blase … Das ist erst seit den Wechseljahren so. Nach fünfzig geht's nur noch bergab«, sagt sie kichernd.

Ich versichere ihr, dass das kein Problem für mich sei, und denke an die Schwierigkeiten, mit denen meine Mum zu kämpfen hatte, dann ziehe ich mir meine Kappe über die Augen und versuche zu schlafen. Schon bald fange ich an zu träumen. Ich stehe mit den New Horizons auf der Bühne und singe laut einen Song mit, als ich plötzlich einen kräftigen Stoß in die Rippen bekomme.

»Tut mir leid, meine Liebe, aber Sie haben gesungen und merkwürdige Geräusche von sich gegeben. Hinter uns sitzt ein Paar mit einem schlafenden Baby, die Ihren Gesang anscheinend nicht zu schätzen wissen.« Sie zwinkert mir zu.

Oh, mein Gott. Was ist denn los mit mir? Warum kann ich nicht einfach nur schlafen, ohne Gesang und Geheul? Das muss wohl daran liegen, dass ich übermüdet bin. Ich drehe mich um und entschuldige mich bei den Eltern mit dem Baby. Der Ehemann lächelt mich an, aber seine sehr blass aussehende Frau nicht. Wahrscheinlich ist das Leben mit einem Neugeborenen für sie nicht so einfach. Sicher ist sie total erschöpft, und ich frage mich nicht zum ersten Mal, ob es sinnvoll ist, mit kleinen Kindern Urlaub im Ausland zu machen.

Der Flug wird noch eineinhalb Stunden dauern, also beschließe ich, wach zu bleiben und mich mit der Frau neben mir zu unterhalten.

»Hatten Sie einen schönen Urlaub?«, frage ich sie freundlich.

»O ja, er war großartig, danke. Wir haben ein Apartment in Rhodos in Strandnähe, also fliege ich ständig hin und her. Mein Mann lebt jetzt für immer dort. Es war sein Traum, sich nach der Rente dort niederzulassen.«

»Und Ihr Traum war das nicht?«, frage ich und hoffe, dass ich mich nicht anhöre wie ein neugieriges Weib.

»Doch, am Anfang schon. Wir haben jahrelang unseren Urlaub auf Rhodos verbracht, und ich hätte gern meinen Ruhestand in der Sonne verbracht, aber dann kam unsere Enkelin. Als Honey vor drei Jahren zur Welt kam, habe ich mich sofort in sie verliebt. An manchen Tagen saß ich auf dem Balkon und habe ein Buch gelesen, als mich plötzlich das Verlangen überkam, sie zu knuddeln. Also habe ich rasch den nächsten Flug nach Liverpool gebucht. Wir haben uns oft darüber unterhalten, ob wir wieder nach Hause ziehen sollen, aber Ken hat sich gesträubt. Er hat sein Leben lang als Bauarbeiter gearbeitet und ist jetzt körperlich ziemlich kaputt.« Sie lacht und bestellt sich bei der Flugbegleiterin einen Gin Tonic. »Er wollte schon immer als Rentner an einen sonnigen Ort ziehen, und ich muss zugeben, dass sich sein gesundheitlicher Zustand stark gebessert hat, seit wir dort wohnen. Also fliege ich immer hin und her, und manchmal kommen meine Tochter und meine Enkelin zu Besuch zu uns. Allerdings nicht während der Sommermonate, in denen es so richtig heiß ist, denn Honey ist ein kleiner Rotschopf mit einer Haut wie Porzellan. Ein wahnsinnig süßes Kind«, sagt sie stolz und holt ein Foto aus ihrem Geldbeutel, das ein entzückendes kleines Mädchen in einem weißen Baumwollkleid mit dichten kupferfarbenen Locken zeigt. »Mit dieser Regelung sind wir alle zufrieden. Unsere Joanne findet es sehr lustig, dass wir uns für unseren Ruhestand einen der heißesten Orte ausgesucht haben, an dem an dreihundert Tagen im Jahr die Sonne scheint, und dann eine rothaarige Enkelin bekommen haben!« Sie lacht laut und hält den Servierwagen mit den Getränken an, um sich noch einen Gin Tonic zu bestellen.

Anscheinend funktionieren verschiedene Formen der Ehe, und ich nehme an, wenn man eine gefunden hat, mit der man zufrieden ist, ist das alles, was zählt. Meine Nachbarn Dot und Bill sind seit vierzig Jahren verheiratet und haben noch nie eine Nacht getrennt voneinander verbracht. Und sie halten immer noch Händchen. Wahrscheinlich gehören sie zu den Eheleuten, die wenige Wochen nacheinander versterben werden.

Die nächste Stunde verfliegt im Nu, während Irene, meine Sitznachbarin, mich mit etlichen lustigen Geschichten aus dem Gartencenter, in dem sie arbeitet, unterhält. »Einige der Rentner dort sind ziemlich durchgeknallt«, sagt sie lachend. »Letztes Jahr fand sogar eine Hochzeit statt. Das Pärchen lernte sich im Café des Gartencenters kennen. Beide wollten Karottenkuchen essen, aber es gab nur noch ein Stück. Nachdem sie sich beinahe darum geprügelt hätten, haben sie es sich geteilt. Und später wurden sie im Innenhof unter einem Bogengang mit Kletterrosen getraut.«

Als wir aus dem Flieger steigen, zieht sie eine Gutscheinkarte aus ihrer Handtasche und reicht sie mir. Mit ihr bekommen Familienangehörige und Freunde bei jedem Einkauf im *Canal View Gartencenter* zwanzig Prozent Ermäßigung.

»Sie gilt allerdings nur von Montag bis Freitag. Bringen Sie Ihre Mum mit. Der Zitronenkuchen im Café ist köstlich.«

Es gibt so viele nette Menschen auf der Welt, denke ich, während das Taxi den Speke Boulevard entlangrast. Ich bin ein bisschen beunruhigt, weil der Fahrer die Geschwindigkeitsbegrenzung überschreitet, aber so bin ich zumindest schneller zu Hause als erwartet.

Ich denke an Irenes Ehevereinbarung und halte sie – da ich gerade aus Rhodos zurückkomme – für perfekt. Ich frage mich allerdings, ob so etwas vielleicht nur bei älteren Paaren funktioniert.

Kurz nach halb elf sind wir bei mir zu Hause angelangt, und ich stelle fest, dass ich nur Euro in der Geldbörse habe. Der Fahrer lässt den Motor laufen, während ich rasch zum Haus laufe, um Geld aus der Blechdose im Gangschrank zu holen, das ich für Notfälle immer dort aufbewahre.

Die Lampe im Wohnzimmer erhellt sanft den Vorgarten, in dem mal wieder Unkraut gejätet und die Pflanzen gestutzt werden müssen, wie ich feststelle. Eine einsame Distel hat bereits das Fensterbrett erreicht. Vielleicht sollte ich mich außer um mein kleines Gemüsebeet hinter dem Haus mehr um alles im Garten kümmern. Meine Eltern haben einen hübschen Garten mit einem gepflegten Rasen, Büschen und vielen anderen Pflanzen in allen Farben des Regenbogens. Über den Teich hat mein Dad eine wunderschöne Brücke gebaut, die mich immer an den Jardin de Monet in Giverny erinnert. Vielleicht wird mein Interesse daran größer, wenn ich älter werde.

Ich stecke den Schlüssel ins Schloss und betrete den Flur. Sofort steigt mir der Duft von bengalischem Essen in die Nase, und mein Magen knurrt leise. Typisch Danny. Ich lächle in mich hinein. Er kocht nicht gern für sich allein. Ich lasse den Blick über die auf dem Kaffeetisch verstreuten Verpackungen wandern. Von meinem Ehemann ist keine Spur zu sehen. Mir fällt ein Glas mit einem Rest Bier auf – seltsam, normalerweise trinkt er sein Bier immer direkt aus der Dose.

Als ich die Tür des Gangschranks öffne, um die Blechdose mit dem Geld herauszuholen, höre ich Stimmen im Obergeschoss. Ich verstehe nicht, warum er oben den Fernseher angeschaltet hat, während das Gerät im Wohnzimmer noch läuft. Vielleicht hat er zu viel getrunken. Ich gehe die mit beigefarbenem Teppich verkleidete Treppe nach oben, um ihn zu begrüßen, doch auf halber Höhe bleibe ich vor Entsetzen wie gelähmt stehen. Die Stimmen sind nun einem Gekicher und anderen sehr intimen Lauten gewichen. Mein Herz rast, als ich begreife, dass Danny in unserem Schlafzimmer ist. Und er ist nicht allein.

Kapitel 38

Eine merkwürdige Gelassenheit überkommt mich, als ich die Treppe wieder hinuntergehe und das Haus verlasse, um den Taxifahrer zu bezahlen. Es überrascht mich, dass Danny den Wagen nicht gehört hat, aber offensichtlich ist er ja anderweitig beschäftigt.

Ich gehe zurück und steige ganz ruhig die Treppe wieder hinauf. Als ich die Schlafzimmertür öffne, werde ich von Dannys nacktem Hintern begrüßt. Die junge Frau entdeckt mich zuerst – sie sieht aus wie ein Kaninchen im Scheinwerferlicht. Sie schüttelt Danny an den Schultern und versucht, ihn von sich wegzustoßen, aber er ignoriert sie. Wahrscheinlich hält er das für eine Art Vorspiel. Ich bleibe an der Türschwelle stehen und schaue mir die ganze Sache an, bis er schließlich bemerkt, dass ihn jemand beobachtet, und sich zu mir umdreht.

»Ach du meine Güte!«

Ich schweige.

Die Frau, die nicht älter aussieht als neunzehn oder zwanzig, springt aus dem Bett und sucht voller Panik ihre Sachen zusammen.

»Er hat mir gesagt, dass er in Trennung lebt.« Sie wirft Danny einen empörten Blick zu. »Es tut mir so leid.«

»Hau einfach ab«, sage ich leise, und das tut sie prompt. Sie schnappt sich ihre Handtasche und hastet die Treppe hinunter und durch die Haustür. Wahrscheinlich ist sie erleichtert, dass ich sie nicht an den Haaren gepackt und die Treppe hinuntergeschleift habe. Ich bin ihr nicht böse. Woher hätte sie wissen sollen, dass er ein betrügerischer Scheißkerl ist, dessen Ehefrau nur für zwei Tage verreist ist?

Danny ist kreidebleich.

»Ich habe gedacht, du kommst erst morgen zurück«, stammelt er, als wäre es ein Fehler, dass ich früher nach Hause gekommen bin.

»Erdgeschoss«, sage ich im Befehlston.

Danny wirkt unsicher. Wahrscheinlich denkt er an die frisch geschärften Messer in dem Block in der Küche.

Ich fühle mich wie betäubt, als ich mich umdrehe und die Treppe hinunterwanke. Langsam gehe ich in die Küche, stelle den Wasserkocher an und trage ein Tablett mit zwei Bechern ins Wohnzimmer. Es gibt keine nächtliche Tränenflut, aber mein Magen krampft sich zusammen, als ich mir resigniert eingestehen muss, dass meine Ehe nicht mehr zu retten ist.

Danny taucht an der Wohnzimmertür auf und weicht meinem Blick aus. »Ich weiß nicht, was ich sagen soll.« Er setzt sich mir gegenüber auf einen Stuhl. »Ich habe das nicht geplant. Ich bin nur mit den Jungs auf ein paar Drinks losgezogen, und plötzlich war ich sturzbesoffen.« Schon wie beim letzten Mal kommt er mir nicht betrunken vor. »Wie auch immer, ich weiß, dass das keine Entschuldigung ist, aber ich hasse es einfach, allein zu sein.« Er starrt mitleidheischend auf den Boden.

»Was? Sogar, wenn es nur zwei Tage sind? Ich habe es wochenlang ohne dich ausgehalten, ohne gleich mit jemandem ins Bett zu springen.« Ich nippe an meinem starken Kaffee.

Ich kann es nicht ertragen, ihm ins Gesicht zu schauen.

»Du bist eben ein guter Mensch«, sagt er leise. »Du machst vieles besser als ich, Mandy. Nun habe ich schon zum zweiten Mal gezeigt, dass ich ein Scheißkerl bin. Du hast wirklich etwas Besseres verdient.«

»Dann hast du mich also erst zum zweiten Mal betrogen?«, frage ich. »Oder sind das nur die beiden Male, von denen ich weiß? Kann ich dir überhaupt noch ein Wort glauben?«

Wir reden miteinander, bis die Sonne aufgeht und die Dämmerung des neuen Tags das Ende unserer Ehe erkennen lässt. Vielleicht hatte meine Mutter recht, als sie vor all den Jahren nicht begeistert war, dass ich so jung heiratete. Allmählich weiß ich, dass meine Mum eine sehr kluge Frau ist. Aber wenn man jung ist, nimmt man Ratschläge nie an, richtig? Man glaubt immer, man wisse alles besser.

In gewisser Weise bin ich sogar froh, dass ich in diese Situation hineingeplatzt bin, denn ich glaube, sonst wären Danny und ich noch länger als nötig miteinander durchs Leben gehinkt und hätten uns dabei langsam gegenseitig zerstört.

Es ist schon fast sechs Uhr, als er in die Küche geht, um frischen Kaffee aufzusetzen, und ich mich unter die Dusche stelle. Mein Körper schmerzt vor Müdigkeit – ich brauche dringend Schlaf. Heute habe ich Spätschicht im Pub, und ich möchte nicht absagen. Brian war bisher sehr verständnisvoll, und ich will seine Geduld nicht überstrapazieren.

Unter der Dusche kommen mir plötzlich doch die Tränen. Sie strömen mir übers Gesicht wie ein rauschender Bergbach. Sie rühren nicht von Schmerzen her, sondern von einer unfassbaren Traurigkeit, die ich empfinde, weil soeben ein Kapitel meines Lebens beendet wurde.

Ich trockne mir die Haare und schlüpfe unter die kühle Decke im Bett des Gästezimmers. Ich denke daran, wie viel Zeit ich in meine Ehe investiert habe, und ich kann mir nicht vorstellen, das noch einmal bei einem neuen Partner zu tun. Vielleicht ist es meine Bestimmung, in Zukunft allein zu leben. Und eigentlich fühle ich mich in meiner eigenen Gesellschaft recht wohl.

Kapitel 39

Im *Pig and Whistle* gebe ich sofort bekannt, dass meine Ehe beendet ist, und bitte darum, das Thema nicht mehr zu erwähnen. Alle halten sich respektvoll daran.

In meiner Pause sehe ich auf dem Display des Telefons, dass Janet versucht hat, mich zu erreichen. Ich schicke ihr eine SMS mit der Neuigkeit von Danny und mir, und zwei Minuten später klingelt mein Telefon.

»Meine Güte, geht es dir gut?« Sie klingt ehrlich besorgt.

»Ja, ich glaube schon«, erwidere ich aufrichtig. »Ich habe ihn mit einer anderen Frau in unserem Bett erwischt.«

Ich höre, wie sie nach Luft schnappt.

»Vielleicht hat es so sein sollen – wenn ich nicht früher nach Hause zurückgekommen wäre, hätte ich das wahrscheinlich nie erfahren. Ich habe immer gesagt, dass ich ihm ein zweites Mal nicht verzeihen würde. Eigentlich bin ich mir nicht mehr sicher, warum ich ihm das erste Mal verziehen habe. Möglicherweise wollte ich einfach nicht scheitern.«

»Ganz zu schweigen von dem Höllenfeuer und der Verdammung der katholischen Kirche«, ruft sie mir ins Gedächtnis.

Da hat sie natürlich recht. Uns ist schon sehr früh im Leben eingetrichtert worden, dass eine Scheidung ein Tabu ist. Später habe ich jedoch herausgefunden, dass es auf den

Grund der Scheidung ankommt, ob man danach in der Hölle schmoren muss oder nicht. Und anscheinend ist Ehebruch in der Bibel ein berechtigter Grund, also werde ich wohl vor dem flammenden Abgrund verschont bleiben.

»Und wie geht es jetzt weiter?«, fragt Janet mitfühlend.

»Ehrlich gesagt, weiß ich das noch nicht so genau. Wir werden wahrscheinlich das Haus verkaufen müssen. Keiner von uns beiden kann es allein finanzieren, und außerdem bin ich mir nicht sicher, ob ich weiterhin dort wohnen will. Danny kann vorläufig zu einem Freund in die Stadt ziehen. Über dem Pub befinden sich vier Zimmer. Eines davon bewohnt Brian, die anderen drei stehen leer. Sie müssen gründlich gelüftet werden, aber ansonsten sind sie bezugsfertig. Brian hat sie vor einigen Jahren herrichten lassen, weil er mit dem Gedanken gespielt hat, ein B & B einzurichten. Daraus ist nichts geworden, aber die Zimmer sind in Ordnung, und ich kann eines davon für eine symbolische Miete haben, wenn ich will.«

»Hmm … das ist keine schlechte Idee. Und du hättest dann die Möglichkeit, etwas beiseitezulegen.«

»Das war auch mein Gedanke. Es ist nicht ideal und hoffentlich keine Dauerlösung, aber zumindest komme ich dann nie zu spät zur Arbeit.« Ich stelle fest, dass ich unwillkürlich lächle.

»Und wenn du einen Tapetenwechsel brauchst, kannst du jederzeit nach London kommen. Das meine ich ernst.«

Zu meiner Überraschung gefällt mir diese Idee. Seit meiner Schulzeit ist viel Zeit vergangen, und nun stelle ich fest, dass Janet richtig nett ist. Und ich selbst bin, glaube ich, auch ganz in Ordnung.

»Ich hätte dich später ohnehin angerufen«, erklärt sie. »Die Zeit in Thakos war wunderbar. Tatsächlich bin ich gerade erst nach Hause gekommen. Die Leute dort sind sehr liebenswert. Auch wenn es in den Dörfern nicht viel gibt, sind sie für alles dankbar, was sie haben. Da kommt man auf die Idee …« Sie hält einen Moment inne. »Wie auch immer, es ist alles für September vorbereitet. Die Musiker freuen sich schon sehr darauf. Du hast etwas verpasst – nach deiner Abreise hat es aus dem Stegreif eine tolle Darbietung gegeben. Ich glaube, ich werde beim Festival dabei sein. Vielleicht kann ich sogar Simon dazu überreden, mich zu begleiten«, sagt sie fröhlich.

Nach unserem Telefonat gehe ich noch rasch aufs Klo und dann schnell zurück in den gut besuchten Barbereich. Soeben hat ein Bus mit einer Reisegruppe auf dem Weg nach Southpark hier haltgemacht, weil das Navi den Fahrer von Burnley aus in eine völlig falsche Richtung geleitet hat. Alle sind heißhungrig und wollen wissen, ob wir spezielle Gerichte für Rentner anbieten. Tun wir leider nicht, und ich rechne mit einem Aufruhr.

»Wir haben zwar keine speziellen Seniorengerichte, meine Damen und Herren, aber wie Sie auf der Speisekarte sehen können, sind alle unsere Gerichte preiswert. Alles wird frisch zubereitet, deshalb kann es zu einer kurzen Wartezeit kommen, in der wir ihnen jedoch Tee und Kaffee in unbegrenzter Menge anbieten.«

Ich höre Gemurmel und sehe zustimmendes Nicken, als Lyndsey die vierzig Gäste zu zwei großen Tischen am Fenster führt, bevor sie in die Küche hastet und den Köchen erklärt, dass sie sich auf eine Großbestellung Fish and Chips gefasst machen müssen. Aufstand abgewendet, denke ich mir.

Eineinhalb Stunden später sind die Senioren versorgt worden und loben das hervorragende Essen.

»Im Nachhinein hat es sich als Segen herausgestellt, dass der Busfahrer den falschen Weg genommen hat«, erklärt eine der älteren Damen mit silberblau getöntem Haar lächelnd beim Aufbruch. »Das war das beste Essen seit langer Zeit, und wenn wir jetzt noch ein bisschen Bingo spielen und einen Spaziergang an der Promenade machen können, bin ich glücklich und zufrieden.«

Brian gibt dem Fahrer genaue Anweisungen für den richtigen Weg, und alle winken, bis der Bus auf die Autobahn fährt und außer Sichtweite gerät.

»Schön, dass du wieder am Steuer bist«, sagt Brian und tätschelt mit seinen Wurstfingern meinen Arm. »Du hast uns gefehlt.«

Er watschelt in seine Hausbrauerei, und Lyndsey und ich räumen die Tische der Rentner ab und machen den Barbereich sauber.

Und ich stimme ihm zu. Es fühlt sich gut an, wieder ganz ich selbst zu sein.

Kapitel 40

Hayley liest in einer bekannten Boulevardzeitung und schüttelt ungläubig den Kopf.

»Also ehrlich, wie die aussieht! Als ob Gary sich jemals mit so einer kleinen Schlampe einlassen würde!« Sie sticht mit dem Finger so heftig auf das Foto, dass sie die Seite durchbohrt.

Rhianna aus Runcorn hat ihre Enthüllungsstory an diese beliebte Klatschzeitung verkauft und behauptet, sie habe den Abend mit Gary in seinem Luxusapartment am Flussufer verbracht.

»Diese dumme Kuh hat sich nicht einmal gründlich informiert, denn sonst würde sie wissen, dass wir jetzt zusammenwohnen. Wo soll ich denn gewesen sein, als das passiert ist?«, tobt Hayley. »Und warum glauben diese verdammten Zeitungen das?«

Einen kurzen Moment lang frage ich mich, ob das Treffen vielleicht woanders stattgefunden hat, und dieses Mädchen die Wahrheit nur ein wenig ausschmückt, aber ich rufe mir rasch ins Gedächtnis, dass Gary und Hayley sehr verliebt und normalerweise unzertrennlich sind.

»Berufsrisiko, nehme ich an.« Ich gehe zu meiner Freundin hinüber und nehme sie in den Arm. »Es gibt so viele solcher Flittchen, die unbedingt bekannt werden wollen, und wenn auch nur für fünfzehn Minuten. Sie wissen genau, dass der Beschuldigte sie nie vor Gericht zerren wird, da er damit nur Öl ins Feuer schütten würde. Und wer müsste dann die Gerichtskosten tragen? Sicher nicht die Person, die alles angezettelt hat.«

»Du hast recht.« Sie lächelt. »Gary sagt das auch. Wir verbringen die Abende immer gemeinsam, also weiß ich, dass das Blödsinn ist, aber ich möchte nicht, dass die Leute glauben, ich würde mir so etwas gefallen lassen. Damit käme er bei mir nie durch, und das weiß er auch. Ich bin schließlich keine Prostituierte.«

Das stimmt. Hayley ist ein kluges Köpfchen und sieht noch dazu sehr gut aus. Sie könnte jeden Mann haben, den sie sich wünscht, und ich glaube, dass sich Gary dessen durchaus bewusst ist.

»Vergiss es einfach.« Ich knülle die Zeitung zusammen und werfe sie in den Mülleimer. »Morgen werden darin Fish and Chips eingewickelt. Apropos – sollen wir essen gehen?«

»Okay, aber keine Fish and Chips. Heute ist Sonntag, da gibt es nur eine Möglichkeit.«

»Büfett bei *Duke's*«, sagen wir beide wie aus einem Mund.

»Mmm, ja, Roastbeef und Yorkshire Pudding«, schwärme ich.

»Für mich auf jeden Fall Brathähnchen.«

»Oder vielleicht Lamm mit Minzsauce und knusprigen Bratkartoffeln.« Mir läuft das Wasser im Mund zusammen.

»Seit unserer Kinderzeit esse ich Lammfleisch nicht mehr so gerne«, erklärt Hayley und erinnert mich an etwas, was ich fest entschlossen verdrängt habe.

Wir hatten mit Gillian Taylor aus unserer Straße einen Tagesausflug nach Nordwales gemacht. Gill, Hayley und ich verbrachten eine herrliche Zeit am Strand von Llandudno. Wir schlenderten den Kai entlang, aßen Eiscreme und hatten großen Spaß auf der Riesenrutsche und in den Schiffschaukeln. Doch der Tag war ruiniert, als Gillians Dad auf der Heimfahrt in einer hügeligen Gegend, wo Schafe friedlich mit ihren Lämmern grasten, am Straßenrand anhielt. Er stieg aus dem Wagen, sprang über einen niedrigen Stacheldrahtzaun und rang ein erschrocken blökendes Lamm nieder. Rasch warf er es in den Kofferraum und knallte den Deckel zu.

Er setzte sich wieder auf den Fahrersitz seines Ford Mondeo, als wäre nichts geschehen, und Hayley und ich sahen uns entsetzt und mit offenem Mund an. Gillian sagte kein Wort und blätterte in ihrem Jugendmagazin. Ihr Vater war Metzger. Er nahm das Lamm mit nach Hause, schlachtete und entbeinte es, verpackte die Einzelteile und verkaufte sie mit gutem Gewinn im örtlichen Pub.

Meine Mutter erfuhr von der Geschichte, als eine unserer Nachbarinnen beim Friseur darüber sprach, und verbot mir den Umgang mit »diesen Barbaren«, wie sie die Familie bezeichnete. Als sie Gillians Vater ein paar Tage später zufällig auf der Straße traf, sagte sie ihm gründlich die Meinung.

»Dann essen Sie wohl kein Fleisch?«, entgegnete er.

»Doch, schon«, antwortete sie ruhig. »Aber ich kaufe es beim Metzger. Ich trage auch Lederschuhe, aber ich ziehe keiner Kuh auf der Weide dafür die Haut ab!« Dem Mann verschlug es die Sprache. Wahrscheinlich vor allem wegen der Kraftausdrücke, die meine Mutter verwendet hatte, denn durch ihre Vorliebe für Handschuhe und Hüte galt sie allgemein als sehr damenhaft.

»O ja! Gillians Dad und das Lamm! Das hätte ich beinahe vergessen. Deine Mum hat ihm gehörig den Kopf gewaschen, richtig? Meine Mum erzählte mir, sie habe gehört, dass er eine Standpauke von ›der Herzogin‹ bekommen habe.«

»Von der Herzogin?«, frage ich erstaunt. »Nennen die Leute meine Mum so?«

»Ja, aber das ist sehr nett gemeint. Sie versteht sich mit allen gut, oder? Deine Mum hat eben Stil. Sie hat sich immer von der Masse abgehoben – Klatsch und Tratsch hat sie stets vermieden, aber sie gibt immer gute praktische Ratschläge.«

Plötzlich bin ich sehr stolz auf meine Mum. Was ihren Stil und ihre Ansichten anbelangt, ist sie nie Kompromisse eingegangen, egal wo sie gelebt hat.

»Also, was ist nun mit Gary?«, erkundige ich mich.

»Was soll mit ihm sein?«

»Gibt es einen Grund, ihn zu fragen, ob vielleicht ein Körnchen Wahrheit in der Geschichte liegt? Es tut mir leid, Hayley, aber ich muss dir diese Frage stellen.«

»Nein, sicher nicht. Ich bin fast immer mit ihm zusammen, und außerdem vertraue ich ihm. Ohne Vertrauen hat eine Beziehung auch keinen Sinn, oder?«

Ich denke kurz darüber nach – ich habe Danny bedingungslos vertraut, und er hat mich sehr enttäuscht. Er hat versucht, es so hinzustellen, als sei alles meine Schuld, weil ich so viele Stunden im Pub arbeite, aber er hat nie darüber mit mir gesprochen. Und sich nie darum bemüht, Abhilfe zu schaffen. Wir haben nicht miteinander darüber gesprochen. Stattdessen ist er einfach losgezogen und hat getan, was er wollte.

»Du hast natürlich recht. Eine Beziehung ohne Vertrauen funktioniert nicht. Ich bin sicher, das ist nur ein Haufen Unsinn. Da wollte jemand unbedingt seinen Namen in einer Zeitung abgedruckt sehen. Wie auch immer, komm, beeil dich. *Duke's* ist am Sonntag immer voll, und ich bin am Verhungern.«

Als ich meine Handtasche hole, summt mein Telefon. Costas hat mir eine Nachricht geschickt. Er schreibt, dass er sich sehr über Janets Besuch gefreut habe und dass sie großen Eindruck bei den Leuten von Thakos hinterlassen habe. Er hofft, dass es mir gut geht. Ich bin mir nicht sicher, ob ich ihm etwas über Danny schreiben soll, also antworte ich nur, dass ich mich auf die nächste Reise nach Thakos freue. Costas erwidert, dass er sich sehr darauf freue, mich bald wiederzusehen, und dass er seit meinem Besuch in Griechenland oft an mich denke.

Ehrlich gesagt, denke ich auch oft an ihn. Er ist das absolute Gegenteil von Danny – und vielleicht ist das genau das, was ich jetzt brauche. Aber will ich wirklich das Risiko eingehen, dass mir wieder das Herz gebrochen wird?

Kapitel 41

Das *Duke's* ist ein beliebtes Restaurant ganz oben an der Duke Street. Es ist für sein großartiges Essen und vor allem für sein hervorragendes Fleischbüfett bekannt. Jeden Sonntag ist es überfüllt mit Gästen aller Art – verliebte Pärchen, die erst am Mittag aufgestanden sind, große Familien, die irgendein besonderes Ereignis feiern, und Leute, die sich hier für ein Treffen am Wochenende verabredet haben.

Früher war es einmal ein viktorianisches Pub, und auch nach der Renovierung sind einige historische Merkmale erhalten geblieben, sodass daraus ein prächtiges Restaurant geworden ist. Die Bar ist riesig und im rückwärtigen Bereich mit einer großen Spiegelwand versehen, vor der alle nur erdenklichen Spirituosen stehen. An der scheinbar unendlich hohen Decke befindet sich ein mit einem Rosenornament verziertes Dachfenster. Die dunklen gedrechselten Stühle mit der Polsterung aus grünem Leder wirken sehr vornehm. Der auf Hochglanz polierte Fußboden ist noch im Original erhalten und etwas uneben. Überall im Lokal spürt man die Geschichte und kann sich gut vorstellen, wie hier einmal Seeleute und Prostituierte in wilden Nächten etliche Krüge Bier geleert und Matrosenlieder gesungen haben.

Das Restaurant ist brechend voll, aber es gelingt uns, einen Ecktisch zu ergattern, da ein Pärchen mittleren Alters gerade aufbricht.

»Ich habe einen Mordshunger«, verkündet Hayley, als die Kellnerin uns die Bons bringt, mit denen wir uns nach Lust und Laune am Büfett bedienen können. Sie nimmt rasch unsere Getränkebestellung entgegen und kommt im Handumdrehen mit zwei großen Gläsern voll bernsteinfarbenem Cider wieder zurück. Ich frage mich, wie Hayley all das Essen verwertet, denn sie wird anscheinend jeden Tag schlanker und fitter. Einmal befürchtete ich schon, dass sie an Bulimie leiden könnte, denn ich kenne außer ihr niemanden, der so viel essen kann, ohne auch nur ein Gramm zuzunehmen. Aber ich habe den Gedanken schnell wieder verworfen, als wir in einem Urlaub beinahe jede Minute gemeinsam verbracht haben und ich nie bemerkt habe, dass sie sich übergibt. Sie ist auch nie verdächtig lange im Badezimmer geblieben.

Ich muss eine gebackene Kartoffel nur anschauen und habe sofort ein Pfund mehr auf den Hüften. Ebenso verhält es sich natürlich bei Burgern, Cremetorten und Curry (na gut, ich esse sehr häufig Currys). Ich gehe kilometerweit zu Fuß und bemühe mich sehr, mein Gewicht zu halten, aber ich bin eben eine eher kurvige Frau und neige zum Dickwerden, wenn ich nicht aufpasse. Hayley hingegen hat eine schmale, jungenhafte Figur und sagt mir immer wieder, wie sehr sie mich um meinen Busen beneidet, während ich alles tun würde, um so lange gebräunte Beine wie sie zu haben. Wir sind eben nie zufrieden, richtig?

Ich bemerke, dass Hayley die Unterhaltung des Paars am Tisch nebenan belauscht. Sie liebt es noch mehr als ich, Leute zu beobachten.

»Sie hat gerade gesagt, dass ihr neuer Chef ein Kinn wie

die Ecke an der Curry Street hat«, flüstert sie mir zu. »Ich frage mich, wie groß diese Ecke ist? Und woher kommen nur all diese merkwürdigen Redewendungen?«

»Du meinst so etwas wie, sich für den Kaiser von China halten?«

»Oder Rosinen im Kopf haben.«

»Oder der heiße Scheiß.«

»Ihh, das klingt eklig!«

»Aber es bedeutet etwas Positives. Wenn etwas ein heißer Scheiß ist, dann ist es angesagt, cool.«

»Ich weiß. Ist das nicht komisch?«

Mir läuft das Wasser im Mund zusammen, als wir uns am Büfett anstellen. Der Duft des riesigen goldgelben Truthahns mischt sich mit dem des saftigen Rinderbratens, und ich weiß nicht, was ich wählen soll. Daneben liegt auch noch der größte Schinkenbraten, den ich jemals gesehen habe. Große Yorkshire Puddings, die aussehen wie frisch aufgeschüttelte gelbe Kissen, laden mich förmlich ein, sie auf meinen Teller zu häufen.

»Was darf's denn sein?«, fragt der junge Koch lächelnd und lässt ein scharfes Messer über den dicken Bratenstücken schweben.

Ich zögere einen Moment. »Oh … Rinderbraten, glaube ich. Roastbeef mit Yorkshire Pudding mag ich sehr gern. Aber der Schinken sieht auch gut aus … und der Truthahn ebenso … Die Auswahl ist einfach zu groß«, sage ich lächelnd.

»Von allem ein bisschen?«, schlägt er vor und schneidet eine Scheibe von dem Schinkenbraten ab.

Ich habe das nicht selbst gesagt, weil ich nicht gierig

erscheinen wollte, aber es ist genau das, was mir vorschwebt. Ich häufe etwas Brokkoli, Blumenkohl, Karotten und Bratkartoffeln auf mein leckeres Fleisch und kröne den Berg mit einem großen Yorkshire Pudding.

Wir bahnen uns den Weg zurück zu unserem Tisch und stürzen uns auf unser Essen, wobei wir bei jedem Bissen genüsslich aufseufzen. Ich habe schon in ganz unterschiedlichen Restaurants gegessen, im Ausland und zu Hause, aber der gute alte Sonntagsbraten ist kaum zu schlagen.

»Wie geht es dir?«, fragt Hayley, als wir uns pappsatt zurücklehnen, aber trotzdem noch einen Blick auf die Nachspeisenkarte werfen. »Ich meine, wie fühlst du dich, jetzt, wo Danny und du euch getrennt habt? Glaubst du denn, dass die Sache überhaupt schon ganz vorbei ist?« Sie trinkt einen Schluck von ihrem Cider.

Ich seufze tief. Darüber denke ich ständig nach. Ich weiß, dass ich verrückt wäre, eine Beziehung fortzusetzen, in der kein Vertrauen mehr herrscht, aber ich vermisse ihn. Sehr sogar. Trotz allem, was er getan hat. Wir waren schließlich eine sehr lange Zeit zusammen. Alles in allem geht es mir aber nicht schlecht. Ich habe im Pub viel zu tun und dort auch tolle Freunde, mit denen ich mich jederzeit unterhalten und Spaß haben kann. Sie heitern mich immer wieder auf. Und natürlich ist Hayley immer für mich da, wenn ich sie brauche – das war schon immer so und wird auch immer so bleiben.

Wir bräuchten eine Kristallkugel, mit der man in die Zukunft schauen kann. Wie viele falsche Entscheidungen im Leben könnten wir damit wohl vermeiden? Ich hätte niemals so viele Jahre mit jemandem verbracht, von dem ich mich dann letztendlich trenne. Es kommt mir vor wie eine schreckliche Zeitverschwendung. Wir haben keine Kinder, was mich traurig macht, aber gleichzeitig auch erleichtert. Ich kann mir nicht vorstellen, mit jemand anderem als Danny Kinder zu bekommen, aber das liegt sicher daran, dass es eigentlich nie wirklich einen anderen Mann für mich gegeben hat. Mir fallen wieder die weisen Worte meiner Mutter ein: »Nur aus diesem Gefühl heraus solltet ihr nicht zusammenbleiben.« Und natürlich hat sie recht. Eine Beziehung funktioniert nur mit hundertprozentigem Vertrauen und Engagement auf beiden Seiten. Ich hätte Danny niemals betrogen.

»Es geht mir gut«, erwidere ich und meine es ernst. Ich begreife, dass ich nach vorne schauen und weitermachen muss. Ich strecke eine Hand aus und lege sie auf Hayleys gebräunte Finger mit den sorgfältig manikürten roten Fingernägeln. »Ich bin umgeben von sehr lieben Menschen. Mach dir keine Sorgen um mich. Aber ich brauche dringend deinen Rat«, sage ich mit ernster Miene.

»Ja natürlich, worum geht es?«

»Dattelpudding mit Karamellsoße oder Baisertorte mit Beeren?«, frage ich lächelnd.

Kapitel 42

Hayley hat es tatsächlich geschafft, ein großes Stück warme Schokoladentorte mit Eiscreme zu verdrücken, während ich mit meinem Baiser mit Beeren gekämpft habe, obwohl es viel leichter war.

Die Sonne scheint an diesem herrlichen Nachmittag, also beschließen wir, zum Pier Head zu spazieren, um ein paar Kalorien zu verbrennen, doch vorher muss ich noch rasch zur Toilette.

Hayley entdeckt jemanden aus der Bank, mit dem sie ins Gespräch kommt, und wir vereinbaren, uns draußen wiederzutreffen.

Ich wasche mir die Hände und trage ein wenig pinkfarbenen Lipgloss auf, als ich im Spiegel sehe, dass mich jemand beobachtet.

Vielleicht bewundert sie mein langes blondes Haar oder die Farbe des Lippenstifts, denke ich. Als ich mich umdrehe, schaut sie schnell weg. Irgendwie kommt sie mir bekannt vor, aber mir fällt nicht ein, woher.

Sie schaut mich noch einmal kurz an und atmet tief durch. »Du bist Mandy, oder?«

»Ja.« Ich mustere ihr Gesicht auf der Suche nach einem Anhaltspunkt.

»Ich bin Sarah.« Sie flüstert fast. »Sarah Kelly.«

Sie sieht nicht so aus wie die Sarah Kelly, an die ich mich

aus meiner Schulzeit erinnere. Sie ist groß, dunkelhaarig und … na ja, sie sieht toll aus.

»Sarah?«, bringe ich schließlich hervor, bevor mir einfällt, dass das die Frau ist, die ein Verhältnis mit meinem Mann hatte. Warum zur Hölle spricht sie mich hier an?

»Schau«, beginnt sie rasch, als sie sieht, wie sich meine Miene verdüstert. »Ich hätte jetzt schnell weglaufen können, aber ich wollte mit dir reden. Ich möchte mich entschuldigen.«

»Entschuldigen? Wofür?« Das will ich jetzt hören.

Sarah wirkt einen Moment lang verblüfft.

»Also, sag schon. Wofür willst du dich entschuldigen?«, wiederhole ich tonlos.

»Na ja, dafür, dass ich mich mit Danny getroffen habe«, antwortet sie unsicher. »Aber da wart ihr ja bereits getrennt. Zumindest habe ich das geglaubt.«

Plötzlich rötet sich ihr Gesicht, und ich sehe überrascht, dass sie zu weinen beginnt und dann heftig schluchzt. Das habe ich nicht erwartet. *Wo ist Hayley, wenn ich sie brauche?*

»Warum heulst du denn?« Ich versuche, meine weiche Seite zu verbergen – allmählich habe ich sogar ein wenig Mitleid mit ihr.

»Oh, es tut mir leid.« Sarah geht in eine der Kabinen und holt sich ein Stück Klopapier, um sich die Augen abzutupfen. »Ich komme mir vor wie eine Idiotin. Danny und ich haben uns bei der Arbeit sehr gut verstanden, natürlich nur als Kollegen, aber er hat mir immer Komplimente über mein Aussehen gemacht.« Sie hält einen Moment inne. »Tut mir leid, es ist sicher nicht leicht für dich, das anhören zu müssen … Wie auch immer, er erzählte mir, dass ihr euch getrennt hättet, und dann sind wir ein paarmal miteinander ausgegangen. Zuerst nur auf einen Drink nach der Arbeit.«

Ich erinnere mich an die Abende, an denen er spät nach Hause gekommen ist, weil er angeblich noch Pannenhilfe hatte leisten müssen.

»Sprich weiter«, fordere ich sie auf.

»Wir haben uns dann regelmäßig getroffen, und nach ein paar Wochen ist er bei mir eingezogen. Es ging alles so schnell. Natürlich habe ich angenommen, dass ihr euch getrennt habt. Ich schwöre, ich hätte niemals etwas mit ihm angefangen, wenn ich gewusst hätte, dass ihr noch zusammen seid. Verdammt, ich bin auf ihn hereingefallen. Und dann kehrt er plötzlich wieder zu dir zurück, liebäugelt aber schon mit einer anderen – einer neuen jungen Empfangskraft namens Kate.«

»Hat sie zufällig taillenlanges dunkles Haar?«, frage ich und denke an die junge Frau, die in unserem Haus die Treppe hinuntergeflüchtet ist.

»Ja.« Sie schnieft und tupft sich die Augen ab, bevor sie wieder in Tränen ausbricht. »Jetzt schneidet er mich bei der Arbeit, und ich komme mir so benutzt vor.«

»Und? Soll ich jetzt Mitleid mit dir haben?«, schnaube ich.

Sarah schaut mir in die Augen. »Nein, natürlich nicht. Das erwarte ich nicht. Ich wollte dich nur wissen lassen, dass ich mich nie mit ihm eingelassen hätte, wenn ich gewusst hätte, dass ihr noch zusammen seid – noch verheiratet. So eine bin ich nicht.«

Das glaube ich ihr sogar. In der Schule war sie immer sehr

nett. Sie gehörte zwar nicht zu unserem A-Team, sondern spielte eher in der mittleren Liga, aber alle mochten sie.

»Na ja«, sage ich leise. »Offensichtlich hat er uns beide verletzt. Du warst davon überzeugt, dass er sich von mir getrennt hat, das glaube ich dir. Aber vergiss ihn. Ich war fast fünfzehn Jahre mit ihm zusammen, doch jetzt lasse ich das hinter mir. Anscheinend will er wieder ein Leben als Single führen, also vergiss ihn. Du kannst etwas Besseres haben.«

Es bereitet mir kein Vergnügen, sie so aufgelöst zu sehen. Ich nehme an, dass es sie einigen Mut gekostet hat, mich anzusprechen. Zu meiner Überraschung fühle ich nichts. Mir wird nur deutlich bewusst, dass ich den richtigen Schritt getan habe.

Ich gehe nach draußen, wo Hayley mit ein paar Jungs flirtet, die zum Rauchen hinausgegangen sind. Ich hake mich bei ihr unter, und wir machen uns auf den Weg zum Pier Head, um dort den Rest des Tages zu genießen.

Kapitel 43

Die sengende Hitze dringt in meine schmerzenden Knochen, und ich tauche in das warme Meer ein. Ich lege mich auf den Rücken, lasse mich treiben und überlege, wie es wohl wäre, für immer hierzubleiben. In der Ferne ertönt das Horn eines Schiffs, das über das Mittelmeer nach Korfu fährt. Ich denke an die Seefahrer, die im Altertum Seide und Gewürze aus weit entlegenen Ländern auf die griechischen Inseln gebracht haben. Das Schiffshorn wird immer leiser, und plötzlich fühlt sich das Wasser überraschend kalt an. Mein Fuß stößt gegen etwas Festes, und ich wache im eiskalten Badewasser auf und höre, wie der Wecker meines Telefons laut schrillt. Verdammt! Zitternd klettere ich aus der Wanne und greife nach meinem Bademantel, der über dem beheizten Handtuchhalter hängt.

Heute kommt ein Ehepaar, das sich das Haus anschauen möchte. Wir haben es schon vor Wochen inseriert, aber erst jetzt haben sich Interessenten gemeldet. Wahrscheinlich liegt es daran, dass das Wetter nach einem überraschend nassen Juli endlich besser geworden ist.

Es ist schwer zu erklären, was ich dabei empfinde, wenn ich potenziellen Käufern unser Haus zeige. *Unser* Haus. Das Wort bleibt mir in der Kehle stecken. Das Heim, das wir acht Jahre lang liebevoll gestaltet haben, wird demnächst aufgelöst und nach dem Geschmack der neuen Besitzer eingerichtet. Für sie ist es nicht wichtig, dass wir sehr lange über die Küchengestaltung debattiert und uns deswegen beinahe verkracht hätten oder dass wir stundenlang durch Möbelgeschäfte gelaufen sind, um für das relativ kleine Wohnzimmer ein Sofa in passender Größe zu finden, das den Raum nicht erdrückt. Niemand wird einen Gedanken daran verschwenden, wie viel Zeit es gekostet hat, das kleine Gemüsebeet im hinteren Teil des Gartens anzulegen, das uns in all den Jahren mit Roter Bete, Karotten und Zwiebeln versorgt hat. Mit dem Anbau von Kartoffeln hatten wir keinen Erfolg, aber das spielte keine Rolle, denn man kann sie günstig im hiesigen Farmladen kaufen.

Während ich mich abtrockne, spüre ich, wie mir Tränen in die Augen steigen, und ich ermahne mich sofort, mich zusammenzureißen.

Mir war klar, dass die Zeit bald kommen und ich das Haus würde aufgeben müssen. Das Zimmer im *Pig and Whistle* steht für mich bereit, aber ich wollte so lange wie möglich hierbleiben. Danny zahlt weiterhin die Hälfte des Kredits ab, bis das Haus verkauft ist, und genießt momentan sein Dasein als Junggeselle in der Wohnung seines Freunds Adam. Sie liegt nicht in der besten Gegend der Stadt, aber durch die günstige Miete bleibt ihnen genügend Geld übrig, um die Vergnügungsmöglichkeiten, vor allem Bars und Nachtclubs, auszukosten. Wir machen beide Überstunden – allerdings tut Danny es, um seinen neu entdeckten Lebensstil zu finanzieren, während ich damit versuche, mich von meiner gescheiterten Ehe abzulenken.

Im Nachhinein betrachtet bin ich mir nicht sicher, ob wir überhaupt hätten heiraten sollen. Ich habe Danny am Anfang wirklich geliebt, daran besteht kein Zweifel, aber wir waren fast noch Kinder. Mein Hochzeitstag war der schönste Tag meines Lebens, aber das lag wohl hauptsächlich daran, dass ich mich so sehr darüber gefreut habe, alle Familienmitglieder und Freunde zu sehen, ganz zu schweigen von den vielen Geldzuwendungen und einem Tisch voller Geschenke. Als wir uns das Jawort gegeben haben, hat sich mein Magen nicht vor Aufregung zusammengezogen – es war eher die Zustimmung zu etwas, was von uns erwartet wurde.

In der Hochzeitsnacht war von Leidenschaft keine Spur, denn Danny musste ständig ins Badezimmer laufen, um einen ganzen Liter Bacardi wieder von sich zu geben.

Ich ziehe mich an und gehe nach unten, und schon klingeln die potenziellen Käufer an der Tür. Ich bitte den Immobilienmakler im Anzug und das aufgeregte frisch getraute Ehepaar herein und biete ihnen eine Tasse Tee an, was sie jedoch höflich ablehnen.

»Nein danke«, erwidert die quirlige junge Frau mit dem kurzen platinblonden Haar. »Wir wollten uns das Haus kurz anschauen und dann im Pub am Ende der Straße etwas trinken gehen. Ich glaube, es heißt *Pig and Whistle.*«

Ich hoffe, dass sie mir nicht nur meine Zeit stehlen.

Der Makler muss noch zu einem anderen Termin und lässt uns allein.

»In diesem Pub gibt es sonntags immer ein sehr gutes Mittagessen«, sage ich lächelnd.

»Oh, das ist noch besser«, sagt der attraktive Mann mit dem Kinnbart. Ich habe bemerkt, dass sie seit ihrer Ankunft ohne Unterlass Händchen halten, und nehme an, dass sie noch nicht sehr lange verheiratet sind.

»Das wäre dann also Ihr erstes Heim?«, frage ich, während ich sie durch alle Zimmer des Hauses führe, die ihnen, wie ich aus ihren Bemerkungen entnehmen kann, offensichtlich gut gefallen.

»Ja, wir suchen schon seit ein paar Monaten. Wir wohnen noch zur Miete, und jetzt möchten wir gern an den Stadtrand ziehen. Das ist das erste Mal, dass wir ein Inserat für ein solches Haus gesehen haben. Es scheint ein wunderbarer Ort zu sein, um Kinder großzuziehen.« Sie wirft ihrem Mann einen liebevollen Blick zu.

Ich denke daran, dass Danny und ich auch solche Pläne hatten, und hoffe, dass ihre Geschichte ein besseres Ende findet.

Vor allem der Garten mit der kleinen Rasenfläche und der gepflasterten Terrasse scheint sie zu beeindrucken. Die junge Frau ist begeistert von dem Gemüsebeet und erzählt mir, dass sie sehr gern Pflanzen zieht und in ihrer Stadtwohnung auf der Fensterbank Kräutertöpfe stehen hat.

Ich finde das Paar sehr sympathisch, und nach einer halben Stunde Hausbesichtigung bin ich davon überzeugt, dass sie tatsächlich Interesse an einem Kauf haben.

»Haben Sie viele Interessenten?«, will der Mann wissen.

Ich entschließe mich für eine kleine Notlüge und sage, dass schon einige Leute da gewesen wären und dass ein Pärchen sich nächste Woche für einen zweiten Termin angemeldet hätte. Sie werfen sich einen Blick zu.

»Wenn wir Ihnen heute ein Angebot machen, würden sie das Haus dann vom Markt nehmen? Wir finden es bezaubernd«, erklären die beiden und tauschen wieder verliebte Blicke. »Es ist genau das, wonach wir gesucht haben.«

»Oh, wie schön.« Ich bin beinahe sprachlos.

Sie schauen sich noch einmal den Garten an und machen mir dann ein Angebot. Unter Berücksichtigung der derzeitigen Marktlage haben Danny und ich vereinbart, dass wir fünftausend unter dem geforderten Verkaufspreis akzeptieren würden, aber zu meiner Überraschung liegt das Angebot des Ehepaars nur zweitausend darunter. Ich versuche, mir meine Freude nicht anmerken zu lassen, und schüttle beiden die Hand. Nach der Rückzahlung des Kredits wird nicht viel Gewinn übrig bleiben, aber ein paar tausend Pfund für einen Neustart bekommen wir, und das ist alles, was ich mir im Moment wünsche.

Wir gehen zurück ins Haus. Ich öffne eine Flasche Prosecco, die ich für eine passende Gelegenheit aufbewahrt habe, und wir stoßen auf den Verkauf an.

»Ach, es ist wunderbar«, sagt Jane immer wieder. »Und die Einrichtung gefällt mir sehr. Der Steinkamin passt so gut zu den cremefarbenen Wänden. Wir werden hier kaum etwas verändern müssen. Ich habe auch Stoffsofas.« Sie lächelt. »Leder finde ich so kalt, vor allem morgens im Winter.«

»Das geht mir auch so«, stimme ich ihr zu. »Wenn man Kinder hat, ist es allerdings praktischer. Es lässt sich leichter abwischen.«

»Oh, daran habe ich noch gar nicht gedacht.« Sie lacht. »Wir planen im Moment noch keinen Nachwuchs.«

Ich finde die beiden sehr sympathisch, und ich glaube, sie werden sich auch gut in unsere kleine Gemeinde einfügen. Ich erzähle ihnen, dass ich im *Pig and Whistle* arbeite, und informiere sie über den Quizabend am Dienstag und über das Grillfest in zwei Wochen, wo sie Gelegenheit haben werden, einige Nachbarn kennenzulernen. Sie scheinen sich darauf zu freuen.

»Ich rufe den Makler gleich morgen früh an, und er wird sich dann mit Ihnen in Verbindung setzen. Ich habe schon eine andere Unterkunft, also sollte sich der Kauf rasch abwickeln lassen«, erkläre ich.

Jane nimmt mich in den Arm, und ihr Mann Aidan schüttelt mir herzlich die Hand. Ich habe den Eindruck, dass diese beiden sicher gute Freunde wären. Vielleicht wäre unsere Ehe nicht in eine solche Flaute geraten, wenn Danny und ich uns öfter mit solchen Paaren getroffen hätten.

Sie winken aus dem Fenster ihres weißen Minis, bis sie um die Ecke biegen, und ich gehe zurück ins Haus. Als ich mir den Rest Prosecco eingieße, piept mein Telefon. Eine SMS von Janet, die am kommenden Wochenende mit einer ihrer Bands in die *Echo Arena* in Liverpool kommt. Ihr Mann Simon wird sie begleiten, und sie will wissen, ob wir uns treffen können. Wahrscheinlich werden sie in einem der schicken neuen Hotels am Hafenbecken Albert Dock absteigen. Ich schreibe sofort zurück, dass ich das großartig fände. Und dass ich Hayley und Gary fragen werde, ob sie mitkommen wollen. Nachdem ich ihr das vorgeschlagen habe, wird mir erst klar, dass ich dann als Einzige ohne Partner dort sein werde, und diese Erkenntnis erschreckt mich. Das ist wohl etwas, woran ich mich erst noch gewöhnen muss.

Kapitel 44

Ich klopfe an die schwarz gestrichene Tür des Lokals im Stadtzentrum und warte eine Weile. Hier gibt es kein Schild, das auf eine Bar hinweist, noch nicht einmal eine Hausnummer. Es ist eine unauffällige Tür in einer nicht weiter bemerkenswerten Straße. Außer man kennt sie.

Kurz darauf taucht ein Türsteher auf. Als ich ihm sage, dass ich zu Gary Cookes Gruppe gehöre, lässt er mich hinein. Janet ist wahrscheinlich in diesem Land bekannter als er, aber ein Fußballspieler aus Liverpool hat in seiner Heimatstadt natürlich Prominentenstatus.

Ich folge dem Barkellner eine schmale Treppe nach oben und betrete einen großen, in weiches Licht getauchten Raum. Im Hintergrund ist leise Jazzmusik zu hören.

Janet entdeckt mich, hebt die Hand und winkt mich zu sich. »Ich habe dir schon einen Cocktail bestellt!« Sie deutet lächelnd auf ein blutrotes Getränk in einem großen Glas. »Ich weiß, dass du Wodka magst, also ist da auch viel davon drin. Der Drink heißt Carribean Calypso.«

»Oh, danke.« Ich trinke rasch einen Schluck, bevor ich die anderen begrüße.

Janets Mann Simon steht auf und streckt mir die Hand entgegen, als Janet uns bekannt macht. Er trägt ein elegantes Hemd mit einer Strickjacke darüber, was ihm ein sehr gepflegtes, adrettes Äußeres verleiht.

»Mir gefällt es hier sehr gut«, erklärt Janet. »Das Lokal ist wie eine illegale Kneipe mit roten Samtvorhängen und Jazzmusik. Und die Uniform der Kellner … einfach großartig!«, fügt sie begeistert hinzu.

Die Kellner würden sich gut in einem Spaghettiwestern machen – sie tragen weiße Hemden mit roten Westen und modisch getrimmte Bärte.

Wir unterhalten uns angeregt, als zwei junge Männer etwas unsicher auf Gary zukommen und ihn fragen, ob sie ein Foto mit ihm machen dürfen. Ich kann mir vorstellen, dass es ziemlich nervtötend ist, wenn man jedes Mal, wenn man ausgeht, erkannt wird, aber Gary scheint das nichts auszumachen. Er geht lächelnd auf den Wunsch der Jungs ein, und sie bedanken sich überschwänglich bei ihm. Das Foto wird mit Sicherheit gleich bei Facebook eingestellt, damit alle ihre Freunde es bewundern können.

Ich habe mir ein wenig Sorgen gemacht, weil ich hier heute die Einzige ohne Partner bin, aber glücklicherweise fühle ich mich recht wohl. Ich schlürfe meinen zweiten Cocktail, als das Gespräch natürlich auf die Vorbereitungen für das Konzert in Griechenland kommt.

»Also, wie läuft es mit dem Festival?«, frage ich Janet, während Simon über eine witzige Geschichte lacht, die Hayley gerade erzählt.

»Alles so weit in Ordnung. Die griechischen Bands sind gebucht, und die internationalen haben wir auch unter Vertrag. Andreas und sein Freund haben sich um die rechtlichen Dinge gekümmert, und auch was die Imbissbuden und die Toiletten betrifft, ist alles in die Wege geleitet. Ich habe mit Adonis gesprochen. Er hat mir erzählt, dass sich alle im Dorf schon sehr freuen und seine Musiker den Auftritt kaum noch erwarten können.«

»Manchmal kann ich es kaum fassen, dass das Festival tatsächlich stattfinden wird.« Ich fische ein Stück Ananas aus meinem Cocktail. »Und dass ich die Idee dafür hatte, nur weil ich auf dieses Feld gestarrt habe.«

»Gemeinsam mit Costas, wenn ich mich recht erinnere. Das stelle ich mir sehr romantisch vor – ihr zwei schaut auf ein brachliegendes Feld hinaus«, frotzelt Janet.

»Nein, so war es eigentlich nicht. Ich habe einen Spaziergang gemacht und bin ihm zufällig begegnet.«

»Wenn du das sagst.« Sie lächelt. »Nun, wie auch immer, das leere Stück Land sollte auf jeden Fall genutzt werden. Wie es im Film *Feld der Träume* heißt: ›Wenn du es baust, werden sie kommen.‹«

Ich hoffe, dass sie recht behält.

Der Abend verläuft sehr entspannt. Wir essen Steak mit Pommes frites, und wir Frauen trinken anschließend einen Cocktail mit dem Namen »Schwimmende Meerjungfrau«, während sich die Männer noch ein Bier schmecken lassen.

Am nächsten Tag habe ich viel zu tun, denn ich muss noch ein paar Kisten im *Pig and Whistle* auspacken, wo ich jetzt wohne. Aber dieser Abend war wunderschön, und seit Janet Costas erwähnt hat, fühle ich mich plötzlich nicht mehr so einsam.

Kapitel 45

Es ist gar nicht schlecht, über dem Pub zu wohnen. Das Zimmer mit einem modernen En-suite-Bad ist sehr geräumig und bietet einen Ausblick auf den Parkplatz und die sanft geschwungenen Hügel und Felder dahinter. Den Sommer über war hier richtig viel los – es gab etliche Grillfeste und Wohltätigkeitsveranstaltungen, nachdem es nach einer kurzen Regenperiode warm und sonnig wurde. Allmählich gewöhne ich mich an das Leben als Single, und ich habe vor, das noch eine Weile zu genießen, obwohl mich einige aufdringliche männliche Gäste vom Gegenteil überzeugen wollen.

Der Hausverkauf ging sehr schnell über die Bühne, und Jane und Aidan haben sich, wie ich mir dachte, bereits sehr gut eingelebt und besuchen häufig das Pub. Jane hat sogar eine Literaturgruppe gegründet, die in der Gemeinde großen Anklang findet. Ich war bei dem ersten Treffen dabei, aber ich hatte Probleme mit dem düsteren Thema des Romans. Es war ein komisches Gefühl, unser altes Haus zu betreten, aber darin hat sich außer ein paar neuen Sofas und einigen sehr geschmackvollen Heimtextilien nichts verändert.

Und schon ist es Ende September, und ich kann es kaum fassen, dass ich meinen Koffer packe, um zum Musikfestival in Thakos zu fliegen. Costas hat mir geschrieben, dass alle im Umkreis von mehreren Kilometern sich schon sehr darauf freuen und dass in den sozialen Medien darüber berichtet wird. Auf der Facebook-Seite, die Janet eingerichtet hat, haben sich bereits Tausende gemeldet, die hoffen, dabei sein zu können. Ich kann es kaum erwarten, wieder im *Sea View* zu sein, wo es, wie Costas mir mitgeteilt hat, inzwischen auch einen Swimmingpool gibt.

Simon und Janet werden auch ein paar Tage im *Sea View* wohnen und vor den britischen Hauptacts eintreffen. Wie sich herausgestellt hat, ist Simon ein richtig netter Kerl. Er und Janet waren nach dem Besuch der *Echo Arena* noch einige Male hier. Er ist ein Selfmade-Millionär ohne jegliche Allüren, und ganz offensichtlich vergöttert er Janet. Ich habe ein paarmal beobachtet, wie sie ihm ihre Hand entzogen hat, da sie sich unwohl dabei fühlt, Zuneigung in der Öffentlichkeit zu zeigen. Aber Simon hat mir eines Abends bei einigen Gläsern Wein erzählt, dass sie sich allmählich an seine emotionale Art gewöhnt. Sie habe, wie er sagt, das einfach bisher noch nicht erlebt. Ich freue mich für Janet, das sie einen so verständnisvollen und fürsorglichen Mann hat.

Ich musste in den letzten drei Monaten fast alle meine Urlaubstage des Jahres nehmen, aber das ist eine einmalige Sache, und ich kann mir keinen schöneren Ort für meine freien Tagen vorstellen als eine sonnige griechische Insel. Soeben habe ich einige meiner Sommerklamotten anprobiert und entsetzt festgestellt, dass sie sehr knapp sitzen. Ich denke an die vielen Mittagessen mit Hayley, bei denen es viel gebratenes Fleisch mit Beilagen und reichlich Alkohol gab, also ist das eigentlich nicht überraschend.

Ich habe schon immer gern gegessen. Als Kind hing ich gern in der Küche herum und atmete in Vorfreude die köstlichen Düfte ein. Ich spähte durch die Klappe in den Herd, sah zu, wie die Kuchen aufgingen, und konnte es kaum erwarten, in die herrlich lockeren Gebäckstücke zu beißen, die meine Mum backte. Glücklicherweise habe ich eine sehr schmale Taille und somit eine Figur wie eine Sanduhr, aber ich muss aufpassen.

Es klopft leise an meiner Tür, und ich bin überrascht, als ich Brian vor mir stehen sehe. Sein Zimmer liegt am anderen Ende des langen Flurs, neben der zweiten Holztreppe, die zum Barbereich führt. Wir begegnen uns nur selten.

»Ich muss gleich weg, also werden wir uns wahrscheinlich vor deiner Abreise nicht mehr sehen. Ich wollte dir das hier geben – ich habe es in der Tasche einer Sommerjacke gefunden, die ich letztes Jahr in meinem Urlaub in Spanien getragen habe.« Er reicht mir einen Fünfzig-Euro-Schein. »So schnell werde ich wohl nicht mehr ins Ausland reisen – dort ist es mir viel heiß«, fügt er lachend hinzu.

Ich gehe auf ihn zu und schaffe es nur mit Mühe, meine Arme um seinen massigen Körper zu schlingen. Einen besseren Chef könnte ich mir nicht wünschen. Im Laufe der Jahre ist er ein guter Freund für mich geworden.

»Danke für das Geld, Brian – und für alles.«

»Schon gut. Ich wünsche dir eine angenehme Reise, Schätzchen.« Er watschelt zurück in sein Zimmer.

Plötzlich überrollt mich eine Welle der Vorfreude. In einer guten Woche wird in Thakos ein Musikfestival stattfinden, das sich mit den Veranstaltungen in Athen messen kann – und auch mit anderen irgendwo auf der Welt. Dort werden Bands von großem Format auftreten, und ich hatte die Idee dazu. Ich kann es kaum fassen. *Ich! Wer hätte das gedacht?* Ich habe einmal im Fernsehen eine Sendung über einen Mann gesehen, der sich einfach darangemacht hat, alles zu tun, was er wollte, und dabei nie auf Hindernisse gestoßen ist. Er war der Meinung, dass die meisten Menschen viel zu lange über etwas nachdenken, anstatt es einfach zu tun.

Ich höre eine Autohupe auf dem Parkplatz – mein Taxi, das mich zum Flughafen bringt. Und ich habe noch nicht fertig gepackt! Rasch öffne ich das Schiebefenster und bedeute dem Fahrer mit einer Geste, dass ich in fünf Minuten komme. Der Taxifahrer nickt mit ausdrucksloser Miene und stellt den Motor ab.

Ich werfe schnell noch ein paar Sachen in den Koffer und gehe noch mal aufs Klo. Dann stecke ich die fünfzig Euro von Brian in die Handtasche und laufe los.

Im Erdgeschoss verabschiede ich mich von meinen Kolleginnen. Irgendjemand sagt: »Du bist zu beneiden!«, und Lyndsey jammert, dass sie am liebsten wieder auf Ibiza wäre.

»Das wird für die nächste Zeit mein letzter Urlaub sein«, erkläre ich. »Also werde ich das Beste daraus machen. Bis bald.«

Als das Taxi in Richtung Flughafen auf die Autobahn abbiegt, kann ich meine Aufregung kaum verbergen …

Kapitel 46

Die *Sea View Apartments* sehen großartig aus. Costas hat mir vor Kurzem berichtet, dass der Pool und die angrenzende Snackbar zu immer mehr Buchungen geführt hätten und dass sie nun bis Anfang Oktober komplett belegt seien. Und die Aufregung wegen des Musikfestivals habe ohne Zweifel auch dazu beigetragen.

Andreas begrüßt mich bei meiner Ankunft mit einem strahlenden Lächeln. »Mandy!«, sagt er herzlich. »Du bist schon hier! Warum hast du nicht angerufen? Ich hätte dich vom Flughafen abgeholt!«

»Nun, ich muss doch dafür sorgen, dass die Taxifahrer etwas zu tun haben.«

Andreas denkt einen Moment darüber nach und bricht dann in Gelächter aus. »Das ist sehr freundlich von dir – du denkst immer an die anderen.« Er führt mich in den Speisesaal, der jetzt richtig modern aussieht – die Wände sind eisblau gestrichen, und die zarten Gardinen an den Fenstern blähen sich leicht im Wind. Bei einem Omelett mit griechischem Salat berichtet er mir von der aufgeregten Stimmung im Dorf.

»Nikos plant, sein Restaurant während der Festtage wieder aufzumachen, obwohl er noch Probleme mit dem Strom hat. Und einige Leute bereiten schon Grillplätze und Imbissstände vor. Tatsächlich wollen sie alles verkaufen, was nur geht.« Andreas grinst. »Alle sind schon sehr aufgeregt. Wir haben schließlich nicht jeden Tag weltbekannte Bands in unserem kleinen Dorf zu Besuch.« Er strahlt mich an. »Wir könnten später einen Spaziergang machen und uns anschauen, wie alles vorangeht. Dann kann ich dir auch ein paar Leute vorstellen.«

Mit einem Mal bin ich stolz auf mich. Und ich glaube, dass Janets Besuch im *Pig and Whistle* vor einigen Monaten Bestimmung war. Es gibt einige Pubs im Nordwesten der Stadt, aber sie ist ausgerechnet bei uns gelandet – und darüber bin ich sehr froh. Das hat so sein sollen. Für das Musikfestival und unsere neue Freundschaft.

Sogar Hayley findet Janet inzwischen cool, obwohl sie anfänglich etwas reserviert war – sie dachte an unsere Schulzeit und daran, dass Janet eine Vorliebe für Haarreifen und gesundes Essen hatte. Aber wir alle werden irgendwann erwachsen. Es heißt zwar, dass wir uns nie wirklich ändern, aber da bin ich anderer Meinung. Ich glaube, dass unsere Charaktereigenschaften grundsätzlich bleiben, aber dass wir uns mit jeder Erfahrung in unserem Leben verändern. Dabei denke ich an meine eigene Reise und spüre, wie ein Teil meines alten Selbstbewusstseins zurückkehrt.

Draußen kracht es laut, und ich höre jemanden fluchen. Anscheinend ist Costas ein Bierkasten aus der Hand gerutscht. Ein Hund bellt wie verrückt.

Ich gehe hinaus in den Sonnenschein, und Costas zieht die Augenbrauen hoch und grinst. »Tut mir leid, dass ich geflucht habe.«

»Nur gut, dass die Flaschen leer waren«, sagt Andreas und holt Schaufel und Besen. »Wir wollen doch kein Geld zum

Fenster hinauswerfen.« Er zwinkert mir zu. »Wir spritzen nachher den Boden ab.«

»Also, wie geht es dir?«, fragt mich Costas, als wir uns in seiner Pause einen Kaffee gönnen.

»Gut, danke.«

»Warum bist du wieder allein hier? Wo ist dein Mann?«

Ich beschließe, ihm die Wahrheit über meine Ehe zu sagen. »Wir haben uns getrennt«, erwidere ich ohne Umschweife.

Costas schweigt eine Weile. »Ist es schlimm für dich?«, fragt er dann und sieht mich besorgt an.

»Weißt du was? Ehrlich gesagt, war unsere Beziehung wohl schon lange vorbei. Ich habe es nur nicht wahrhaben wollen. Wie auch immer – hier gibt es so viel, was mich davon ablenkt.« Ich lächle und trinke meinen Kaffee aus.

»Ablenkung ist immer gut«, erwidert Costas und schaut mir in die Augen. Und mein Herz schlägt plötzlich schneller.

In den folgenden Tagen liegt spürbar Aufregung in der Luft, während das Dorf sich auf das Festival vorbereitet. Die Schilder für die Umleitung des Verkehrs liegen bereit, um die Hauptstraße zur Fußgängerzone zu machen. Die hiesigen Restaurants, die auf ein gutes Geschäft hoffen, wurden bereits von Lkws mit Lebensmitteln und Bier beliefert, und am nächsten Tag sollen Techniker eintreffen, um einen letzten Soundcheck durchzuführen. Die Kinder im Dorf laufen aufgeregt jedem Fahrzeug hinterher, das zu dem großen Feld fährt, und manche haben Glück und bekommen von den Fahrern ein paar Süßigkeiten oder Münzen.

Annis baut einen Stand auf, in der Hoffnung, dort einige

ihrer schönen, sorgfältig ausgewählten Töpferwaren und Armbänder aus bunten Fäden und Leder verkaufen zu können.

Als sie mich sieht, winkt sie und ruft mich zu sich. »Mandy, wie geht es dir?«, fragt sie mit einem strahlenden Lächeln. »Ist das alles wirklich wahr? Ich bin so aufgeregt!«

Zwei Mädchen, die ich vorher noch nie gesehen habe, flüstern miteinander und schubsen sich gegenseitig in meine Richtung. »Bist du Mandy?«, fragt der Teenager mit rabenschwarzem Haar.

»Ja, bin ich. Hi«, erwidere ich lächelnd.

»Es stimmt, oder? Die New Horizons kommen tatsächlich hierher, in dieses Dorf?«, fragt sie unsicher.

»Das stimmt.«

Sie bedankt sich bei mir, stößt einen Freudenschrei aus und läuft zu ihrer Freundin zurück.

Ich unterhalte mich ein paar Minuten mit Annis und verspreche ihr, später auf einen Drink zurückzukommen, bevor ich weitergehe und die Atmosphäre genieße. Ich habe keine Ahnung, wie viele griechische Gefäße und Schmuckstücke sich verkaufen lassen, wenn eine Horde Studenten beim Festival hier einfällt, aber ich bewundere Annis' Optimismus. Vielleicht werden doch ein paar gutherzige Söhne etwas Nettes für ihre Mutter kaufen.

Die große Bühne ist bereits aufgebaut, und einige der hiesigen Bands veranstalten Probeauftritte und erregen damit die Aufmerksamkeit der Teenager aus der Umgebung. Sie genießen den Rest ihrer Schulferien, liegen im Gras und trinken billiges Bier, das sie in Tüten versteckt mitgebracht haben.

Auf der Suche nach einem guten Platz für einen Imbissstand gehe ich an Yannis und Joan vom *Olive Garden Kitchen* vorbei. Da scheint etwas im Argen zu liegen. Yannis und Nikos, ein stämmiger, glatzköpfiger Mann, gestikulieren wild und werfen sich gegenseitig Schimpfwörter an den Kopf. Joan ist anscheinend dankbar für die Ablenkung und führt mich von den Streithähnen weg zu zwei weißen Plastikstühlen neben einem Stand mit Erfrischungsgetränken. Sie kauft zwei Flaschen Eistee und reicht mir eine davon.

»Worüber streiten sie?«, frage ich.

»Gebietsansprüche.« Joan verdreht die Augen. »Nikos hat Schwierigkeiten damit, sein Restaurant wieder aufzumachen, weil er keinen Strom hat, also möchte er stattdessen einen Imbisswagen betreiben. Direkt da, wo Yannis einen hinstellen möchte. Zu dumm, dass sie sich nicht schon eher darüber unterhalten haben. Aber sie werden sich bestimmt einig.«

Und tatsächlich ist das Geschrei nach einigen Minuten vorbei,und die beiden Männer umarmen sich und schlagen sich gegenseitig auf den Rücken.

»Wie sieht es mit der Musik aus?«, will Janet wissen. »Alles geregelt?«

»Ja, ich glaube schon«, erwidere ich zuversichtlich. »Janet hat die Organisation übernommen.«

»Oh, das ist gut. Ich freue mich schon sehr darauf, ebenso wie meine Tochter Elyannia und ihre Familie. Und wer wird moderieren?«

»Moderieren?«

»Ja, du weißt schon – der Ansager. Wer wird die Bands vorstellen und durch die Veranstaltung führen?«

Ich starre sie an, als hätte sie soeben Suaheli gesprochen. Daran habe ich noch nicht gedacht. Ein Moderator! Dann denke ich an all die Quizveranstaltungen und Karaokeabende, die ich im *Pig and Whistle* organisiert habe. So viel anders ist das doch auch nicht, oder?

»Der Moderator«, wiederhole ich zuversichtlicher, als ich mich fühle, »das bin ich.«

Ich kann es kaum glauben, dass ich nicht daran gedacht habe, dass jemand die Veranstaltung moderieren muss. Und ich bin überrascht, dass mich niemand darauf hingewiesen hat. Nicht einmal Janet. Meine Güte! Was habe ich mir nur dabei gedacht? Habe ich geglaubt, die Bands betreten ohne Ankündigung die Bühne?

Ich gehe am Strand entlang zum *Sea View* zurück und rufe mir die Videos auf YouTube vom Festival in Glastonbury ins Gedächtnis, als mein Telefon klingelt. Janet ruft mich aus London an, und als ich ihren Neuigkeiten lausche, fällt mir vor Schreck beinahe das Telefon aus der Hand.

Kapitel 47

»Sag das noch mal, Janet, und ganz langsam, bitte, damit ich mir sicher sein kann, dass ich es richtig verstanden habe.«

»Oh, Mandy, es tut mir so leid. Ich kann es ja selbst kaum glauben. Die New Horizons haben, wie du weißt, ein Konzert in Istanbul gegeben, und nun hängen sie dort fest, weil die Fluglotsen streiken.«

»Können sie kein Privatflugzeug chartern?«, frage ich verzweifelt.

»Ich befürchte, das würde nichts nützen. Ohne Fluglotsen darf kein Flieger starten. In den nächsten achtundvierzig Stunden kann dort kein Flugzeug landen oder abheben.«

Oh mein Gott, das darf nicht wahr sein.

Ich spüre, wie mir das Blut aus dem Gesicht weicht, und meine Schläfen beginnen, schmerzhaft zu pochen. Da ich heute noch keine Nachrichten gehört habe, wusste ich bis jetzt nichts von dem Streik.

»Aber der Konflikt lässt sich doch sicher bald lösen, oder?«, frage ich so flehentlich, als wäre Janet persönlich dafür verantwortlich.

»Mandy, ich weiß es nicht. Niemand weiß es. Es heißt lediglich, dass alle Flüge für die nächsten zwei Tage storniert sind. Offensichtlich streiken sie ganz bewusst in der Ferienzeit, um eine entsprechende Wirkung zu erzielen«, erwidert sie seufzend.

Ich will das nicht hören, verdammt. Ich will nicht! *Das darf einfach nicht wahr sein!* Hier ist alles bereit. Morgen beginnt das Festival mit den hiesigen Musikern, gefolgt von der Band *Stairs* aus den 1990ern, die sich vor Kurzem wieder zusammengefunden hat und nun auf Tour ist. Sie sind alle schon da und freuen sich darauf, als Vorgruppen des Hauptacts aufzutreten.

Das kann doch nicht wirklich passieren. Warum ausgerechnet jetzt?

Eine Sekunde lang frage ich mich, ob Janet sich jetzt wegen meiner bevorstehenden schrecklichen Pleite heimlich ins Fäustchen lacht, nachdem sie jahrelang auf Rache gewartet hat, doch dann verwerfe ich den Gedanken rasch wieder. Das hat niemand vorhersehen können. Es ist einfach Pech. Ein verflixtes Unglück.

Eine Weile bin ich sprachlos und versuche, das alles zu verdauen. Der Streik wird doch wohl nicht mehrere Tage dauern. Das darf einfach nicht sein. Wir haben Tausende Tickets verkauft.

Mein Kopf beginnt zu hämmern, als ich in mein Apartment laufe und den Fernseher anstelle.

Und natürlich bringt Sky News Bilder von Dutzenden Urlaubern, die in der Türkei am Flughafen von Istanbul festsitzen.

Ich brauche einen Drink. Mit wackligen Knien gehe ich hinunter zur Bar, bestelle mir einen großen Wodka mit Cola und kippe ihn hinunter.

»Du siehst aus, als wäre dir ein Gespenst begegnet«, sagt Costas besorgt und schenkt mir nach.

»Na ja, ich … ich bin ein wenig gestresst. Vielleicht

macht mir das Ausmaß der Veranstaltung ein bisschen zu schaffen«, stammle ich.

Ich will es Costas noch nicht sagen, obwohl er es ohnehin bald herausfinden wird. Tagsüber sieht er nie fern, aber am Abend wird ein für Europa wichtiges Fußballspiel übertragen, das er sich bestimmt anschauen wird. Ich will niemanden unnötig in Aufregung versetzen. Vielleicht löst sich das Problem früher als erwartet.

Ich kann nicht mehr klar denken, also gehe ich zum Meer hinunter, um den Kopf wieder freizubekommen. Langsam spaziere ich zum anderen Ende des Strands, wo ein alter Grieche neben einem schmalen Steg Schnellboote vermietet.

Wenige Minuten später habe ich eine Karte und den eindringlichen Hinweis bekommen, dass das Benzin nur für zwei Stunden reicht, und mache mich auf die Fahrt über das glitzernde Mittelmeer. Ich versuche, meine Gedanken zu sammeln, während mir der Wind das Haar zerzaust. Wenn ich meine Augen für einen Moment schließe, kann ich mir vorstellen, an einen unbekannten Ort in weiter Ferne zu fahren.

Am liebsten würde ich einfach verschwinden. Ich fühle mich persönlich für diese Situation verantwortlich, obwohl mir klar ist, dass das natürlich unlogisch ist. Ich denke an die Dorfbewohner. Was werden sie sagen, wenn sie diese Nachrichten hören? Die Hälfte der Teenager in der Umgebung haben im Moment nichts anderes im Kopf als die Vorfreude darauf, ihre Helden New Horizons zu sehen. Das wird ihnen das Herz brechen. Und das kann ich nicht ertragen.

Ich orientiere mich anhand der Karte und fahre an einigen kleinen Buchten vorbei, als mir bewusst wird, dass ich schon sehr weit draußen bin. Ein Blick zurück zeigt mir, dass der Bootsverleih nur noch ein kleiner Punkt in der Ferne ist. Ich lege an einer der kleinen Meeresbuchten an und springe auf den einsamen Sandstrand. Dann packe ich das Sandwich aus, das ich mir vorher gekauft habe, und schon taucht aus dem Nichts eine Wespe auf. Und noch eine. Innerhalb von wenigen Minuten kreist ein Schwarm um mein Sandwich mit Schinken und Käse. Wo zum Teufel sind die Viecher hergekommen? Ich werfe das Sandwich ins Meer, und die Wespen fliegen hinterher, um sich auf das Brot zu stürzen, das jetzt auf den Wellen schaukelt und bereits die Aufmerksamkeit von einigen Seevögeln auf sich gezogen hat.

Das ist einfach nicht mein Tag. Zumindest sind diese Räuber nicht an meiner Wasserflasche interessiert, also droht mir nicht der Tod durch Austrocknung. Ich trinke einen großen Schluck von dem inzwischen lauwarm gewordenen Wasser.

Manchmal frage ich mich, ob es überhaupt sinnvoll ist, Pläne im Leben zu machen. Ja, ich weiß, kurzfristige Pläne sind wichtig, sonst würden wir niemals etwas zustande bringen, aber es gibt so viele Dinge, die man nicht im Handumdrehen ändern kann. Im *Pig and Whistle* habe ich ein Ehepaar kennengelernt, das sich jahrelang darauf gefreut hat, sich nach seiner Pensionierung in Frankreich niederzulassen. Sie lebten für den Tag, an dem der Mann seine gesamte Pension ausbezahlt bekommen würde, um damit dann ein neues Leben zu beginnen. Ich glaube, sie verbrachten ihre Zeit in England nur noch in einer Warteschleife in der Vorfreude auf ihre Zeit in Frankreich. Als sie sich endlich auf die Reise begeben konnten, hatten sie in Frankreich einen Unfall mit einem Lkw, bei dem der Mann auf der Stelle starb. Die Frau kehrte nach England zurück und lebt nun bei ihren Töchtern in den Midlands. In dieser Geschichte liegt eine gewisse Moral. Vielleicht sollten wir jeden Tag in vollen Zügen auskosten.

Bei diesem Gedanken stehe ich rasch auf und springe nackt ins Meer, anstatt weiter Trübsal zu blasen.

Anschließend klettere ich wieder auf das Boot und starte den Motor. Meine Fahrt führt mich an einigen abgelegenen Buchten und Holzstegen vorbei. Nach einer Weile fängt der Motor plötzlich zu spucken an, und ich stelle entsetzt fest, dass mir wahrscheinlich das Benzin ausgeht. Ein Blick auf meine Armbanduhr zeigt mir, dass ich bereits seit zwei Stunden und zwanzig Minuten unterwegs bin.

Mir darf jetzt nicht das Benzin ausgehen!

Ich kann die Küste nicht mehr sehen, weil ich um einige Felsen herumgefahren bin. Jetzt umgibt mich nur noch der Ozean.

Nein!

Ich werde es nicht zurück an die Küste schaffen, und ich gerate allmählich in Panik. Doch dann entdecke ich in einiger Entfernung hoch oben auf einem Felsen einen Mann, der dort seine Angel ins Wasser hält. Ich fahre um eine weitere Bucht herum und sehe eine prächtige weiße Villa.

Der Motor meines Boots stottert noch einmal, bevor er am Rand der Felsküste den Geist aufgibt. Der Fischer auf dem Felsen steht auf. »Alles in Ordnung?«, ruft er zu mir herunter.

»Na ja … eigentlich nicht. Mir ist das Benzin ausgegangen.«

Zu meiner Überraschung grinst er breit. »Da sind Sie nicht die Erste und wahrscheinlich auch nicht die Letzte.« Er springt leichtfüßig über die Felsen nach unten. »Ich nehme an, Sie haben nicht auf Ihre Karte geschaut«, sagt er lächelnd.

Ich komme mir vor wie eine Idiotin. Was habe ich mir nur dabei gedacht? Ich hätte hier draußen wirklich in Not geraten können.

»Ich habe Benzin in meiner Garage neben der Villa«, sagt der hilfreiche Fremde und deutet auf das beeindruckende Haus. Als er näher kommt und seine Sonnenbrille abnimmt, stelle ich verblüfft fest, dass ich in die faszinierenden blauen Augen von Roddy Wilson, dem Superstar, schaue!

Kapitel 48

Wir steigen die Stufen zu Roddy Wilsons Villa nach oben, und er bietet mir ein Glas frische Limonade an. Mit unseren Getränken in der Hand gehen wir nach draußen auf eine erhöhte Terrasse, von der aus man einen herrlichen Ausblick auf das Mittelmeer hat. Kurz darauf erscheint die Haushälterin und bringt uns eine Platte mit Oliven, griechischem Brot und Hummus. Ich fühle mich wie auf einem Set für einen Bond-Film.

»Also«, beginnt Roddy. »Warum bist du hier allein unterwegs?«

Das Thema schon wieder!

Eine Frau auf einem Schnellboot muss natürlich einen starken Mann an ihrer Seite haben, der das Steuer übernimmt und Haie oder andere Gefahren abwehrt. Als ich ihm das sage, lacht er.

»Nein, ich meine, warum du gerade hier bist. Die meisten Touristen flitzen kurz übers Wasser, bleiben aber immer in Strandnähe. Du bist wohl eine Abenteurerin?«

Ich denke kurz darüber nach. Es hat eine Zeit gegeben, in der ich mich Hals über Kopf in jedes Abenteuer gestürzt habe, aber heute habe ich mir das Schnellboot nur gemietet, um eine Weile vom Dorf wegzukommen. Allerdings muss ich bald wieder zurück. Ich erzähle Roddy von dem Problem mit dem Festival, und er hört mir interessiert zu.

»Das ist dumm gelaufen. Vor allem, da schon so viele Tickets verkauft worden sind. Ich habe heute noch keine Nachrichten gesehen – ich bin erst am Morgen angekommen und wollte rasch für abends einen Fisch fangen.«

»Bevor ich dich dabei gestört habe«, sage ich.

»Kein Problem. Es hat ohnehin keiner angebissen. Ich werde es später noch einmal versuchen. Und was ist nun mit dem Konzert? Normalerweise fahre ich immer mal kurz nach Thakos rüber, aber dieses Mal wollte ich hierbleiben und mich ausruhen. Ich bin ausgebrannt.« Er grinst.

So sieht er jedoch nicht aus. Roddy ist braun gebrannt und wirkt fit und unwiderstehlich.

Ich erzähle ihm stolz alles über das Festival und darüber, wie meine Freundin die New Horizons als Hauptact gewinnen konnte. Er horcht auf, als ich Janet erwähne.

»Ich habe Janet ein paarmal getroffen, als sie noch eines der Night-Owl-Girls war«, erklärt er augenzwinkernd. »Ein nettes Mädchen.«

Janet hat nicht erwähnt, dass sie ihn kennt. Wieder einmal bin ich überrascht, wie viele Kontakte sie hat.

Roddy schlürft seine Limonade und schaut eine Weile schweigend auf das Meer hinaus.

Mir kommt das alles sehr unwirklich vor. Noch vor ein paar Stunden habe ich mich auf die Ankunft von einer der größten englischen Bands gefreut und mir im Stillen dazu gratuliert, und nun bin ich zu Gast in Roddy Wilsons Villa, und mir graut davor, in das Dorf zurückzukehren.

»Vielleicht kann ich dir helfen«, sagt er schließlich. »Ich sollte es zwar eigentlich ein wenig ruhiger angehen lassen, aber ein Konzert in einem Dorf klingt nach Spaß.«

Ich frage mich, ob ich zu viel Sonne erwischt habe. Vielleicht bin ich wieder in der Hitze eingeschlafen und habe Halluzinationen.

»*Du?*«, bringe ich mühsam hervor.

»Warum nicht? Wenn die anderen nicht kommen können, dann singe ich eben ein paar Songs. Wenn du möchtest.«

Mir verschlägt es die Sprache. Meine Gefühle übermannen mich, und ich breche plötzlich in Tränen aus. Ich frage mich nicht zum ersten Mal, was ich hier eigentlich tue. Warum konnte ich nicht einfach Urlaub machen wie alle anderen auch? Meine Güte, ich wollte doch über meine gescheiterte Ehe hinwegkommen. Warum musste ich meine Nase in die Angelegenheiten der Dorfbewohner stecken? Ich glaube, ich war schon immer so. Wenn ich unter Stress stehe, stürze ich mich rasch auf etwas anderes, um mich abzulenken.

Roddy verschwindet im Haus und kommt mit einer Schachtel Papiertaschentücher wieder zurück. Er bittet mich, ihm meine Telefonnummer aufzuschreiben, und verspricht mir, mich morgen anzurufen.

»Das Benzin dürfen wir nicht vergessen.« Er springt auf und geht zu einem großen Lagerraum. »Ich habe nämlich kein B & B«, sagt er und zwinkert mir zu.

Wie schade.

Als ich zum Landungssteg zurückkehre, schaut mich der Bootsverleiher wütend an und tippt auf seine Uhr. Aber ich habe jetzt wieder ein wenig Hoffnung, dass vielleicht doch nicht alles zum Desaster wird.

Kapitel 49

Bei meiner Ankunft im *Sea View* stellt Costas gerade kleine Schalen mit Nüssen und Chips auf die Bar. Am Abend findet ein Fußballspiel zwischen Manchester United und Real Madrid statt, und da werden einige Touristen und Einheimische kommen, um es sich hier anzuschauen. Andreas hat im Zuge der Modernisierung einen 50-Zoll-Fernseher angeschafft, und seit einigen Wochen ist das *Sea View* nun ein beliebter Treffpunkt bei Fußballübertragungen.

»Hi, möchtest du etwas essen?«, fragt Costas mit einem fröhlichen Lächeln. »In der Küche ist noch Beef Stifado.«

Ich habe keinen Hunger. Tatsächlich ist mir übel, obwohl ich bei Roddy ein paar Oliven und ein Stück Brot gegessen habe. *Vor Roddys Villa!* Jetzt, wo ich daran denke, kommt es mir total verrückt vor, und ich frage mich, ob ich mich nicht doch in einem merkwürdigen Traum befinde.

»Ähm … nein, vielen Dank. Ich habe ein wenig Kopfschmerzen, also werde ich früh zu Bett gehen.«

»Um halb sieben?«

Ich täusche ein Gähnen vor. »Ja, ich weiß, aber ich habe in der Nacht nicht gut geschlafen und bin heute sehr früh aufgestanden.«

»Ist dein Bett nicht bequem?« Costas runzelt die Stirn.

»Das Bett ist wunderbar, Costas, ich bin nur erschöpft. Wahrscheinlich liegt es an der Hitze. Wir sehen uns dann morgen früh.« Ich zwinge mich zu einem Lächeln. »Gute Nacht.«

»Du bist erschöpft, obwohl du allein schläfst?«, fragt Costas scherzhaft. »Vielleicht bringe ich dir später einen Schlummertrunk in dein Zimmer. Das könnte dir helfen, dich zu entspannen.«

Normalerweise würde ich mich jetzt geschmeichelt fühlen und wäre sogar ein wenig an diesem Vorschlag interessiert, aber heute bin ich so gestresst, dass ich mich hastig von ihm verabschiede.

Costas bestückt die Bar mit Bieruntersetzern und nickt mir mit leicht irritierter Miene zu.

Ich wähle Hayleys Nummer und zwinge mich dazu, positiv zu denken. Auf keinen Fall darf ich jetzt in Panik geraten. Vielleicht lässt sich das Problem ja doch noch lösen.

»Hi, Hayley. Alles okay bei dir?«

»Hallo, Schätzchen. Ja, mir geht's gut. Wie läuft es?«

Ich erzähle ihr von dem Fluglotsenstreik, und sie schaltet rasch den Fernseher ein und schaut sich die Nachrichten auf Sky News an. »O nein, was ist denn da los?«

»Das ist eine verdammte Katastrophe. Kannst du das fassen? So ein Pech kann auch nur ich haben!«

Wir haben uns schon sehr oft über mein Pech unterhalten. Hayley rückt dann immer alles wieder ins rechte Licht, indem sie mir erklärt, dass viele Menschen sehr viel Schlimmeres durchmachen als ich, und da stimme ich ihr zu. Aber ich sehe mich trotzdem als Pechvogel.

Als ich einmal ein erstes Date mit einem Jungen hatte, brach in der Küche des Restaurants ein Feuer aus, und wir mussten schnell auf die Straße laufen. Und dann diese Brände während meiner Ferien. Und ich habe ungelogen einmal im Lotto fünf Richtige plus Zusatzzahl getippt, konnte aber den Schein nicht rechtzeitig abgeben. Und die Liste ist noch viel länger …

Und jetzt auch noch das.

»Hör zu, Mandy, das wird schon irgendwie werden, das spüre ich. Die Jungs für den Hauptact sitzen also noch ein oder zwei Tage fest?«

»Ja, das nehme ich an. Und falls die Flugzeuge dann immer noch nicht starten können, hat mir jemand angeboten, an ihrer Stelle aufzutreten.«

»Wirklich? Wer?«

»Roddy Wilson.«

Einen Moment lang herrscht Schweigen am anderen Ende der Leitung.

»Tut mir leid, ich habe doch tatsächlich Roddy Wilson verstanden.« Hayley lacht.

Ich erzähle ihr, wie ich ihn kennengelernt habe und dass ich vor seiner Villa etwas mit ihm getrunken habe, und sie schnappt abwechselnd nach Luft und gibt Laute des Entzückens von sich. »Oh, wow!«, ruft sie schließlich.

»Ich kann es selbst kaum glauben. Die Leute hier wären sicher begeistert, wenn Roddy auftreten würde. Aber ich denke ständig an die jungen Mädchen, die sich so sehr auf die New Horizons freuen. Ich fühle mich schrecklich.«

»Hör zu«, beginnt Hayley, als sie sich wieder beruhigt hat und die Stimme der Vernunft sprechen lässt. »Der Streik ist nicht deine Schuld, richtig? Alle verstehen das, da bin ich mir sicher. Und Roddy Wilson, wow, wer hätte damit gerechnet?«

Wir quatschen noch ein paar Minuten, und sie erzählt mir von ihrem Tag. Sie hat am Albert Dock im *Malmaison* zu Mittag gegessen und sich danach Tarotkarten legen lassen. Angeblich wird sie bald in Amerika leben und einen Bankier heiraten.

»Ich glaube normalerweise nicht an diese Wahrsagerei. Für mich ist das nur Spaß«, erklärt Hayley lachend. »Die guten Sachen nehme ich natürlich gern an, so wie die Weissagung, dass ich sehr alt werde und mir nie Sorgen um Geld machen muss. Aber was die Sache mit Amerika betrifft, liegt die Wahrsagerin vollkommen daneben. Ich bin sehr glücklich hier in Liverpool mit meinem Gary.«

Bevor wir unser Gespräch beenden, vereinbaren wir, uns bald wieder zu treffen – Hayley wird mit Gary zum zweiten Teil des Festivals anreisen.

Plötzlich bin ich nach meinem abenteuerlichen Ausflug auf hoher See tatsächlich erschöpft, und obwohl es erst halb acht ist, döse ich auf meinem Bett ein, während sich die Gardinen an der Balkontür sanft in der warmen Sommerbrise bewegen.

Kurz nach zehn klopft es laut an meiner Tür. Ich ziehe rasch die Träger meines Tops nach oben, wische mir die Spucke vom Kinn und stolpere im Dunkeln zur Tür. Vor mir steht Costas, und ich habe ein Déjà-vu-Erlebnis.

»Ich nehme an, du hast die Nachrichten bereits gesehen?«, sagt er, wedelt mit seinem Telefon vor meiner Nase herum und betritt uneingeladen mein Zimmer.

Oh, verdammt.

»Ja«, seufze ich. »Ich dachte nur, es hätte nicht viel Sinn, jetzt schon darüber zu reden.«

»Wir haben zehntausend Tickets verkauft!«, ruft Costas, als ob ich das nicht wüsste.

»Das weiß ich, aber was kann man denn gegen einen Fluglotsenstreik machen? Und das ist nichts, was man hätte vorhersehen können. Es hat keinen Sinn, sich jetzt darüber aufzuregen. Das Problem könnte schon bald gelöst sein, und wir haben ja noch viele andere Bands verpflichtet«, erwidere ich, in dem Versuch, mich selbst davon zu überzeugen.

»Aber die Leute haben dafür bezahlt, die großen Bands aus Großbritannien zu sehen. Die einheimischen Musiker können sie sich jeden Tag in der Stadt anhören.« Costas sieht mich ernüchtert an.

Allmählich steigt Zorn in mir auf. Es ist nicht meine Schuld, dass dieses Problem ausgerechnet in der Woche des Festivals aufgetaucht ist. Ich bitte Costas zu gehen. Mein Kopf dröhnt, und ich möchte jetzt nur noch acht Stunden lang schlafen. Das Festival beginnt morgen Nachmittag mit einigen einheimischen Bands aus Rhodos, die sicher alle in Stimmung bringen werden. Und wer weiß? Vielleicht läuft der Flugbetrieb morgen um diese Zeit schon wieder ganz normal.

Ich beschließe, schnell weiterzuschlafen, um morgen fit zu sein. Aber irgendwie befürchte ich, dass ich in der Nacht keine Ruhe finden werde.

Kapitel 50

Ich wälze mich im Bett hin und her, schwitze und friere und schlage so wild um mich, dass die dünne Decke wie ein Strick zusammengedreht ist. Vielleicht habe ich mir irgendetwas einfangen. Eine Grippe oder eine Lungenentzündung. Dann würde ich in ein Krankenhaus gebracht, und alle hätten Mitleid mit mir …

Es ist früh am Abend, und als ich aus dem Fenster schaue, sehe ich eine Schar von Dorfbewohnern. Einige rufen meinen Namen und schwenken Grillzangen. Es sind Griechen aus vergangenen Zeiten, die ihre Mistgabeln schwingen, um bei der Griechischen Revolution ihre Dörfer zu verteidigen. Sie rufen meinen Namen, und dann schlagen sie gegen die Fenster. Ich kann nicht mehr atmen. Der Lärm kommt immer näher.

»Was wollt ihr von mir?«, rufe ich. »Bitte, habt Erbarmen!«

Nach dem lauten Klopfen an der Tür höre ich Schlüssel klirren, und dann geht die Tür zu meinem Apartment auf, und Andreas steht vor mir.

»Alles in Ordnung?«, fragt er und beugt sich über mich.

Ich greife nach dem Laken, schlinge es mir um den Körper und laufe auf den Balkon. »Wo sind die Leute?«

»Welche Leute?«, fragt Andreas verständnislos.

»Da waren Dutzende, die meinen Namen gerufen und

an die Fenster geschlagen haben …« Ich verstumme, als mir klar wird, dass das nur wieder einer meiner seltsamen Träume gewesen ist.

»An die Fenster geschlagen? Im ersten Stock? Was waren das für Leute? Etwa von einer Spiderman-Convention?« Andreas lacht.

Ich schaue ihn an und lächle. Dann breche ich in Gelächter aus, und er stimmt mit ein. Ich steigere mich in ein hysterisches Kichern, bis mir schließlich Tränen über die Wangen laufen. Andreas lacht nun nicht mehr und sieht mich besorgt an. Das bringt mich noch mehr zum Lachen.

»Bist du krank?«, fragt er schließlich, und das ruft bei mir, nachdem ich kurz Luft geholt habe, den nächsten Lachanfall hervor.

Endlich beruhige ich mich wieder und versichere Andreas, dass mir nichts fehlt, sondern dass ich nur einen Albtraum hatte. Ich berichte ihm, dass die Bands aus England vielleicht nicht kommen können, und er hört sich alles ruhig an.

»Manche Dinge liegen eben einfach nicht in unserer Hand.« Er zuckt mit den Schultern. »Den Leuten wird das Konzert trotzdem gefallen. Sie werden das Beste daraus machen.«

»Da bin ich mir nicht so sicher«, erwidere ich. »Das soll ein einmaliges Erlebnis für das Dorf werden, also freuen sich viele schon darauf. Costas hat mir gesagt, es sei das Highlight in diesem Jahr … in diesem Jahrzehnt!«

Ich denke wieder an die vielen jungen Fans, die sicher in den letzten Monaten kaum ein anderes Gesprächsthema hatten. Wie soll ich dieses Festival moderieren? Ich kann ihnen nicht gegenübertreten. Ich kann es einfach nicht.

»Mach dich deswegen nicht verrückt«, sagt Andreas ruhig. »Heute ist der Eröffnungstag. Viele griechische Bands werden auftreten, und die Stairs und The Miracles sind ebenfalls schon eingetroffen. Sie werden für gute Stimmung sorgen. Und dann bleiben uns noch vierundzwanzig Stunden für die anderen Acts.«

Andreas hat eine so beruhigende Art, dass ich mich ein wenig entspanne. Er hat recht. Wir wissen alle nicht, wie lange dieser Streik dauern wird. Vielleicht finden ein paar Krisengespräche statt, die eine schnelle Lösung herbeiführen.

»Mach dich fertig«, fordert er mich auf. »Das Konzert beginnt in ein paar Stunden. Adonis wird bald hier sein, um Costas abzuholen. Wir sehen uns dann gleich unten an der Bar.«

Ich will noch rasch unter die Dusche, als mein Telefon klingelt.

»Hallo, wie geht's dir?«, fragt Roddy Wilson fröhlich. »Ich habe mir soeben die Nachrichten angeschaut. Es sieht nicht so aus, als könnten die Flugzeuge bald wieder starten.«

»Ich weiß«, erwidere ich seufzend. »Ein paar einheimische Bands und die Stairs, die wieder sehr populär sind, eröffnen heute das Festival. Es ist ein Geduldsspiel, und ich befürchte, du wirst uns retten müssen. Mir tun nur die jungen Mädchen leid.«

»Oh, vielen Dank!« Roddy lacht.

»Entschuldige … ich meinte die Fans der New Horizons.«

»Schon gut. Ich werde versuchen, morgen früh nach Thakos zu kommen, dann sehen wir weiter.«

Ich bin erleichtert. Ein paar hundert Teenies werden enttäuscht sein, wenn die New Horizons nicht auftreten, aber Roddy ist schließlich auch bei allen sehr beliebt. Er versteht sich darauf, sein Publikum zu begeistern. Es wird schon alles gut gehen, sage ich mir. Mit Roddy an Bord habe ich vielleicht sogar unabsichtlich das größte Konzert aller Zeiten auf die Beine gestellt!

Kapitel 51

Ich will mich auf den Weg nach unten zur Bar machen, als mein Telefon wieder klingelt. Es ist meine Mum.

»Hallo, Mum, wie geht's dir?«

Nach einer kurzen Pause sagt sie mir, dass es ihr gut gehe. Sie habe nur wissen wollen, wann ich nach Hause komme.

»Am Sonntag, wenn das Festival vorbei ist.«

»Viel Glück, Schätzchen. Ich hoffe, alles läuft gut – ich weiß ja, wie viel Mühe du dir damit gegeben hast.«

Ich denke kurz darüber nach und stelle fest, dass ich eigentlich gar nicht so viel geleistet habe. Die Vorarbeiten haben die griechischen Einheimischen und vor allem Janet erledigt. Ich habe nur die Idee dafür gehabt.

»Wenn du wieder hier bist, gehen wir zum Mittagessen aus und bringen uns auf den neuesten Stand der Dinge. Dann kannst du mir auch alles über das Konzert erzählen«, sagt meine Mum, bevor wir unser Gespräch beenden.

Ich erinnere mich an den Gutschein für das *Canal View Gartencenter* und beschließe, mit ihr dorthin zu gehen.

»Abgemacht. Bis bald, Mum.«

»Tschüss, Mandy. Ich hab dich lieb.«

Als ich auflege, habe ich ein ungutes Gefühl. Meine Mum stammt aus einer Generation, die nicht jeden Satz mit einem lockeren »Ich hab dich lieb« beendet. Ich hoffe, dass bei ihr alles in Ordnung ist.

Das Telefon klingelt schon wieder und reißt mich aus meinen Gedanken. Dieses Mal ist Janet dran.

»Mandy, wie läuft's? Ich kann es nicht fassen, dass es immer noch keine Flüge gibt. Geld hat anscheinend keine Macht über die Prinzipien der Leute. Aber mach dir keine Sorgen, ich arbeite an einer Lösung.«

»Einer Lösung?«, frage ich aufgeregt.

»Nun, ich möchte noch nicht allzu viel darüber verraten, für den Fall, dass es nicht klappt, aber ich bleibe mit dir in Kontakt.«

»Janet, ich …«

Die Verbindung reißt plötzlich ab. Ich versuche, Janet zurückzurufen, erreiche aber nur ihre Mailbox. Eine Lösung? Ich frage mich, was um alles in der Welt sie damit meinen könnte. Wie kann es eine Lösung geben, wenn in Istanbul keine Flugzeuge starten dürfen?

Ich versuche, alle Gedanken an die New Horizons zu verdrängen, während ich mich fertig mache. Etliche aufgeregte Musiker sind bereit für ihren Auftritt, also kann und muss die Show beginnen. Ich ziehe einen schwarzen Baumwolloverall an und lege mir die Kette mit dem Wolfsmotiv um den Hals, die ich in Dremasti gekauft habe.

Costas sitzt auf einem Barhocker und unterhält sich mit einer sehr attraktiven Frau an seiner Seite. Als er mich bemerkt, lächelt er breit und steht auf, um mich zu begrüßen.

»Mandy, das bist du ja. Ich möchte dir Athena vorstellen – ich habe ihr gerade von dir erzählt.«

Die Brünette mit der karamellfarbenen Haut und den blonden Strähnchen im Haar kommt auf mich zu und gibt mir die Hand.

Wir unterhalten uns höflich ein paar Minuten miteinander, aber ich kann mich kaum konzentrieren. Ein merkwürdiges Gefühl überkommt mich, und ich kann nicht genau einschätzen, was das ist. Ich weiß nur, dass der glänzende Barbereich in meinen Augen mit einem Mal düster wirkt.

»Gut, wir sehen uns dann später.« Athena gibt Costas einen Kuss auf die Wange. »Mein Date ist hier.« Sie lächelt und deutet mit einer Kopfbewegung auf einen großen dunkelhaarigen Mann mit Bart, der soeben hereingekommen ist.

Costas bemerkt meine Überraschung und erklärt mir, dass Athena seine Cousine ist. Eine Welle der Erleichterung überrollt mich, und meine Schultern entspannen sich ein wenig.

Nach einem kurzen Drink an der Bar mit Adonis gehen wir alle hinaus auf die Straße, während die ersten Bands bereits ihre Instrumente stimmen. Andreas stellt mir einen Mann namens Stavros vor, der einen cremefarbenen Anzug trägt und eine dicke kubanische Zigarre pafft. Ich bekomme rasch den Eindruck, dass er im Dorf sehr angesehen ist, denn alle Vorübergehenden winken ihm zu und grüßen ihn. Er stellt mir ein paar Fragen, und ich komme mir vor, als würde ich vom Paten höchstpersönlich unter die Lupe genommen. Wir reden ein paar Minuten miteinander, bevor er sich schließlich mit einem Handkuss von mir verabschiedet.

Ein ständiger Strom von Passanten schiebt sich durch die Hauptstraße, und sehr zur Freude der Inhaber haben sich etliche Leute gemütlich auf den Stühlen vor den Cafés niedergelassen und genießen die Atmosphäre. Costas sagt mir, dass er noch nie eine so freudig erregte Stimmung erlebt habe.

»Mein Vater meint, es ist ganz wie in alten Zeiten«, fügt er hinzu, während wir inmitten der Menschenmenge die Straße überqueren.

»Da haben die Urlauber scharenweise Ouzo in einem Café getrunken, bevor sie an den Strand gegangen sind«, fährt er fort. »Die Straßen waren voll mit Touristen in Mietwagen auf dem Weg nach Rhodos-Stadt. Viele sind zum Mittagessen hier eingekehrt, haben sich dann in das Dorf verliebt und sind eine Woche oder noch länger geblieben.«

Das kann ich sehr gut verstehen.

Wir erreichen das Festgelände und hören die ersten Klänge. Der einheimische DJ Mika, den ich engagiert habe, heizt bereits dem Publikum mit seiner Musik ein. Die Besucher sind in bester Stimmung, schwingen die Hüften und singen laut zu dem pulsierenden Rhythmus mit. Es ist unglaublich. Wenn das Warm-up schon so gut läuft, kann ich mir kaum vorstellen, was beim Eintreffen der New Horizons abgehen wird. Und sie werden kommen. Ich muss nur fest daran glauben.

Ich werfe einen Blick über die Straße und sehe, wie die Kellner in den Cafés wie fleißige Bienen hin und her schwirren und Getränke und Essen an die voll besetzten Tische bringen. Das erfüllt mich mit einer ungemeinen Befriedigung, unabhängig davon, wie es weitergehen wird.

Kurz darauf erklimme ich zum ersten Mal die Bühne, um The Romans anzusagen, die das Konzert mit dem Song »Twist and Shout« von den Beatles beginnen werden. Ich kann es nicht glauben – ich habe es geschafft! Das hier ist nicht zu vergleichen mit dem Moderieren eines Quizabends im Pub. Ich schaue auf ein Meer von begeisterten, erwartungsvollen Fans, die singen und die Arme schwenken. Annis und ein DJ aus einer örtlichen Bar haben zugesagt, mir später bei den Ansagen zu helfen.

Während ich zuhöre, wie The Romans ihre ersten Songs schmettern und das Publikum begeistern, werde ich ein wenig emotional. Das Konzert findet tatsächlich statt. Das ist zu schön, um es in Worte zu fassen.

Kapitel 52

Am folgenden Nachmittag herrscht große Aufregung, als ein Schnellboot an dem kleinen Steg anlegt. Trotz seiner Baseballkappe und der Designersonnenbrille wird der enigmatische Roddy sofort erkannt. Der alte Grieche am Landesteg nickt ihm zu und wechselt ein paar Worte mit ihm, bevor Roddy sich auf den Weg zu den *Sea View Apartments* macht. Eine Gruppe junger Frauen, die am Strand in der Sonne liegen, entdecken ihn, und eine kurvenreiche Rothaarige in einem bunten Bikini springt sofort auf, schreit und winkt.

»Roddy, oh mein Gott, Mädels, das ist Roddy Wilson!«, kreischt sie. Ihre fassungslosen Freundinnen rennen über den heißen Sand und stolpern bei dem Versuch, rasch ihre Flipflops anzuziehen. Die Rothaarige bittet Roddy um ein Autogramm auf ihrem Körper, was ihn sehr amüsiert.

Ich beobachte lachend die Szene von meinem Balkon aus und mache mich bemerkbar, als er auf die Apartmentanlage zukommt. Rasch führe ich ihn an der Rezeption vorbei zu einer Hintertür, die in einen Privatbereich führt.

Roddy trifft sich dort mit Adonis und Costas, die sich in einem kleinen umzäunten Grundstück ein kaltes Getränk schmecken lassen. Andreas hat hier vor vielen Jahren einen »Secret Garden« für seine Familienangehörigen und privaten Gäste angelegt. Unter den Zitronenbäumen stehen schmiedeeiserne Tische und Stühle, und der Blickpunkt in der Mitte des Innenhofs ist eine runde, hübsch gepflasterte Fläche. Am Abend hängen Windlichtgläser mit Kerzen an den Bäumen und sorgen für eine magische, romantische Stimmung.

Drei Stunden später, als es zu dämmern beginnt, springt Roddy auf die Bühne, und das nichtsahnende Publikum ist begeistert von dieser Überraschung. Schon nach den ersten Takten von »Love of My Life« hat er die Menge in der Hand. Sogar Joan vom *Olive Garden Kitchen* zeigt, was sie draufhat.

Und ich habe ihn auf der Bühne präsentiert. *Ich!* Ich habe dem Publikum auch meinen Namen genannt und mich riesig gefreut, als alle plötzlich jubelten und klatschten. Sie begannen sogar, »Mandy! Mandy!« zu rufen. Das ist irre!

Ich habe das Gefühl, mich mitten in einem Traum zu befinden. Und dieses Mal ist es ein schöner Traum. Das Publikum gerät außer Rand und Band, als Roddy ihnen das Mikrofon nach der Songzeile »Now scream!« entgegenstreckt und alle begeistert mitgrölen. Drei Songs danach geht er leicht verschwitzt von der Bühne und nimmt mich kurz in den Arm. Der Jubel der Zuhörer ist ohrenbetäubend.

»Hey, Leute, wie war das? Bitte noch einen Applaus für Roddy Wilson!«, höre ich mich selbst sagen, und alle klatschen noch einmal begeistert.

Das ist großartig! Mein Selbstvertrauen wächst, und für einen Moment lang denke ich nicht einmal mehr an die gestrandeten englischen Musiker.

Aber morgen ist der dritte Tag, das heißt, in dreißig Stunden müssten die englischen Bands auftreten. Ich habe Janet nicht mehr erreicht. Und ich frage mich, ob Roddy Wilson bleiben und die Menge noch einmal unterhalten wird …

Kapitel 53

Ich habe eine unruhige Nacht verbracht, und am späten Morgen klopft Costas an meine Tür. Schon wieder.

Er schleift mich praktisch zur Rezeption hinunter und hinaus auf die Hauptstraße, wo ein Hupkonzert ertönt und eine Menschenmenge laut jubelt. Ein Reisebus fährt langsam die Straße entlang, und die Leute treten zur Seite, um ihm Platz zu machen. Gary Styles winkt einer jungen Frau zu, die prompt in Ohnmacht fällt.

Der glänzende Bus bleibt schließlich stehen, und eine große Anzahl von Sicherheitskräften hält die Menge in Schach. Wie um alles in der Welt hat Janet das geschafft? Die Musiker werden rasch und geschickt in ein großes Hotel außerhalb des Dorfs geschleust.

»Du bist gefahren?«, frage ich verblüfft, als ich mit Janet eine Stunde später im Hilton Hotel an der Bar bei einem Drink sitze. »Du bist tatsächlich bis hierher gefahren?«

»Na ja, ich hätte aus Großbritannien einen Direktflug bekommen können, aber ich bin schließlich die Bandmanagerin, also bin ich nach Bodrum geflogen und dann einen Teil des Wegs mit den Musikern im Tourbus gefahren. Vom Streik war nur Istanbul betroffen, und Simon war von meiner Idee auch sofort begeistert. Er war der Meinung, das könne Spaß machen. Und weißt du was? Er hat recht behalten. Wir haben wunderschöne Landschaften gesehen und viel gelacht. Es war ein herrliches Erlebnis. Mich hat die Reise an meine Zeit bei den Night Owls erinnert, als wir der Boygroup Black durch Frankreich gefolgt sind, in der Hoffnung, ein Interview zu bekommen.« Sie lacht. »Und wir haben bei der Überfahrt mit der Fähre ein paar schöne griechische Inseln gesehen. Den Anblick des Hafens von Symi mit seinen bunten würfelförmigen Häusern, die sich an den Hügeln bis zum Himmel erstrecken, werde ich nie vergessen.«

Auf dem Feld lauscht eine Menschenmenge dem mitreißenden Set der Mandolins, die gleich danach von The Miracles abgelöst werden. Ich habe meine Moderationsaufgaben kurzfristig einem Freund von Adonis übertragen. Er ist Barbesitzer, arbeitet nebenher als DJ und wird sich mit Mika abwechseln. Vor dem Hotel, das zu Fuß zehn Minuten von dem Festgelände entfernt liegt, hat sich eine Gruppe von eingefleischten New-Horizons-Fans versammelt und wird immer wieder von den Sicherheitskräften verscheucht.

Die Bandmitglieder haben inzwischen geduscht und sich umgezogen und erregen im Foyer großes Aufsehen. Sam von den New Horizons flirtet mit der hübschen Rezeptionistin.

Ich befinde mich immer noch in einem Schockzustand. »Ich kann es einfach nicht glauben!«, sage ich immer wieder.

»Ich auch nicht«, gesteht Janet, trinkt ihr Glas aus und bestellt bei der Kellnerin noch einen Drink. »Ich bin so froh, dass nun doch noch alles geklappt hat.«

Janets Mann Simon schenkt ihr ein bewunderndes Lächeln.

Im Restaurant gesellen sich die Bandmitglieder von Apocalypse zu uns und erzählen uns Geschichten von ihrem Roadtrip. Ich bin neidisch auf die langen blonden Locken von Leadsänger Mick. Er rückt seinen Stuhl näher an mich heran, fixiert mich mit seinen stahlblauen Augen und macht mich damit ein bisschen nervös. Offensichtlich ist er daran gewöhnt, ständig von Groupies umgeben zu sein.

»Die Reise war ein Riesenspaß«, sagt Mick, schiebt sich den letzten Bissen seines Lammragouts mit grünen Bohnen in den Mund und wischt den Teller mit einem Stück Brot sauber. »Wir sind schon lange nicht mehr auf der Straße unterwegs gewesen. Aber die Show muss weitergehen, stimmt's, meine Hübsche?« Er zwinkert mir zu, und ich bemerke, dass Costas ihm einen bohrenden Blick zuwirft.

»Allerdings«, wirft Janet ein. »Aber jetzt sollten wir uns alle erholen. Die Reise war anstrengend. Ihr seid morgen als Erste dran«, fügt sie, an Mick von Apocalypse gewandt, hinzu.

»Du machst wohl Witze, Baby. Der Tag ist noch jung.« Er winkt eine Kellnerin heran und bestellt sich noch ein Bier. »Ich finde, wir sollten uns anschauen, was auf dem Festgelände so abgeht«, sagt er grinsend.

»Das Konzert läuft schon seit ein paar Stunden. Wahrscheinlich sind manche Besucher schon ziemlich betrunken«, gibt Janet zu bedenken.

»Das klingt doch gut«, erwidert Mick mit einem anzüglichen Grinsen.

Die New Horizons beschließen, im Hotel zu bleiben, sehr zur Freude der Rezeptionistin, die inzwischen Gesellschaft von einigen ebenso gut aussehenden Kolleginnen bekommen hat.

Janet sieht müde aus, und ich bewundere sie sehr dafür, dass sie das tatsächlich geschafft hat. Die Fahrt hat sechzehn Stunden gedauert, und alle mussten ihren Anteil dazu beitragen. Sie musste Mick davon abbringen, am Hafen in Kos zwei hübsche Mädchen im Tourbus mitzunehmen, aber sie sagt mir, dass sie das Abenteuer trotz allem genossen hat.

Ich bin Janet so dankbar, dass ich mich zu ihr vorbeuge, sie in den Arm nehme und an mich drücke. Und dieses Mal weicht sie nicht zurück.

»Wir gehen jetzt in unser Zimmer«, erklärt sie und wendet sich an Simon, der gerade gähnt, aber sofort aufspringt. »Gute Nacht, Mandy. Wir sehen uns morgen früh.«

Janet drückt mir einen Kuss auf die Wange, und Simon lächelt. Ich freue mich sehr, dass sie es so weit gebracht hat – in vielerlei Hinsicht.

Kapitel 54

Apocalypse reißen das Publikum zu wahren Begeisterungsstürmen hin, während Roddy an einer der Bars in der Nähe für einiges Aufsehen sorgt, als er sich mit einer Gruppe von hübschen Blondinen unterhält.

»Das ist unglaublich.« Costas legt mir einen Arm um die Taille. Es ist wunderschön, hier mit ihm zu stehen, und ich kann es immer noch kaum fassen. Obwohl ich ihn noch nicht sehr lange kenne, fühle ich mich ihm sehr nahe.

Costas trinkt normalerweise kaum Alkohol, aber heute Abend hat er sich ein paar Bier genehmigt, und das erklärt vielleicht seinen amourösen Annäherungsversuch. Er streicht mit einer Hand sanft über meinen Rücken und erweckt angenehme Gefühle in mir, doch dann stolpert ein Vorübergehender vor unseren Füßen und verschüttet sein Bier. Wir springen rasch auseinander.

Die Musik ist mitreißend, und als ich die New Horizons ankündige, ist die Stimmung auf dem Höhepunkt. Costas steht neben der Bühne, wippt im Takt der Musik und grinst beschwipst, und ich frage mich, ob er sich am kommenden Morgen noch an seine zärtliche Geste erinnern wird.

Gary Styles hat im Publikum eine attraktive Brünette entdeckt und richtet sich mit seinem neuen Hit direkt an sie. Sie bewegt den Kopf im Rhythmus und jubelt ihm zu.

So etwas habe ich in meinem Leben noch nie gesehen.

Ich war zwar schon bei einigen Konzerten in der *Echo Arena* in Liverpool, aber dort war die Atmosphäre nie so wie hier. Die Stimmung ist fantastisch. Der ganze Platz pulsiert regelrecht. Ich entdecke Simon und Janet, die sich ihren Weg zu uns durch die Menge bahnen.

»Gefällt es dir?«, fragt mich Janet. Sie sieht in ihrem steingrauen Maxikleid und mit der Statement-Kette frisch und entspannt aus.

»Ich amüsiere mich großartig, es ist einfach fantastisch«, erwidere ich und bin plötzlich gerührt. »Das Publikum scheint sich prächtig zu unterhalten. Und ich kann es kaum fassen, wie viel Spaß mir die Präsentation der Show macht! Ein tolles Gefühl. Ich habe gehört, dass Daniel O'Brian die Show *The Next Superstar* nicht mehr moderieren will. Das könnte ich doch übernehmen. Kannst du mir Simon Cowells Telefonnummer geben?«, scherze ich.

Es ist nicht zu glauben, dass das vor wenigen Monaten alles noch ein Traum war – manche Träume werden anscheinend wirklich wahr.

»Ich kann dir nicht genug dafür danken, was du für unser Dorf getan hast«, erklärt Costas, stolpert auf Janet zu und nimmt sie in die Arme.

»Es war mir ein Vergnügen.« Sie löst sich rasch aus seiner Umarmung. »Bei den großen Konzerten herrscht nie eine so herzliche Stimmung wie hier. Ich spüre, wie sehr sich alle darüber freuen. Das werde ich wohl nie vergessen.« Sie lächelt und dreht sich zu mir um. »Aber das haben wir eigentlich Mandy zu verdanken. Ohne sie hätte das Festival nie stattgefunden. Es war ihre Idee.«

»Na ja, die Idee zu so etwas ist eine Sache, sie dann in die

Tat umzusetzen, eine andere«, erwidere ich bescheiden, aber insgeheim bin ich sehr stolz auf mich.

Simon singt laut zu dem Song »One Way or Another« mit, und Janet wirft ihm einen liebevollen Blick zu.

Die Party geht noch lange weiter, nachdem die letzten Acts von der Bühne gegangen sind, und wir sitzen im sanften Mondschein auf Decken. Costas schnarcht leise.

»Er verträgt nicht viel Alkohol«, erklärt Andreas, als er vorbeikommt, um uns eine gute Nacht zu wünschen. »Wahrscheinlich hat er morgen einen Brummschädel.«

»Mir graut davor, nach Hause zu fahren«, stelle ich fest und schlüpfe in meine Strickjacke. In den frühen Morgenstunden ist es kühl geworden.

»Mir auch«, erwidert Hayley und trinkt einen Schluck aus einer Flasche Rosé. Sie sieht bezaubernd aus wie immer.

Gary liegt neben ihr und streichelt zärtlich ihren Arm. Sie sind offensichtlich immer noch sehr verliebt, und ich glaube, dass Hayley möglicherweise endlich den Mann gefunden hat, mit dem sie den Rest ihres Lebens verbringen möchte.

»Wir zählen eben einfach die Tage bis zum nächsten Jahr«, meint Hayley fröhlich.

»Bis zum nächsten Jahr?«

»Ja klar. Dieses Festival war großartig. Daraus wird mit Sicherheit ein jährliches Ereignis.«

Eine jährliche Veranstaltung? Daran habe ich noch gar nicht gedacht. Aber es ergibt Sinn. Die meisten erfolgreichen Festivals werden Jahr für Jahr wiederholt, und alle freuen sich darauf.

»Hayley.« Ich nehme meine Freundin aufgeregt in den Arm. »Du bist die Größte!«

Kapitel 55

Seit zwei Tagen bin ich nun wieder zu Hause und spüre immer noch die Aufregung des Festivals in mir. Alle Beteiligten sind sich einig, dass es ein großer Erfolg war. Manche Restaurantbesitzer haben Freudentränen vergossen, als sie die Einnahmen der Woche gezählt und festgestellt haben, dass sie höher waren als im gesamten letzten halben Jahr.

Am Samstagnachmittag hole ich meine Mum zum Essen im *Canal View Gartencenter* ab, das etwa zwanzig Minuten Autofahrt entfernt liegt. Ich mag Gartencenter. Früher gab es dort nur Rasenmäher und Gartenpflanzen, aber heutzutage kann man dort wunderschöne Geschenke und Gartenmöbel kaufen. Und es gibt dort immer ein Café, das hausgemachte Köstlichkeiten anbietet. Ich bestaune einen großen Grill und überlege mir, ob ich Brian vorschlagen soll, ihn für den Biergarten des Pubs zu kaufen.

Wir setzen uns an einen Tisch am Fenster, vor dem ein Zitronenbaum in einem blauen Terrakottakübel steht. Er erinnert mich sofort an die Zitronenbäume in Thakos.

Ich überrasche meine Mum mit einem Nachmittagstee, den ich vorbestellt habe, und nun steht eine große Auswahl an Leckereien für uns bereit. Kleine, in winzigen Terrakottatöpfen gebackene Biskuitkuchen, Holunderblütenlikör in kleinen Keramikgummistiefeln und verschiedene köstliche Sandwiches und Kuchenstücke, einschließlich eines himmlischen Zitronenkuchens. Alles ist hübsch auf einem Picknicktisch aus Holz angerichtet und sieht großartig aus, aber meine Mum reagiert darauf nicht so, wie ich es erwartet habe.

»Alles in Ordnung, Mum?«, frage ich und schiebe mir ein Stück von dem köstlichen Zitronenkuchen in den Mund.

Sie knabbert abwesend an einem Sandwich mit Räucherschinken, bevor sie es auf ihren Teller legt und einen Schluck Tee trinkt.

»Nun, ich möchte dich nicht beunruhigen, aber ich habe einen Knoten entdeckt«, sagt sie leise.

Mir gefriert das Blut in den Adern.

»Einen Knoten?«

»Ja, in der Brust. Zuerst habe ich mir keine große Sorgen gemacht, denn so etwas liegt nicht in meiner Familie. Deine Großmutter und deine Urgroßmutter sind beide weit über achtzig geworden. Wie auch immer, ich habe den Knoten beim Duschen entdeckt und bin zum Arzt gegangen. Daraufhin musste ich einige Untersuchungen machen lassen.«

Der köstliche Zitronenkuchen, der noch vor einigen Sekunden auf meiner Zunge zergangen ist, schmeckt plötzlich sauer.

»Und was ist dabei herausgekommen?«, frage ich. Mein Herz pocht so heftig, dass ich es hören kann.

»Anscheinend handelt es sich um einen langsam wachsenden Krebs. Ich werde ihn operieren lassen. Das nennt man wohl Lumpektomie. Danach muss ich mich bestrahlen lassen. Aber die Chancen stehen gut«, sagt sie mit einem gezwungenen Lächeln.

Ich bemühe mich zu verarbeiten, was meine Mum mir

soeben erzählt hat. Sie scheint zu glauben, dass es sich um eine harmlose Geschichte handelt, oder sie versucht nur, mich vor der Wahrheit zu schützen. Ich weiß, dass die Prognosen bei niedriggradigem Krebs im Allgemeinen gut sind, aber genau weiß man es nie. Jeder Mensch reagiert anders.

Meine Mum lächelt tapfer, nimmt sich ein Kirschtörtchen und gibt zu, dass es besser schmeckt als ihre hausgemachten.

»Mach dir keine Sorgen. Das wird schon werden. Und jetzt erzähl mir alles über das Konzert in Griechenland«, fordert sie mich fröhlich auf.

Ich bringe kaum einen ganzen Satz hervor. *Meine geliebte Mum könnte sterben.*

Irgendwie gelingt es mir, das Essen mit positiven Gemeinplätzen zu überstehen, aber sobald ich zu Hause angekommen bin, weine ich wie ein kleines Kind und wünsche mir, jemand würde mich in den Arm nehmen.

Was soll ich nur tun? *Meine Mum hat Krebs.*

Kapitel 56

Die letzten Wochen waren schrecklich. Ich war bei meiner Rückkehr nach dem Urlaub ohnehin schon deprimiert, und die Nachrichten von der Krebserkrankung meiner Mutter haben mich dann in tiefe Verzweiflung gestürzt. Es scheint ihr im Moment allerdings recht gut zu gehen. Sie hat die Lumpektomie hinter sich gebracht, und der Krebs hat die Lymphknoten noch nicht befallen. Die beiden Bestrahlungseinheiten haben keine Nebenwirkungen mit sich gebracht, und ich habe so viel Zeit wie möglich mit ihr verbracht. Aber ich muss zugeben, dass ich die Sonne in Griechenland und alle meine wundervollen neuen Freunde dort vermisse.

Leonard Walker ist ebenfalls im Krankenhaus. Er erholt sich von einem Schlaganfall. Alle dachten, er würde ihn nicht überleben, auch sein Sohn Greg, der aus Australien angereist ist. Bei seiner Ankunft saß Leonard jedoch bereits wieder aufrecht in seinem Bett und hatte glücklicherweise das Schlimmste überstanden.

Ich habe in den vergangenen Wochen viel gebetet, nachdem ich das in letzter Zeit ein wenig vernachlässigt hatte. Als ich noch jünger war, habe ich regelmäßig zu Jesus gebetet und ihn um alle möglichen Dinge angefleht. Mit zwölf Jahren war ich flach wie ein Bügelbrett und wünschte mir vor allem große Brüste. Es heißt, wer warten kann, wird belohnt, und tatsächlich hatte ich mit vierzehn einen Brustumfang von stolzen neunzig Zentimetern, was mir den Neid der Mädchen und die Bewunderung der Jungs einbrachte.

Greg Walker ist ein attraktiver Mann von Anfang vierzig, der eine gewisse Ähnlichkeit mit Pierce Brosnan hat. Er zieht immer alle Blicke auf sich, wenn er hin und wieder ins Pub kommt und auf dem Barhocker Platz nimmt, auf dem normalerweise Leonard sitzt. Er wurde bereits dazu aufgefordert, dem Literaturclub beizutreten, und zu einem Dinner zu Dorothy Burns, der alten Jungfer der Gemeinde, eingeladen, und er ist das Objekt der Begierde von mindestens einem Dutzend weiterer Frauen, die nun regelmäßig das Pub besuchen. Er findet das sehr amüsant, und als ich ihm sagte, er sei gut fürs Geschäft, lachte er und meinte, er freue sich, wenn er behilflich sein könne. Ich habe ihm auch erzählt, dass sein Vater mir während meiner Ehekrise sehr geholfen hat, und er hat sein Glas gehoben und auf ihn getrunken.

»Das ist typisch Dad. Er ist eine gute alte Haut. Ich wollte, dass er zu uns nach Australien kommt, aber das will er nicht. Er ist in seinen Gewohnheiten schon zu festgefahren. Und er liebt das Haus, in dem er früher mit meiner Mum gelebt hat. Er wird es nie verlassen.«

Gregs Frau ist in Australien geblieben, um sich um ihre zehnjährigen Zwillinge zu kümmern, und Greg wird in ein paar Tagen wieder zurückfliegen, jetzt, wo er weiß, dass Leonard auf dem Weg der Besserung ist.

»Wenn du abreist, wirst du einige Herzen brechen.« Ich ziehe eine Augenbraue nach oben, als Dorothy Burns hereinkommt und schnurstracks auf ihn zugeht.

»Das ist das Kreuz, das ich tragen muss«, scherzt er.

Ich mag Greg – er erinnert mich sehr an Leonard.

»Wann kommst du wieder zu Besuch?«, frage ich ihn, während ich ein Bitter für einen Stammkunden zapfe, der mir sein Glas zum Auffüllen auf die Theke gestellt hat.

»An Weihnachten. Ich hatte ohnehin vor, mit Dawn und den Jungs zu kommen. Ich bin sicher, sie würden dich gern kennenlernen. Vielleicht möchtest du an Weihnachten zum Essen kommen? Das Haus sieht um diese Zeit des Jahres immer fantastisch aus, da Gloria es mit Hingabe schmückt.« Er grinst.

»Das klingt herrlich«, erwidere ich lächelnd, obwohl mir insgeheim davor graut, das erste Weihnachtsfest ohne Danny verbringen zu müssen.

Greg trinkt sein Bier aus und setzt seine Sonnenbrille auf sein attraktives Gesicht. Ich werde ihn vermissen. Und nach den schmachtenden Blicken zu urteilen, die ihm einige Frauen hinterherwerfen, wird es sicher nicht nur mir so gehen.

Kapitel 57

Es ist Freitagnachmittag, im Pub wird ein Junggesellenabschied gefeiert, und die Hälfte der Männer sieht schon ziemlich mitgenommen aus.

Eine dezent gekleidete Blondine geht auf den Bräutigam zu, löst plötzlich ihren straffen Haarknoten und wirft sich das lange Haar über die Schultern.

O nein, für eine Stripperin ist es eigentlich noch zu früh am Tag.

Ich bringe die Gäste schnell in eine ruhige Nische im hinteren Bereich des Pubs und bin froh, dass heute nicht allzu viel los ist. Die Blondine knöpft ihre weiße Bluse auf und enthüllt ein üppiges Dekolleté und einen Push-up-BH aus schwarzer Spitze. Die ganze Gruppe grinst anzüglich und johlt, als die »Sekretärin« eine Sahnedose hervorholt und den Bräutigam auffordert, ihr etwas davon auf die Brüste zu sprühen. Gerade als er dann sein Gesicht in ihrem mit Sahne bedeckten Busen vergräbt, verlässt ein grauhaariger älterer Mann die Herrentoilette und bekommt beinahe einen Herzinfarkt.

Ich werde dem Treiben bald Einhalt gebieten müssen. Sahne spritzt durch die Gegend, und wir haben den Teppich im Pub erst vor zwei Wochen dampfreinigen lassen.

Kurz darauf ist die Show jedoch vorbei, und die Stripperin verabschiedet sich und verlässt, nun wieder in ihrem hochgeschlossenen grauen Kostüm, das Pub.

Die Feiernden kippen noch einen Wodka und machen sich dann auf den Weg ins Stadtzentrum. Der Bräutigam grinst albern, als er zum Taxi stolpert, und ich wette, dass er schon vor zweiundzwanzig Uhr das Bewusstsein verliert und wahrscheinlich mit dem Gesicht in einem Curry landet.

Der Trauzeuge verrät mir, dass das erst der Auftakt der Feier ist. Am Sonntag wird die Gruppe von Liverpool nach Benidorm fliegen, um sich dort vier Tage lang zu amüsieren.

Ich frage mich, wie sich die Leute das heutzutage leisten können. Junggesellen- und Junggesellinnenabschiede haben eine völlig neue Dimension angenommen und kosten die Freunde des Paars so viel Geld, dass sie sicher oft bis an ihr Dispolimit gehen müssen.

Ich denke an meine eigene Party vor acht Jahren in Blackpool. Wir sind in einer schäbigen Frühstückspension abgestiegen und haben in einem Nachtclub bei Musik aus den 1980ern gefeiert. Und am nächsten Morgen auf der Rückfahrt hat sich eine von uns im Zug pausenlos in einen Plastikeimer übergeben.

Allmählich finde ich mich damit ab, dass meine Ehe vorbei ist, und ich habe begonnen, mich nach einem Haus zur Miete umzuschauen. Obwohl es sehr bequem ist, möchte ich nicht für immer über dem Pub wohnen. Ich bin realistisch genug, um einzusehen, dass ich nur etwas mieten kann – es würde eine Ewigkeit dauern, um die Anzahlung für ein Haus anzusparen. Mum hat mir angeboten, wieder nach Hause zu ziehen, um Geld zurücklegen zu können. Das ist natürlich eine gute Idee, aber ich brauche eine eigene Behausung.

Joyce, unsere Reinigungskraft, wischt in der Nische, wo der Junggesellenabschied gefeiert wurde, die Tische ab und säubert den Teppich. Sie sprüht Reinigungsschaum auf einen Rotweinfleck und schnalzt missbilligend mit der Zunge. »Hoffentlich kann ich das entfernen, bevor Brian es sieht.« Sie tupft den Fleck hektisch mit einen trockenen Tuch ab. »Er dreht sonst durch. Dieser Teppich ist eben erst gereinigt worden.«

»Ich weiß, das habe ich mir auch gerade gedacht. Ich habe Brian gesagt, dass ein gemusterter Teppich viel praktischer wäre, aber er hat auf einen einfarbigen bestanden. Er meinte, gemusterte Teppiche würden ihn an Altersheime erinnern.«

»Nun, es ist seine Sache, wenn er noch mal Geld für die Reinigung ausgeben will. Hauptsache, er zieht mir deswegen nichts vom Lohn ab.« Sie zwinkert mir zu.

Ich mache eine kurze Bestandsaufnahme, während es ruhig ist, und stelle fest, dass wir kaum noch Amaretto haben, da er die Grundlage für einen neuen, sehr beliebten Cocktail ist. Auch Gin ist wieder angesagt, und einige Sorten mit neuem Aroma haben sich gut verkauft, also bestelle ich nach. Der Gin aus Liverpool kann mit einigen anderen bekannten Marken mithalten, und das erfüllt mich jedes Mal mit Stolz.

Ich stehe mit dem Rücken zur Theke und fülle ein paar Flaschenhalter auf, als ich plötzlich eine bekannte Stimme hinter mir höre.

»Ouzo gibt es hier wohl nicht, oder?«

Ich drehe mich rasch um und schaue verblüfft in Costas' dunkelbraune Augen.

Kapitel 58

»Costas! Was machst du hier?« Ich klettere von der Trittleiter und beuge mich über die Theke, um ihn zu umarmen.

»Na ja, ich wollte schon immer mal nach Liverpool. Und du hattest recht, was die billigen Flüge betrifft. Ich habe gehofft, du würdest mir die Sehenswürdigkeiten zeigen. Du hast immer so begeistert von deiner Heimatstadt gesprochen, dass ich sie mir unbedingt selbst einmal anschauen wollte«, erwidert er lächelnd.

Ich kann es kaum glauben, dass Costas in Liverpool ist. Was für eine Überraschung! Ich freue mich riesig, ihn wiederzusehen. Er sieht großartig aus, und ich bemerke, dass ihm ein paar der weiblichen Gäste an der Bar bewundernde Blicke zuwerfen.

In gewisser Hinsicht ist es nicht der ideale Zeitpunkt für seinen Besuch, denn nächste Woche gibt es hier im Pub viel zu tun, und normalerweise besuche ich nach meiner Schicht meine Mum. Aber ich möchte ihn in meiner Stadt ebenso herzlich willkommen heißen, wie er mich in seinem Dorf aufgenommen hat.

Mum geht es zwar gut, aber man weiß ja nie. Schon seit meiner Kindheit hält sie mich von allem fern, was mich beunruhigen könnte. Sie kann es nicht leiden, wenn jemand viel Aufhebens um sie macht, und behauptet mir und Dad gegenüber immer, dass es ihr gut gehe, selbst wenn sie den halben Tag schläft und sich offensichtlich nicht gut fühlt.

Es ist schon spät am Abend, also serviere ich Costas Chili con Carne mit Reis, was ihm sehr gut schmeckt, obwohl er es »nicht sehr englisch« findet, und bringe ihn danach in eines der leer stehenden Gästezimmer des Pubs. Er wollte sich eines der teuren Hotelzimmer in der Stadt leisten, aber davon wollte Brian nichts hören. Er lud Costas für einen Bruchteil der Kosten ein, im Pub zu wohnen.

Bei dem Gedanken, das Costas in einem der Zimmer im Pub übernachten wird, läuft mir ein Schauer über den Rücken.

»Ich bin auch gekommen, um dich auf die Hochzeit meines Onkels in Paxos einzuladen«, erklärt Costas später bei einem Ouzo. »Sie wird am Strand stattfinden. Ich habe mir gedacht, dass du vielleicht einmal eine traditionelle griechische Hochzeit erleben möchtest.«

»Oh, Costas, es tut mir so leid. Ich freue mich wirklich sehr über deine Einladung, aber ich muss hierbleiben. Wegen meiner Mutter.«

Costas schwenkt den milchigen Ouzo in seinem Glas. »Verzeihung, ich hätte vorher darüber mit dir sprechen sollen. Das war gedankenlos von mir«, erwidert er leise.

»Ganz und gar nicht, Costas.« Ich nehme seine Hände in meine und drücke sie. »Das konntest du nicht wissen. Immer, wenn du mich nach meiner Mum gefragt hast, habe ich behauptet, es gehe ihr gut. In zehn Tagen hat sie ihre letzte Bestrahlung. Danach werde ich mit ihrem Arzt reden, um mehr zu erfahren.«

Ich stelle fest, dass ich erschöpft bin. Nichts wäre mir

lieber, als eine griechische Hochzeit mitzufeiern und mich ein paar Tage am Strand zu entspannen. Und ich weiß, dass meine Mum darauf bestehen und mir sagen würde, dass ich mir keine Sorgen um sie machen soll. Aber ich wäre trotzdem beunruhigt.

»Also gut«, sage ich fröhlich. »Ich kann zwar nicht mit auf die Hochzeit deines Onkels kommen, aber du bist zu mir in meine Heimatstadt gekommen, also machen wir uns eine schöne Zeit. Morgen zeige ich dir ein paar Sehenswürdigkeiten.« Ich hoffe inständig, dass Lyndsey mit mir die Schicht tauscht, und tippe rasch unter der Theke eine SMS.

Wenige Sekunden später kommt ihre Antwort.

Okay, aber dann habe ich etwas gut bei dir. Kann es kaum erwarten, Costas zu sehen. X

»Das wäre sehr schön«, sagt mein griechischer Freund lächelnd und hebt sein Glas mit Ouzo. *»Jamas.«*

»Jamas.« Ich bin zwar erschöpft, aber auch beschwingt, weil Costas hier ist.

Kapitel 59

Es fällt schwer zu entscheiden, wo man in einer so schönen Stadt wie Liverpool beginnen soll. Moderne Architektur und denkmalgeschützte Gebäude stehen nebeneinander wie beste Freunde.

Ich beschließe, mit Costas die Beatles-Magical-Mystery-Tour zu machen, weil ich weiß, dass er ein großer Beatles-Fan ist. Die Fahrt führt zu den Geburtsorten und den Elternhäusern der »Fab Four« sowie zu einigen Orten, die sie zu ihren besten Songs wie »Penny Lane« und »Strawberry Fields« inspiriert haben.

Costas schweigt, als wir vor dem schmiedeeisernen Tor des jetzt verfallenen Kinderheims *Strawberry Fields* stehen, in dem John Lennon oft seine Sommerferien verbrachte. Ich erzähle ihm, dass er seit seinem fünften Lebensjahr bei seiner Tante Mimi aufwuchs.

»Das muss sehr hart für ihn gewesen sein«, meint Costas schließlich. »Ich war schon dreiundzwanzig, als ich meine Mutter verloren habe, aber das war immer noch sehr schlimm für mich.«

Ich berichte ihm, dass Johns Mum zwar noch am Leben war, aber man sprach ihr die Fähigkeit zu seiner Erziehung ab. Sie starb, als John siebzehn Jahre alt war, und angeblich hat er einmal gesagt, dass er sie »zweimal verloren« habe. Sehr traurig.

Wir essen spät in einem Restaurant in der Matthew Street zu Mittag und gehen dann auf einen Drink in den *Cavern Club.* Dort ist ein Junggesellenabschied in vollem Gange, bei dem alle Turbojäger trinken. Costas ist neugierig, wie das schmeckt, also bestelle ich ihm einen, und er spuckt den ersten Schluck sofort wieder aus.

»Der Tag war wundervoll, vielen Dank. Deine Stadt ist wirklich schön«, erklärt er anerkennend und nippt an seinem kalten Bier, um den Geschmack des Turbojägers aus dem Mund zu bekommen.

»Es freut mich, dass es dir hier gefällt, aber wir haben noch nicht einmal an der Oberfläche gekratzt. Es gibt noch so viel zu sehen. Dafür braucht man mehr als nur ein paar Tage, aber das ist hoffentlich nicht dein letzter Besuch.«

»Das hoffe ich auch.« Er sieht mich aus seinen dunkelbraunen Augen an.

Auf der Heimfahrt zum Pub fallen mir im Zug beinahe die Augen zu. Ich sollte wirklich am Nachmittag keinen Alkohol trinken.

Am nächsten Morgen bin ich ausgeschlafen und fahre mit Costas zum Merseyside Maritime Museum, in dem man einiges über Liverpools nautische Geschichte und die der chinesischen Einwanderer erfährt. In der Abteilung, wo die Zeit der Sklaverei dargestellt wird, ist Costas sehr still. Anschließend gehen wir in der Chinatown von Liverpool zum Mittagessen.

»Wir haben wirklich großes Glück«, sagt er nachdenklich. »Wir sind frei.«

Seine Worte erinnern mich an ein vornehmes Hotel im Lake District, das ausschließlich durch Gewinne im Sklavenhandel finanziert wurde. Jedes Mal, wenn ich mit einem Schiff über den Lake Windermere fahre, schaue ich in die andere Richtung.

Den restlichen Nachmittag verbringen wir damit, uns die beiden Kathedralen der Stadt anzuschauen, und ich stelle fest, wie sehr ich Costas' Gesellschaft genieße. Genau wie mir gefällt ihm die anglikanische Liverpool Cathedral besser als die neuere katholische Metropolitan Cathedral, die zwar mit dem Glasdach in der Mitte strahlend schön ist, aber meiner Meinung nach zu seelenlos wirkt.

Die ältere anglikanische Kathedrale ist ein beeindruckendes Gebäude mit Sandsteinmauern und riesigen gotischen Fenstern. Sie sieht sehr alt und stimmungsvoll aus, und viele Leute sind überrascht, wenn sie erfahren, dass sie nach über siebzig Jahren Bauzeit erst 1978 fertiggestellt wurde. Die Kathedralen stehen an beiden Enden der Hope Street und spielen eine große Rolle im Leben der Bewohner von Liverpool und Merseyside.

Wir beschließen den Nachmittag mit einer Bootsfahrt auf dem Mersey, wo bei mir starke Kindheitserinnerungen wach werden.

»Das habe ich schon seit Jahren nicht mehr gemacht«, erkläre ich aufgeregt und genieße die frische Brise. Der Kapitän gibt uns Audio-Player, und wir hören die Klänge von Gerry Marsdens »Ferry Cross the Mersey«, während wir über den Fluss fahren.

Costas fröstelt. »Die Bootsfahrt gefällt mir, aber mir fehlt die Sonne«, gibt er zu und zieht den Reißverschluss seiner

Jacke nach oben. Er tritt einen Schritt näher zu mir heran und legt mir den Arm um die Schultern, und ich schmiege mich wohlig an ihn.

Auf der Rückfahrt bewundere ich die Gebäude am Ufer. Ich werde nie müde, sie mir anzuschauen, vor allem das Royal Liver Building mit den beiden Liver Birds, den zwei Vögeln aus Stein oben auf dem Dach. Der Legende nach wird Liverpool zerbröckeln und im Mersey versinken, falls die Vögel jemals vom Dach fallen.

»Also gibt es nicht nur bei uns Griechen Mythen und Legenden.« Costas lächelt.

»Darüber habe ich noch nie nachgedacht, aber da hast du wohl recht.«

In den nächsten beiden Tagen versuche ich, meine Schichten und weitere Besichtigungstouren mit Costas unter einen Hut zu bekommen. Er ist inzwischen fasziniert von der Stadt. Wir treffen uns mit Gary und Hayley zum Mittagessen im *Malmaison* am Hafenbecken Albert Dock, und Gary lädt Costas beiläufig ins Fußballstadion von Liverpool ein, um sich dort umzuschauen und ein paar Spieler kennenzulernen. Costas ist für einen Moment sprachlos, und mir wird klar, dass Gary ihm damit soeben den absoluten Höhepunkt seines Besuchs hier beschert hat.

Überrascht stelle ich fest, dass mir der Abschied von Costas schwerer fällt als erwartet, obwohl ich weiß, dass wir uns bald wiedersehen werden. Er will demnächst mit Andreas nach England kommen, um sich ein Spiel des FC Liverpool anzuschauen, und natürlich findet im nächsten Jahr wieder ein Musikfestival in Thakos statt. In einem Jahr kann viel geschehen. Ich frage mich, wie unser aller Leben wohl in zwölf Monaten aussehen wird.

Ich winke dem Flugzeug noch nach, als es bereits in den dünnen Wolken verschwunden ist, auch wenn Costas mich nicht mehr sehen kann. *Auf Wiedersehen, mein Freund, die Zeit mit dir in meiner Stadt war wunderschön. Ich hoffe, wir sehen uns bald wieder …*

Kapitel 60

Die Hochzeit von Costas' Onkel in Paxos hat alles verändert. Meine Mum hat darauf bestanden, dass ich hinfahre, und dafür werde ich ihr ewig dankbar sein. Ich blieb nur drei Tage. Und in diesen drei Tagen hat sich plötzlich etwas entwickelt. Bei der Hochzeitsfeier in dem mit Lichterketten geschmückten Restaurant am Strand saß ich neben Costas, und wir redeten noch, als die Party schon lange vorbei war.

Eine so schöne Hochzeit hatte ich noch nie erlebt. Braut und Bräutigam tanzten barfuß am Strand zu den Klängen aus einem nahe gelegenen Restaurant, während die Gäste einen Kreis um sie bildeten und laut in die Hände klatschten. Und am meisten erinnere ich mich an das fröhliche Lachen. Die Braut mit ihrem langen dunklen Haar und der attraktive Bräutigam strahlten ihr Glück förmlich aus.

Costas und ich unterhielten uns stundenlang, bis die Sonne unterging. Wir sprachen über Liverpool und darüber, wie sehr Costas die Stadt gefallen hatte. Und ich sagte ihm, wie schön ich Thakos fände. Wir saßen an einem kleinen Tisch am Strand, bis die Sonne wieder aufging, und dann beugte er sich zu mir vor und küsste mich. Zuerst ganz zärtlich, doch dann immer leidenschaftlicher. Es war wie alle Klischees, von denen ich jemals gelesen hatte. Funken sprühten, und die Zeit schien stillzustehen. Ich wollte ihn nie wieder loslassen. Wie man sagt, gibt es eine solche

Magie nur sehr selten. Costas verriet mir, dass ihm ein Mädchen aus Liverpool schon vor langer Zeit das Herz gestohlen hatte. Das hatte er mir nur nicht offenbart, weil er geglaubt hatte, dass ich meine Ehe retten wolle. Und das hat seine Liebe zu mir sogar noch verstärkt.

Wir gingen zum Ufer hinunter und lauschten auf die sanft heranrollenden Wellen. Costas nahm meine Hand. »Ich bin so glücklich, dass du dich dazu entschlossen hast, nach Griechenland zurückzukommen. Ich habe noch nie jemanden wie dich kennengelernt.« Er zog mich an sich, und als er meinen Nacken küsste, lief mir ein Schauer über den Rücken. »Es tut mir leid, dass dich dein Mann so enttäuscht hat. Ich werde dich niemals enttäuschen, Mandy.«

Als er das sagte, lag etwas in seinem Blick, was mich davon überzeugte, dass ich ihm das glauben konnte. Ich bin sehr glücklich, dass ich ihn gefunden habe. Er ist ein wunderbarer Mann – außen und innen.

Und ich bin froh, dass ich nach Griechenland zurückgekehrt bin. Ich schmiege mein Gesicht an Costas' Brust. Mein »großer griechischer Sommer«, wie ich es nenne, hat mein Leben verändert. Vielleicht stand alles in den Sternen. In den Sternen, die am mediterranen Himmel so strahlend leuchten …

Epilog

Vier Jahre später

Ich schaue zu, wie mein Mann mit unserem zweijährigen Sohn im glitzernden Mittelmeer spielt, und rufe mir ins Gedächtnis, wie dankbar ich für mein Leben bin. Ich hätte mir nie vorstellen können, hier in Griechenland zu leben, aber die griechischen Götter haben es offensichtlich anders entschieden.

Mum hat sich von ihrer Krebsbehandlung erholt, und obwohl man erst in zwölf Monaten aufatmen kann, geht es ihr sehr gut. Sie sagte, ihr sei klar geworden, dass man das Leben mit beiden Händen packen muss, und ermutigte mich, meinem Herzen zu folgen. Und so ging ich zurück nach Thakos.

Meine Eltern besuchen uns regelmäßig, vor allem seit ihr erster Enkel geboren wurde. Sie genießen es, mit ihm in dem kleinen Pool in unserem Garten zu spielen, und überhäufen ihn mit Küssen und Umarmungen. Das gesunde Essen und das Klima sind wie ein Stärkungsmittel für meine Mutter. Sie sieht großartig aus, freut sich über ihren Enkel und liebt ihn über alles.

Costas und ich führen hier am Strand eine Bar, die *Christakis* heißt – das ist auch der Name unseres Sohns.

Gary Cooke hat beschlossen, für die Zeit nach seiner Fußballkarriere Geld in einige Projekte zu investieren, und hat eine schicke Bar in Liverpools angesagtem Viertel Baltic Triangle gekauft und auch die Strandbar in Thakos bauen lassen, die wir nun führen. Und daran angrenzend hat er eine zweistöckige weiß gekalkte Villa bauen lassen und sie uns zur Hochzeit geschenkt. Ja, das ist wirklich wahr. Er hat uns ein Haus gekauft! Ich habe zuerst gezögert, ein so großzügiges Geschenk anzunehmen, aber als Hayley mir sagte, dass sie weniger gekostet habe, als ein Fußballer pro Woche verdient, hätte ich es als unhöflich empfunden, es auszuschlagen. Und natürlich sind sie regelmäßig unsere Gäste.

Ich liebe mein Heim. Die Tomaten, die ich in Kübeln ziehe, schmecken ganz anders als zu Hause. Alles schmeckt anders. Und sogar die Kräuter in den kleinen Töpfen werden riesengroß. Wir haben drei Hühner, die uns Eier liefern, aber das war's dann. Ich möchte mich bei der Hitze nicht jeden Tag um Gemüsebeete kümmern müssen.

Unsere Hochzeit am Strand war der schönste Tag meines Lebens. Ich bin die Ehe vollkommen vorbehaltlos und mit dem absoluten Vertrauen eingegangen, dass wir einander für den Rest unseres Lebens lieben und respektieren werden. Ich habe ein einfaches Etuikleid aus cremefarbener Seide getragen – weit entfernt von dem mit Glasperlen besetzten Ungetüm von meiner ersten Hochzeit.

Ich habe mich sehr darüber gefreut, dass Leonard aus dem Pub unter unseren Gästen war. Er blieb sogar eine Woche, um die Sonne zu genießen und sich auszuruhen. Er hat einige meiner neuen griechischen Freunde kennengelernt und mit ihnen über seine schönen Erinnerungen an seine früheren Besuche in Griechenland mit seiner Frau gesprochen. Und ich finde es großartig, dass er sich mit meinen Eltern angefreundet hat.

»Das Abendessen ist fertig«, ruft uns Hayley von der Veranda aus zu, als wir vom Strand zurückkommen. Sie besucht uns regelmäßig, also komme ich gar nicht dazu, sie zu vermissen. Christakis liebt sie, und auch Costas versteht sich glücklicherweise sehr gut mit ihr.

Ich freue mich sehr für Hayley, denn ich glaube, dass sie mit Gary Cooke endlich den Mann fürs Leben gefunden hat. Nein, ich bin mir sogar sicher. Bei ihrem letzten Besuch waren wir alle in einem schicken Restaurant am Hafen von Rhodos-Stadt, als Gary vor ihr niederkniete und ihr einen Heiratsantrag machte. Beim Anblick des Rings mit dem riesigen Stein brach Hayley in Jubel aus.

Ich muss zugeben, dass ich mir nicht sicher war, ob sie jemals heiraten würden, denn sie sind schon vier Jahre zusammen, und Hayley behauptete immer, eine Ehe käme für sie nicht infrage. Möglicherweise lag das an der nüchternen Ehe ihrer Eltern, in der es nur wenig Familienzusammenhalt gab. Als ihr Bruder dann still und leise nach Chester zog, hatten sie kaum noch Kontakt miteinander.

Gary hatte seinen Antrag vor allen geheim gehalten, auch vor mir und Costas, also waren wir ebenso überrascht wie Hayley. Danach floss Champagner, und das ganze Restaurant jubelte und klatschte. Ein griechisches Musikertrio kam an unseren Tisch und sang »Love is All Around«. (Ich dachte, sie wären zufällig erschienen, aber natürlich hatte Gary das vorbereitet.) Das Magazin *OK!* möchte ihre Hochzeit dokumentieren, und sie überlegen noch, ob sie das

Angebot annehmen sollen. Die Feier wird im kommenden Frühjahr im Schloss Bodelwyddan in Nordwales stattfinden.

Oh, und Hayley arbeitet jetzt für Magazine und Kataloge als Model für Damenmode. Die beiden sind ein richtig glamouröses Paar. Eine Modelagentur hat sie ausgerechnet bei Wetherspoons in Liverpool entdeckt. Sie sagten, dass ihr Potenzial sofort auffiel, obwohl sie Jeans und T-Shirt trug. Mich überrascht nur, dass sie nicht schon vor Jahren unter Vertrag genommen wurde.

Ich hätte mir niemals vorstellen können, in einem griechischen Dorf zu leben, aber jetzt kann ich mir kaum noch ausmalen, irgendwo anders zu wohnen. Meine Freundschaft mit Annis ist aufgeblüht, und auch mit Elyannia, der Tochter von Joan aus dem *Olive Garden Kitchen*, verstehe ich mich sehr gut. Wir haben uns bei einem der Grillabende dort kennengelernt und uns auf Anhieb gemocht. Und in Rhodos-Stadt habe ich eine sehr nette Kollegin namens Nancy.

Ja, ich habe jetzt einen schönen Teilzeitjob in einem Immobilienbüro, das Stavros Papadopoulos gehört. Einer seiner vorherigen Angestellten mangelte es anscheinend an Arbeitseifer, also wurde ihr gekündigt. Mir macht die Arbeit wirklich Spaß, und ich bin stolz darauf, dass ich gleich in der ersten Woche dabei geholfen habe, zwei Villen zu verkaufen. Eine junge Frau namens Elise betreut Christakis, wenn ich arbeite und Costas in der Bar viel zu tun hat. Alle nennen sie »die Mary Poppins von Thakos«. Sie ist eine absolut verlässliche Tagesmutter, die bei Kindern und Erwachsenen sehr beliebt ist.

»Pork sofrito«, verkündet Hayley und stellt stolz einen

Topf mit duftendem Schweinefleisch auf den Tisch. Dazu gibt es griechischen Salat und eine große Schüssel Reis. Sie ist eine versierte Köchin geworden, und das hat mit unserem Kochkurs im *Olive Garden Kitchen* begonnen.

»Mmm, bist du sicher, dass du keine Griechin bist?«, fragt Costas und macht sich hungrig über das Schweinefleisch her.

»Ich bin stolz darauf, aus Liverpool zu stammen, aber ich muss zugeben, dass ihr Griechen ziemlich cool seid«, erwidert Hayley.

Da gebe ich ihr recht. Die Griechen sind wunderbare Menschen, und ich habe das Gefühl, nicht nur eine Heimat zu haben.

Christakis springt auf Hayleys Schoß und legt ihr seine pummeligen Ärmchen um den Hals. Sie kitzelt ihn, und er quietscht vor Vergnügen.

Wir schlendern zurück in den Garten und setzen uns an einen Tisch mit Wasserkrügen und Weinkaraffen. (Ich trinke nachmittags immer noch keinen Alkohol.) Plötzlich überkommt mich ein tiefes Gefühl der Zufriedenheit. Mein altes Leben scheint Lichtjahre zurückzuliegen. Ich bereue es nicht, Danny so jung geheiratet zu haben. Damals habe ich ihn geliebt, aber die Ehe konnte einfach nicht halten. Ich wünsche Danny alles Gute und hoffe, dass auch er irgendwann sein wahres Glück findet. Hayley sieht ihn ab und zu in Liverpool, und er scheint immer noch sein Leben als Junggeselle zu genießen.

In diesem Jahr feiern wir Weihnachten in Liverpool. Leonard hat uns eingeladen, und wir freuen uns darauf, seine Familie wiederzusehen. Meine Mum und mein Dad werden auch da sein, also wird es mit Sicherheit ein schönes Fest. Auch Andreas ist eingeladen, aber er wird wahrscheinlich lieber hierbleiben und den Tag mit ein paar Freunden und einer Witwe genießen, mit der er sich seit einiger Zeit trifft.

Ich schaue auf das Meer hinaus und sehe ein Schiff am Horizont, das auf dem Weg zu der wunderschönen Insel Symi ist. Und ich bin mir ganz sicher, dass ich irgendwo in der Ferne das Tuten eines Schiffs auf dem Mersey höre …

Ein Brief von Sue

Ich möchte Ihnen allen dafür danken, dass Sie *Blaues Meer und Sommerküsse* gelesen haben. Wenn Ihnen das Buch gefallen hat und Sie über meine weiteren Veröffentlichungen auf dem Laufenden bleiben wollen, melden Sie sich unter folgendem Link an. Ihre E-Mail-Adresse wird nicht weitergegeben, und Sie können sich jederzeit wieder abmelden.

www.bookouture.com/sue-roberts

Mandys Geschichte zu schreiben hat mir großen Spaß gemacht, und im Verlauf des Romans ist sie mir immer stärker ans Herz gewachsen. Ich habe das große Glück, mit den wunderschönen Handlungsorten Liverpool und Rhodos in Griechenland vertraut zu sein.

Das Schreiben der Geschichte war unter anderem deshalb so aufregend, weil ich sie mit Leserinnen und Lesern teilen durfte, die Mandy auf ihrem Weg in ein neues Leben begleiten konnten.

Ich hoffe, *Blaues Meer und Sommerküsse* hat Ihnen gefallen, und ich wäre dankbar für eine Rezension. Ich möchte gerne wissen, was Sie darüber denken, und eine Kritik hilft auch neuen Lesern, meine Bücher zu entdecken.

Ich freue mich immer, von meinen Lesern zu hören – Sie können mich über Twitter oder auf www.goodreads.com kontaktieren.

Danke,
Sue Roberts
@SueRobertsautho

Danksagung

Ich danke folgenden Personen dafür, dass sie mich auf meiner Reise zu meinem ersten Roman begleitet haben: zuerst Oliver Rhodes und seinem Team für das fantastische Konzept von *Bookouture*, das Autoren wunderbare Möglichkeiten in der Welt der digitalen Veröffentlichungen gibt. Und meiner großartigen Lektorin Natasha Harding dafür, dass sie an die Geschichte geglaubt hat und mir auf jedem Schritt meines Wegs wunderbare redaktionelle Ratschläge gegeben und mich immer unterstützt hat. Ich bin euch für immer dankbar. Außerdem meiner guten Freundin Jackie Crispin für die vielen Stunden, die sie mit dem Korrekturlesen des ersten Entwurfs verbracht hat. Meinen Töchtern Rachel und Vicki und meiner Schwester Lorraine, die mich großartig unterstützt und nie an meiner Fähigkeit, ein Buch zu schreiben, gezweifelt haben. Meinem Partner Derek dafür, dass er sich geduldig alle meine Ideen zur Handlung angehört und mich unbeirrt unterstützt hat.

Zum Schluss bedanke ich mich bei allen Familienmitgliedern, Freunden und Kollegen für ihre von Herzen kommenden guten Wünsche, die mich nach dem Angebot für dieses Buch begleitet haben.

Liebe Grüße an euch alle,
Sue x